상검 1

이현(李賢) 新무협 판타지 소설

초판 1쇄 찍은 날 § 2003년 1월 20일
초판 1쇄 펴낸 날 § 2003년 2월 5일

지은이 § 이현
펴낸이 § 서경석

편집장 § 문혜영
편집책임 § 박영주
편집 § 장상수 · 김희정
마케팅 § 정필 · 강양원 · 이선구 · 김규진
펴낸곳 § 도서출판 청어람
등록번호 § 제1081-1-89호
등록일자 § 1999. 5. 31
어람번호 § 제2-0172호

주소 § 경기도 부천시 원미구 심곡1동 350-1 남성B/D 3F (우) 420-011
전화 § 032-656-4452 팩스 § 032-656-4453
http://www.chungeoram.com
E-mail § eoram99@chol.net

ⓒ 이현, 2003

값 7,500원

ISBN 89-5505-591-9 (SET)
ISBN 89-5505-592-7 04810

이현 新무협 판타지 소설

商劍

1

여로(旅路)

도서출판
청람

목
차

제1권 여로(旅路)

책머리에서

사람은 무엇으로 사는가?

정과 사의 대립은 무엇에서 연유하는가?

과연 중원무림은 정의의 기치만 높이 들면 정파의 모든 문파가 그 아래에 구름같이 모여들어 마도로부터 무림 정의를 수호하기 위해 목숨을 초개같이 버렸을까?

너무 거창한가요?

협의지사가 주인공을 하는 한 그 한계는 극복하기 어려울 것 같습니다(물론 기녀의 아들로 태어나 대청 황제와 천지회를 오가는 위소보 같은 특이한 주인공도 있기는 하지만 대단한 필력이 아니면 극복하기 어려운 과제가 아닌가 합니다).

이 글에서 저는 정사의 기본적 구도 아래 정사 대립의 뿌리를 금전으로 보았습니다. 인간이 추구하는 부귀공명의 과정에서 일어나는 필연적 다툼을 소재로 해서 글을 시작한 것입니다.

이 책이 제 개인적으로는 두 번째 작품이 됩니다. 그런만큼 새로운 소재로, 새로운 방향으로 쓰고자 많은 노력을 기울였습니다.

역사적 사실과 다른 부분이 많이 있을 수도 있겠지만 역사서가 아닌 무협인 점을 상기해 주셨으면 좋겠습니다.

이 작품의 시대적 배경은 명나라가 말기적 현상을 보이는 십칠 세기 초로 전제할 수 있습니다.

책 속에 등장하는 여러 상방(商幇:상인 조직)은 명나라에서 청나라 대에 걸쳐 역사에 등장하는 상방들로 그 이름과 조직 체계는 가급적 사실적으로 하려고 했습니다. 다만 상방의 이름을 제외한 다른 사실들은 저의 제한된 지적 능력―노력의 부족으로 인한 짧은 역사 지식을 말하며 일반적인 아이큐와는 무관함―으로 인해 개인적인 상상력을 상당히 첨가하였습니다.

과거에 대한 얘기도 나오지만 과거제도의 절차는 상당히 복잡하여 글이 길어질 우려가 있고, 이 글의 중심이 과거가 아니기에 여러 단계를 과감히 생략하여 상당히 간소하게 묘사되었음을 참고 바랍니다.

또 글 속에 등장하는 하미국(哈密國)은 명나라 말기, 현재의 중국 서북 하서회랑에 위치한 하미시(哈密市)에 잠깐 실존했다가 사라진 회교 왕국으로 이름만 차용했습니다.

다른 여러 내용들도 이같이 겉만 포장된 경우가 적지 않지만 지명이나 역사 속에 드러난 큰 사실은 가급적 알려진 그대로 밝히려고 노력했습니다.

마지막까지 여러분의 따스한 성원을 바란다면 과욕일까요?

끝으로 이 책이 나오기까지 여러모로 평해주시고 도움을 주신 매설헌님을 비롯해 함께 글을 쓰는 여러 분들, 그리고 출판사 관계자 분들께 감사드립니다.

이현 배상.

※ 본문 내용의 이해를 돕기 위해 간추려 보았습니다.

과거제도(科擧制度): 명대의 과거제도는 현시, 부시, 원시, 세시, 과시, 향시, 거인복시, 회시, 회시복시, 전시 등 상당히 복잡하게 세분화되어 있고 각 단계마다 자격 등이 까다롭게 규정되어 있지만 과거시험을 논하는 자리가 아니기에 상당히 생략해 묘사했음.

상방(商幇): 명청시대에 상인의 지연, 혈연, 업종 등의 유대 관계를 기초로 형성된 집단으로 부분적으로는 강력한 면도 있지만 전체적으로 볼 때 구속력이 매우 느슨한 상인 조직입니다(이 책에서는 상당히 강력한 구속력을 가진 집단으로 묘사되었음).

산서 상방: 하북 산서 지방 일대(중국 북동부).

섬서 상방: 섬서, 감숙 일대(중국 북서부).

휘주 상방: 안휘 남부 일대(양자강을 기준으로 중류 지대).

광동 상방: 중국 남부 광동 일대.

산동 상방: 산동 일대.

동정 상방: 동정호 일대.

용유 상방: 절강 일대(양자강 하류).

회관(會館): 객지에 나가 있는 동향인들의 활동을 위해 건립된 장소로 설립 주체가 상인, 관료 등 다양한 계층이지만 상인들의 회관만 언급했음.

행회(行會): 상인들의 조직 명칭.

공소(公所): 행회의 활동 시설 또는 장소의 명칭.

전장(錢莊): 중국 금융 기관으로 전장이라는 명칭은 청대 후반에 사용되었고 명대에는 전점(錢店)이라 했지만 독자들에게 익숙한 전장이라는 이름을 사용했음.

하미왕국(哈密王國):명나라 말기 현재의 중국 서북 하서회랑에 위치한 하밀시(哈密市)에 잠깐 실존했다가 사라진 회교 왕국. 이름만 차용했음(하미왕조실록을 읽지 못해서… 있나요?).

대학사(大學士):명대 한림원 학사에 의해 관장된 문연각(文淵閣)의 대학사는 자문 기관이나 실질적인 재상의 역할을 함. 대학사의 정원은 6명으로 수보, 이보 삼보 등의 순위가 있고 보통은 정원을 채우지 않고 두세 명만 임명.

백련교(白蓮敎):남송대에 결성된 민중 불교의 일종이나 후대로 가면서 차별적 교리를 가지고 존속. 명태조 주원장도 백련교도 출신. 이 책에서는 문향교라는 명말 백련종 일파에 의한 반란과 관련을 지었음.

표국(鏢局):화물 운송 및 경비업자.

금의위(錦衣衛):홍무제가 창설한 황궁 근위병. 의장병(儀仗兵), 후대에 가서 동창과 비슷한 역할도 함.

동창(東廠):영락제가 창설한 특무기관, 사례감병태감(환관)이 지휘, 북경성 동안문 북쪽에 위치.

당아두(檔兒頭):동창의 십장 정도.

번자수(番子手):포졸, 밀정 등의 총칭. 동창에 소속된 번자수는 당아두의 휘하에 들어가 실무를 처리. 흰 장화를 신고 다녔다고 함.

보선(寶船):해상 영락제 때 해상 정벌을 나섰던 환관 정화의 대형 함선을 이르는 말. 현 기준으로 길이 약 130m, 폭 55m, 삼천 톤 급, 탑승 가능 인원 1,000명.

명대 전선(戰船):폭 20~30m 정도, 길이 50~60m 정도.

명대 분위기:환관이 강력한 힘을 발휘하여 정치에 개입하고 있었고 말기

에 가서는 군대 체계마저 상당히 붕괴되어 북서의 몽고, 동북의 후금, 동남 해상의 왜구 등에 의해 시달리고 있었음. 외환에 대처하기 위한 재원을 마련하기 위해 세금을 대폭 올려 민중의 원성이 심해 각처에서 반란이 끊이지 않았다고 함. 본문의 주인공이 활약하는 무대는 십칠 세기 초로 설정되었음. 등장 인물은 대개 허구임.

위 사항은 여러 책을 참조하여 쓴 것이니 참조하시기 바라며 본문의 내용은 사실 관계를 따지지 말아주십시오.

서장(序章)

　황궁에서 조금 떨어진 북경성의 서문인 부성문(阜成門) 주변은 고관
대작이 많이 모여 사는 곳으로 집들 하나하나가 부유함을 드러내듯 화
려하고 장대한 규모를 자랑했다. 또한 고관들의 재산을 지키기 위해
수시로 순찰을 도는 기찰포교들과 순검들의 번뜩이는 시선 때문에 잡
인이 함부로 범접치 못하였기에 황궁을 제외하고는 성내에서 거지가
없는 유일한 곳이기도 했다.

　그런데 그중에서 유독 몇백 년 동안 제대로 된 보수 한번 하지 않은
것처럼 보이는 오래된 장원이 있었다.

　예전부터 학사 댁이라 불렸던 중원의 문벌 명문으로 대대로 유명한
학자들이 배출되었으며 현재는 내각대학사(內閣大學士) 장자맹(張子孟)
으로 인해 대학사 댁이라 불리고 있었다. 그는 드높은 학문적 성취와
고매한 인품을 지녔으며 학사 가문의 후손답게 청빈한 생활을 하여 많

은 사람들의 존경을 한몸에 받았다.

장원의 별채.

백 년은 넘음 직한 오래된 고택이었다.

별채 앞에는 작고 야트막한 연못이 있었고 그 주위 이곳저곳에 세월의 연륜이 묻어나는 아름드리 큰 나무들이 무심한 가지를 드리웠다.

한창 달아오른 여름을 맞아 물이 오른 나무 위 큰 가지에서 뻗은 잎새 사이사이에 황새 몇 마리가 앉아 머리를 내밀고 서로 주둥이를 비벼주며 더위를 피하고 있었다.

연못 옆 드문드문 놓인 납작한 디딤돌 곁으로 난 소로는 본채의 중문에서 나와 별채의 계단으로 이어졌다.

삐걱.

별채의 문이 열리고 십이삼 세 정도 되어 보이는 소년이 문을 열고 나와 계단으로 향했다. 앳된 얼굴의 소년은 고급스러운 청색 비단옷을 입었고 허리에는 화려한 금색 비단으로 된 요대를 찬 것이 한눈에 보아도 귀티가 흘렀고 나이에 어울리지 않는 지적인 이미지마저 풍겼다.

장문영(張文英).

대학사 장자맹의 둘째 아들인 장문영으로 몇 년 전 장남인 휘영이 약관의 나이로 요절해 이 집안의 독자가 되었다.

급히 나오느라 가죽신마저 대충 구겨 신은 그의 옆구리에는 몇 권의 책이 끼어 있었는데 뭐가 그리 좋은지 얼굴에 환한 웃음을 짓고 있었다.

"하하하. 유모, 나 간다."

문영은 크게 소리 내어 웃으며 고개도 돌리지 않고 어딘가를 향해 말했다.

"도련님, 또 중간에 장난치다가 늦으시면 안 됩니다."

별채에서 유모라고 불린 중년 여인의 목소리가 들렸다.

미랑이다.

수십 년째 대부인인 주설하의 수족 역할을 해온 그녀는 문영이 태어났을 때부터 젖이 나오지 않았던 대부인을 대신해 젖을 물려 키워왔기에 문영을 대하는 마음에 남다른 바가 있었다.

"하하하. 유모, 걱정 말아. 나도 마나님 성화에 두 손 들었다고."

문영은 웃으며 대꾸했다.

"저런저런! 도련님, 앞으로는 절대 마나님이라고 하지 말라고 했지요? 약속을 하시고도 자꾸 그런 말투를 쓰면 소인이 대부인마님께 고자질한다고 원망하셔도 소용없습니다."

미랑은 여전히 별채 안에서 말했다. 이렇게 문영과 가벼운 담소를 나누는 것은 그녀에게 있어 작지만 소중한 즐거움이었다.

"알았어, 유모. 어머님 앞에서만 하지 않으면 되지 뭐. 아무튼 아버님이 퇴궐하시기 전까지는 돌아올 테니까 걱정 말아요. 그리구 고자질 잘하는 유모는 정말 싫어."

문영은 방금 나온 별채의 문을 향해 혀를 날름대며 말했다.

"호호호, 도련님만 잘하시면 고자질이 가당키나 하겠어요? 제가 도련님을 얼마나 아끼는데요. 도련님이 회초리로 맞는 걸 보면 이 유모는 가슴이 찢어진답니다."

"흥, 그래서 지난번에 내가 어머님께 꾸지람 들을 때 옆에서 그리 좋아했어? 거짓말하면 엉덩이에서 뿔이 난대요. 조심해, 유모."

"호호호, 그러지 않아도 며칠 전부터 엉덩이가 간지럽더라니……."

문영에게 있어 미랑은 유모이고 어머니며 친구 같은 존재였다. 항상 죽이 척척 맞는 그녀와 이런 정도의 이야기는 늘상 있는 작은 농담 중의 하나일 뿐이었다.

푸드덕!

두 사람의 주거니 받거니 하는 작은 소란에 나무 위에서 한가로이 주둥이를 비벼주며 노닐던 새들 중 한 마리가 날아오르자 나머지 새들도 일제히 하늘로 솟구쳤다.

문영은 그 소리에 가볍게 고개를 돌려 하늘로 날아오르는 새들을 보며 계단을 내려갔다.

순간, 계단을 내려오던 문영의 발이 돌층계 모서리를 밟아 순간 몸이 중심을 잃고 그대로 주르륵 미끄러졌다.

쿵!

미처 손을 짚을 사이도 없이 몸이 뒤로 쓰러지며 머리가 돌계단의 모서리에 부딪쳤다. 너무나 순간적인 일이라 비명도 지를 틈이 없었다.

"오늘은 꼭 제시간에 오셔야 해요. 안 그러면 나중에 이 유모가 너무하다고 원망하게 될걸요."

바깥의 사고를 모르는지 별채 안의 미랑은 여전히 말을 계속하고 있었다.

돌계단 난간에 널브러진 문영은 눈을 허옇게 뒤집은 채 입에서 꾸역꾸역 흰 거품을 쏟아냈다.

"도련님, 도련님?"

대꾸가 없자 안에서 유모가 문영을 불렀다.

"벌써 가셨나?"

곱상한 중년 여인이 열려진 문틈 사이로 고개를 내밀어 밖을 내다보았다.

"아악! 도련님!"

미랑은 쓰러져 있는 소년을 발견하고는 미처 신발을 신을 겨를도 없이 비명을 지르며 문을 박차고 계단으로 내달렸다.

"도련님! 도련님!"

미랑은 문영을 품에 안고는 연신 흔들며 불렀다. 그러나 그녀의 애타는 부름에도 문영은 아무런 대답도 하지 않았다.

"연화야! 마 집사님! 게 아무도 없느냐?!"

하얗게 탈색되어 가는 소년의 얼굴과 주위를 번갈아 보며 미랑은 미친 듯이 이 사람 저 사람 불러댔다.

"연화, 게 없느냐?!"

금방 대답이 없자 미랑은 아예 고개를 중문 쪽으로 돌리고는 이마에 핏줄이 보일 정도로 악을 쓰며 불러댔다. 미랑의 얼굴도 핏기를 잃고 하얗게 질려갔다.

잠시 후 십오 세가량의 한 소녀가 쪼르르 달려왔다. 문영의 전속 시비인 연화였다. 나이가 문영보다 두 살밖에 많지 않아 마님의 배려로 미랑과 함께 별채의 일만 담당하고 있었다.

"아!"

연화도 쓰러진 소년을 보더니 놀란 듯이 두 눈을 크게 뜨고는 두 손으로 양 볼을 감싸 쥐며 걸음을 멈추었다.

마님의 수족인 미랑이 집안 전체의 안살림을 관장하는 관계로 연화는 특별히 별채 도련님의 잔심부름과 말벗을 맡고 있었다. 하지만 도련님의 웬만한 뒷일은 아무리 바빠도 미랑이 손수 챙기는지라 막상 크게 할 일이 없어 이리저리 집 안을 다니며 말참견이나 하는 형편이었다.

"네 이년! 무얼 하고 있는 게냐? 어서 달려가 마 집사에게 알려 의원을 부르지 않고?!"

평소 미랑은 이렇게 말을 함부로 하는 법이 없었다.

수십 년을 지켜온 대갓집에서 항상 보고 배우는 바가 있었는지 그녀도 잘만 차려입고 밖을 나서면 어느 귀한 집안의 안방마님이라 해도 손색이 없을 정도로 품위가 있어 보였다.

그런 미랑이 입에서 침을 튀겨가며 발악이라도 하듯 호통을 치자 그제야 정신을 차린 연화가 화닥닥 놀라며 오던 길로 다시 달려갔다.

'어머나! 어떡해, 어떡해.'

연화가 보기에도 여간 심각한 상황이 아니었다. 그녀는 머리털이 곤두서는 것을 느끼며 미랑의 말투에는 신경 쓸 겨를도 없이 두 손으로 치마를 걷어붙이고 행랑채로 달렸다.

"도련님……!"

미랑의 눈에서 닭똥 같은 눈물이 흘러내렸다.

망연히 눈물만 흘리던 그녀는 조심스레 문영을 안아 들고는 화급히 별채 안으로 들어갔다.

잠시 후 소식을 들었는지 하녀 하나가 물대야를 들고 황망한 걸음걸이로 별채로 들어가는가 싶더니 이어 중년이 훌쩍 넘은 듯한 부인이 새파랗게 질린 얼굴로 허겁지겁 달려와 중문 안으로 들어섰고, 그 뒤를 연화라 불리던 소녀가 종종걸음으로 바삐 따라붙었다.

이 댁의 안주인인 대부인마님 주설하였다.

"영아! 이게 웬 변고냐?!"

대충 소식을 들었는지 미처 별채 안에 들어서기 전부터 주설하는 정신 나간 사람처럼 혼잣말을 하며 걸음을 재촉했다.

그녀는 치맛자락이 별채 문의 모서리에 끼어 찢어지는 줄도 모르고 안으로 들어섰다.

"영아, 흐흐흑."

별채 안에서 애달픈 여인들의 울음소리는 끊일 줄 모르고 이어졌고 은은하고 고풍스럽던 분위기는 일시에 혼란으로 바뀌었다.

한 식경이 채 되기도 전에 의원으로 보이는 노인이 보퉁이를 둘러멘 채 마 집사에게 이끌리다시피 하여 별채로 들어섰다. 의원이 방 안으로 들어서자 흐느낌으로 가득하던 별채 안이 일순 조용해지더니 숨 막히는 침묵이 한동안 이어졌다.

의원은 북경 성내에서 그 실력이 둘째가라면 서러워할 만약당(萬藥堂)의 수석 의원인 국 의원(菊醫員)이었다.

만약당에는 중원에서도 알아주는 최고 수준의 의원이 여럿 있는데 사람들은 그중에서도 국 의원에게 진료받기를 원했다. 그는 평소에도 북경성 내에서는 황궁의 어의를 빼고는 누구도 자신과 비교할 수 없다며 입버릇처럼 말하곤 했는데, 그를 모르는 사람들이 듣기에는 무척 방약한 말이기는 했지만 그의 뛰어난 의술은 이미 여러 해 동안 검증된 상태였기에 성안의 사람들은 아무도 그 말에 이의를 달지 않았다.

그는 만약당으로 찾아오는 환자 이외에는 일체 왕진을 하지 않는 것으로도 유명했다. 앉아 있어도 환자가 넘치는 판에 한 사람을 치료하려고 오며 가며 시간을 낭비할 수 없다는 것이 그 이유였다.

국 의원은 이미 자신을 부르러 온 칠십 노구의 마 집사에게 들어 소년이 누군지 알고 있었다. 왕진이 필요한 환자가 대학사 댁의 하나 남은 아들 장문영이 아니었으면 그는 자신의 원칙에 따라 한 발도 꿈쩍

하지 않았을 것이다. 하지만 대학사는 중원천하의 존경을 한몸에 받고 있었고, 무엇보다도 국 의원 자신도 흠모하는 분이었다. 설사 수십 년을 지켜온 원칙을 깨는 한이 있더라도 감히 그 집안의 대가 걸린 왕진 요청을 거절할 수는 없었다.

침상으로 다가간 그는 시비들이 침상 옆에 마련해 준 나무 의자에 앉아 맥문을 짚어보았다. 소년의 몸에는 맥이 실낱같이 겨우겨우 이어지고 있었다.

'헛!'

그는 내심 헛바람을 들이켰다.

이 정도의 맥이라면 죽기 직전의 사람에게서나 볼 수 있는 맥이었다. 그는 흠칫 놀라 환자의 눈을 까뒤집어 보았다. 하얀 환자위만 눈에 떠었다. 이미 눈 주위는 시커멓게 멍이 든 것처럼 보였고 입술은 파랗게 질려 있었다.

그는 당황했다. 이곳에 오기 전까지만 해도 이 정도로 위중한지 몰랐다. 그저 대학사 댁 도련님이 다쳤으니 웬만하면 자신이 고칠 수 있으리라 생각했었다.

원래 지체 높은 고관 댁에서는 조금만 병이 나도 아랫것들이 호들갑을 떨며 나서는 경향이 있었다. 하지만 지금 이 댁 도련님의 상태는 자신이 알고 있는 의술과 경험에 비추어 볼 때 아마도 오늘 밤을 넘기는 힘들 것이 분명했다.

이런 경우 만약 자신의 집을 찾아온 다른 일반 환자였더라면 '곧 죽을 것이니 그만 데리고 가보시오'라고 했을 테지만 여기서는 감히 그럴 수 없었다. 아니, 그러고 싶지 않았다.

이 댁의 주인인 대학사는 북경뿐 아니라 중원 학문의 상징과도 같은 존재였다. 국 의원도 이 집안의 대가 여기서 끝나는 것을 원치 않았다. 그것도 자신의 손에서.

그는 계속해서 소년의 몸 이곳저곳을 만지며 자신이 의서와 경험을 통해 아는 모든 의술을 쏟아 부어가며 살릴 방도가 없나 스스로에게 자문했다. 하지만 몸 어디에도 희망적인 조짐이 보이지 않았다.

국 의원의 이마에 땀방울이 맺혀 흘렀다.

방 안 사람 모두들 숨을 죽이고 문영을 살피는 국 의원의 표정과 소년의 상태를 번갈아가며 보고 있었다.

"휴우……."

한참을 땀까지 흘려가며 진찰을 한 그는 마침내 긴 한숨을 몰아쉬며 고개를 들었다.

모두가 그의 얼굴만 쳐다보았다.

국 의원은 차마 말을 꺼낼 수가 없었다. 그도 소년이 이 집의 유일한 핏줄이라는 점을 잘 알고 있었다. 하지만…….

그는 이 모든 사태가 자신에게 책임이 있는 양 감히 눈을 바로 하지 못하고 다시 고개를 숙인 채 설레설레 저었다.

"마님, 죄송합니다. 제 실력으로는 어쩔 수가……."

국 의원의 말은 사형 선고나 마찬가지였다.

"아이고, 영아! 이게 도대체 무슨 날벼락이란 말이냐? 아침에 문안 인사 올 때만 해도 멀쩡하던 네가… 흐흐흑……."

국 의원이 채 말을 마치기도 전에 대부인 주설하는 넋이 나간 표정으로 소리를 지르며 울음을 터뜨렸다. 국 의원이 누구라는 것쯤은 그녀도 잘 알고 있었다. 그런 국 의원이 고개를 저었다면 그녀가 알기로 중원에서 아들을 고칠 사람은 없다.

"쯧쯧쯧, 이 집의 대가 에서 끊기다니……."

바래다 주는 사람 하나 없이 홀로 방을 나선 국 의원은 조용히 혀를 차며 중얼거리더니 소로를 따라 중문을 향했다. 의원을 데려왔던 마 집사도 이미 문밖에서 귀를 기울여 방 안의 동정을 주시하고 있었기에 어떤 상황인지 잘 알고 있었다.

마 집사의 노안이 붉게 변하더니 눈물이 고였다.

학사 댁의 씨종으로 태어나 대를 이어 주인을 바꿔가며 모신 것이 벌써 삼대째였다. 그는 그 공로를 인정한 대감마님의 은혜로 자신이 감히 꿈꿀 수도 없었던 면천을 하고 지금은 집사 자리까지 맡고 있었다. 이런 일 저런 일을 떠나서 이 집 사람들 모두는 그에게 피를 나눈 가족이나 진배없었다.

첫째이신 휘영 도련님이 돌아가셨을 때에도 그는 근 삼 일 동안 식사도 제대로 하지 못할 정도로 충격을 받았었다. 그런데 하나 남은 문영 도련님마저도 그렇게 보내야 한다고 생각하니 머리가 텅 비어버리는 것이 그저 아득할 뿐이었다.

마치 친손주같이 돌보아 드렸던 도련님이다. 무척이나 잔정이 많아 자신을 마치 친할아버지처럼 따르던 도련님을 생각하자 그의 노안에서는 눈물이 주르르 흘러내렸다.

어찌 이 집에는 이런 흉살만 낀단 말인가?

그는 도대체 이유를 알 수 없었다.

항상 청빈한 생활을 몸소 실천하셨던 대학사님이지만 어려운 사람을 보면 참지 못하고 도와주셨던 어른이다. 자신도 휘영 도련님이 돌아가신 후 극락에 가실 것을 빌며 시주하는 스님이라도 들르면 미랑에게 연락해 거르지 않고 후하게 공양을 바쳤다.

그런 이 댁에 액운이 겹치고 있었다.

더구나 문영 도련님은 어려서부터 그 문재(文才)가 남달라 일곱 살에 대문장가들의 시문을 줄줄 외웠고 집을 찾은 대감마님의 벗들 앞에 불려 나와 어쩌다 직접 시라도 한 수 지을라치면 모두들 무릎을 치며 감탄해 마지않았었다.

도련님을 아는 모든 사람들로부터 과연 대학사 댁의 아드님이라는 소리를 귀에 못이 박히도록 들었다. 그런 소리가 들릴 때마다 마치 자기 자신에게 향하는 칭찬인 양 흐뭇해했던 그다.

도련님의 재능을 시기하는 하늘의 시기인지도 몰랐다.

마 집사는 그런 질투나 하는 하늘이라면 얼마 남지 않은 인생이나마 다시는 위를 쳐다보지도 않겠다고 다짐했다.

어깨를 축 늘인 채 행낭채로 향하는 그의 발길에는 힘이 하나도 없었다.

"저런저런……. 허, 그대 같은 충신 집안에 어찌 그토록 안타까운 일만 생긴단 말이오."

몇몇 중신들과 간단히 담소하며 정국을 토론하던 어전에 이 비보가 전해진 것은 방금 전이었다. 황제가 보니 내관이 살며시 장자맹 대학사에게 다가가 뭐라고 귓속말을 하니 장자맹의 안색이 순간 노래지며 안절부절못하는 것이었다.

황제는 혹시 변방 오랑캐가 대군이라도 이끌고 쳐들어왔나 싶어 체면 불구하고 얼른 나서며 물으니 장자맹의 하나 남은 자식 놈이 실족하여 머리를 다쳐 정신을 잃고 있다는데 다녀간 의원의 말로는 아무래도 회생이 어려울 거라는 얘기였다.

황제는 진심으로 가슴이 아팠다.

항상 어려운 문제를 도맡아가며 해결했던 대를 이은 충신인 장자맹 대학사의 대가 끊기게 생겼다는 것이다. 당연히 성안의 이름있는 의원을 불러 진맥을 했을 터이니 모두 사실일 것이다.

"모두 신이 부족하여 덕을 쌓지 못해 생긴 일인 듯하옵니다."

장자맹은 기력이 다해 곧 죽을 것 같은 목소리로 말했다.

"허어… 쯧쯧, 무슨 방법이 없을꼬?"

황제는 지위를 떠나 서로 자식을 둔 부모로서 진심으로 안됐다는 생각이 들었다. 자리에 함께 동석했던 대신들 모두 안타까운 표정을 지었다.

"폐하, 이 나라에서 가장 이름있는 의원은 그래도 어의라 할 수 있으니 어의(御醫)를 보내심이 어떠실지요?"

황제가 보니 예부상서였다.

몇 년째 하는 일 없이 녹봉만 축내고 있는 줄 알았더니 오랜만에 한마디 진언을 하는데 듣고 보니 그럴듯했다.

'음, 그렇게 하면 내 체면도 서겠군.'

황제는 문득 그런 생각에 마음이 흡족해졌다.

어의라면 혹시 살릴 가망이 있을지도 몰랐다. 고르고 고른 의가(醫家)의 명인이 어의 아닌가? 어차피 죽을 것이라는 진단이 떨어진 판국이니 손해볼 일은 없을 것이라는 생각이 들었다.

"어서 어의를 불러오도록 하여라."

기분이 좋아진 황제는 생색을 좀 거창하게 내려는지 그냥 '당장 어의를 대학사 집으로 보내라'고 하면 될 것을 환자도 없는 어전 회의장으로 어의를 불렀다.

명을 받든 내관이 뒷걸음질로 회의장 밖으로 나갔다.

"그런 경우에는 소생이 힘듭니다. 아마 뇌진탕인 듯싶은데 아직까지 정신을 잃고 있다면 소신이 보기에는……."

전말을 들은 어의는 말끝을 흐렸다.

'허참, 눈치없는 놈이로군…….'

어의를 불러 그냥 한마디 듣고 크게 생색을 낸 연후에 '황은이 망극하옵니다'가 끝나면 보내려고 했는데 환자를 보기도 전에 증세만 듣고도 희망이 없다고 하니 김이 빠지는 황제였다. 하기는 말만 듣고도 상세를 알 정도가 되니 어의가 되었겠지만.

"흠흠, 그럼 다른 방도가 없단 말인가?"

괜히 혼자서 무안해진 황제가 어의에게 다시 물었다.

"혹시 천고의 귀한 영약이라도 복용한다면 희망을 가져볼 수도 있겠으나……."

그 말에 귀가 번쩍 뜨이는 황제였다.

가망이 없는 상태에서 자신이 영약을 아끼지 않고 내려 아들놈을 살려낸다면 자신의 체면은 물론이고 앞으로 대학사는 더욱더 자신에게 충성을 바칠 게 틀림없었다. 그러지 않아도 믿을 놈이 많지 않아 고민이 많은 황제였다.

'허, 그놈 제법이로군. 음, 아까 한 말은 짐이 더 크게 생색을 내게 하려는 배려였군.'

그동안 살펴보기로는 영 눈치가 없는 놈인 줄 알고 있었는데 의외로 고단수였다.

'음, 두루 써먹을 데가 있는 녀석이야.'

황제는 여기저기에서 골라 바친 좋은 영약이 많이 있음을 알고 있었다. 몇백 년 된 산삼도 여러 뿌리 있다고 들었는데 아깝지만 그것이라도 한 뿌리 줘서 보낼 용의가 있었다. 부족 분은 다시 채워놓으라고 한마디만 하면 될 일이니…….

"황실에도 귀한 영약은 많지 않느냐?"

황제가 넌지시 반문했다.

"하나 황실의 귀한 약재는 오직 폐하의 옥체를……."

기특한 어의는 자신의 체면을 최대한 살려주고 있었다.

"그만그만, 충신 집안의 대를 이어주는 일인데 어찌 작은 일이라 하겠느냐? 그래, 적절한 약재는 있느냐?"

황제는 장단을 맞추는 기분으로 말했다.

"예, 폐하. 천하에 단 한 뿌리 남은 만년설삼이 있으니 지금이라도 복용시킨다면 기대해 볼 수도 있을 것이옵니다."

'헉!'

갑자기 황제의 숨이 턱 막혔다.

'저, 저런 괘씸한!'

설마 어의란 놈이 눈치없이 이런 자리에서 만년설삼을 들먹거리리라고는 꿈에도 생각지 않고 있었다. 며칠 전에도 조용히 놈을 불러 요새 기가 점점 쇠하는 것 같으니 천하에 한 뿌리밖에 남지 않았다는 그 만년설삼을 잘 보관했다가 올 가을에 달여 올리라고 신신당부까지 해두었는데……. 하기는 자신이 알기로 저놈은 그리 눈치가 있는 놈이 아니었는데 어쩐지……. 죽일 놈.

"흠흠……."

헛기침을 하며 보니 중신들 모두 곁눈질로 자신의 입만 바라보고 있었는데, 특히 고개를 조금 쳐든 장자맹은 사람을 녹이는 애절한 눈빛이었다.

자신의 정력이냐, 충신 아들의 목숨이냐?

부황을 이어 제위에 오른 이래 가장 난해한 선택의 기로였다. 하지만 고민하는 눈치를 보이며 시간을 끌고 버벅거릴 수는 없었다.

에라!

황제는 결심했다.

비록 후궁들이 좀 보채는 한이 있더라도 며칠 쉬면 될 테지만 경험상 체면은 한번 구기면 여간해선 만회하기 힘들었다.

"그렇다면 당연히 만년설삼을 내려야지. 어서 서둘러라!"

자신도 모르게 언성이 높아졌다.

"성은이 하해와 같사옵니다!"

짠돌이 황제가 한 뿌리밖에 없다는 만년설삼을 내린다고 하자 다들 놀라며 입을 모아 합창했다.

쿵! 쿵! 쿵!

하도 시끄러운 소리가 들려 내려다보니 장자맹이 맨땅에 머리를 찧어가며 '성은이 하해…'를 노래하고 있었다. 황제는 정말 만년설삼이 좋기는 되게 좋은 영약인 모양이라고 다시 한 번 씁쓸해하며 아까운 생각을 감추지 못했다.

하지만 우쭐해진 그는 표정 관리를 위해 점잖게 수염을 쓰다듬었다.

"험!"

그는 진심으로 충신을 아끼는 황제였다.

제1장 경계선

　―오빠, 어서 피해. 영심이 언니한테 들었는데 오안수가 문영이 오빠를 없애려고 한대.

　"뭐? 그게 무슨 소리야? 봉추 형이 왜 나를 없애?"

　장문영이 자정 무렵에 수아로부터 다급한 목소리의 전화를 받은 것은 삼 일 전의 일이었다. 그동안 김달수 사장이 마련해 준 오피스텔에서 새로운 신분증이 마련될 때까지 꼼짝 말고 잠수해 있으라는 오안수의 지시에 따라 두문불출 방 안에서 혼자 술을 마시거나 비디오를 보면 시간을 죽이고 있었다.

　느닷없이 핸드폰으로 전화를 해 오안수가 자신을 죽이려고 하고 있다는 수아의 말에 그의 등골에 전율이 타고 내렸다.

　봉추는 오안수의 별명이었다.

　오성파 조직이 서울 강동 일대를 휘어잡을 만큼 커진 것은 다 봉추의 귀신같은 머리 덕분이라는 오성파 두목 김달수의 말이 있을 정도로 그는 심계가 뛰어나고 권모술수에 능한 자였다. 별 볼일 없는 주먹 실력에도 불구하고 그가 김달수의 오른팔이 될 수 있었던 것은 팽이처럼 팽팽 도는 그의 머리 덕분이었다.

'죽여서 입을 막으려는 거다!'

수아에게는 말도 되지 않는다는 듯이 반문을 하면서도 머리에 번개같이 스치는 생각이었다.

—나도 잘 몰라, 오빠. 영숙이 언니 알지? 그 언니가 내게 살짝 귀띔해 준 거야. 룸에 들어갔다가 모여서 하는 말을 들었대. 오빠가 어디 있는지 모르지만 오안수가 가기 전에 어서 피해야 한대.

강영숙은 수아가 언니언니 하며 따르는 룸살롱 불야성의 마담이었고 수아는 그 집 여 종업원이었다. 그녀는 지금 무척이나 흥분된 목소리로 말하고 있었다.

수아는 그가 삐끼 생활을 하던 술집을 같이 그만두고 나와 오안수의 소개로 그와 내연 관계의 여자인 강영숙이 마담으로 있는 술집에서 일하고 있었다.

수아와 강영숙 마담은 몇 년간 같이 언니 동생 하며 무척 가깝게 지내면서 수아에게서 문영에 대한 얘기를 듣고는 어쩌다 오안수와 함께 찾아가면 무척 잘 대해주었었다.

강영숙이 한 얘기라면 의심할 여지가 없었다.

"알았다. 나중에 다시 전화 줘."

문영은 핸드폰을 끄고는 재빨리 점퍼를 걸쳤다. 주머니에 대충 돈 몇백은 들어 있을 것이다. 며칠 전 오안수가 사장님이 주신 거라며 침대 위에 던져 놓은 봉투 안에 있던 돈이었다. 그동안 쓸 일이 없었는지라 한 푼도 축내지 않았다.

며칠 전 할머니가 입원해 계셨던 병원에 들르면 밀린 입원비며 장례비를 지불하려고 했지만 경찰이 감시하고 있을 것 같아 아직 병원 근처에는 가보지도 못하고 있었다.

강마담의 술집에서 이곳 오피스텔은 차로 일이십 분밖에 걸리지 않는 거리였다. 문영은 창가로 가 커튼을 살짝 들추고는 밖을 내다보았다. 이미 밤이 깊어 차량의 통행이 뜸한 시간이었다.

갑자기 자동차 헤드라이트 불빛이 대로에서 오피스텔 쪽으로 비추더니 승용차 한 대가 오피스텔로 통하는 길로 들어서고 있었다. 아직 꺼지지 않은 상점들의 환한 불빛 덕분에 윤곽이 잘 보였는데 그 차가 오안수의 그랜저 V6일 거라는 생각이 들었다. 물론 같은 차종의 다른 사람의 차일 수도 있었다. 그러나 동물적으로 느껴지는 감각이 왔다.

놈들이 5층의 이 룸으로 올라오기 위해서는 엘리베이터를 타겠지만 귀신같은 오안수가 지휘한다면 계단으로 올라올 가능성도 배제할 수 없었다. 잠시 망설이던 그는 방을 나와 문을 열어두고는 위층 계단으로 올라가 중간쯤에 섰다. 계단 쪽으로는 발소리가 들리지 않았다. 엘리베이터의 숫자판을 보니 일층에서 위로 올라오고 있는 것이 보였다.

문영은 재빨리 몸을 숨겼다.

오층에서 엘리베이터의 기계음이 들리고 서너 명으로 여겨지는 발소리가 났다.

"어? 문이 열렸네?"

자신도 잘 아는 망치의 목소리였다. 그는 오안수의 직속 부하로 들어온 지 얼마 되지 않은 문영이 김 사장의 수족 노릇 하는 것을 은근히 못마땅하게 여기는 기색이 있어 서로가 껄끄러운 사이였다.

"튄 거 아냐?"

오안수였다.

"우리가 오는 것을 모를 텐데요? 어, 안에도 없는데요?"

방 안에서 망치의 목소리가 들렸다.

"이 방에서 꼼짝도 하지 말랬는데 어딜 갔단 말이야?"

오안수의 짜증스러운 목소리가 이어졌다.

"일단 안에서 기다리지요."

"밖에 애들한테 오는지 잘 보고 있으라고 전화해 놔. 놈이 눈치 못 채게 잘하라고 하구."

오안수의 말이 끝나자 모두 방 안으로 들어가는 기척이 들렸다. 섣불리 오피스텔 밖으로 나가지 않은 것이 다행이었다. 주도면밀한 오안수를 익히 아는지라 조심한 것이 적중했다.

그는 조심스레 아래층으로 향했다. 계단은 지하 주차장까지 이어져 있었다. 하지만 오안수의 주도면밀한 성격으로 볼 때 주차장 안에도 감시하는 녀석을 두었을 가능성이 높았다.

이층에서 발길을 멈춘 그는 계단을 벗어나 뒤쪽으로 난 창가로 갔다. 밖을 내다보니 제법 큰 정원수가 몇 그루 심어져 있어 조심만 한다면 눈에 띄지 않고 오피스텔 바깥 쪽으로 나갈 수 있을 것 같았다.

잠시 밖을 살펴보았다. 근처에 아무도 없는 것을 확인한 다음 살며시 창을 밀어낸 후 가볍게 일층으로 몸을 날렸다. 밤이라서 그런지 그리 높지 않은데도 소리가 제법 크게 났다. 그는 주위를 둘러보고는 재빨리 몸을 날려 반대쪽 골목길로 향했다. 조금만 나가면 대로변이라 쉽게 택시를 잡을 수 있다.

사방을 살피며 그쪽으로 걸어가는데 마침 골목길을 나서는 모범 택

시가 있었다. 다행히 빈 차였다. 주위를 살필 겨를도 없이 재빨리 손을 들어 차를 세운 후 얼른 차 안으로 몸을 구겨 넣었다. 차 안에서 밖을 살피니 다행히 보는 사람이 없는 것 같았다.

"보문동이요."

막상 갈 곳이 마땅치 않았다. 고등학교 동창 인근이가 혼자 자취하고 있는 보문동을 떠올렸다. 조직의 누구에게도 인근이에 대해서 말한 적이 없으니 당분간은 지낼 만한 곳이었다.

차가 골목길을 나서는데 대로변에 한 사내가 담배를 피우고 서 있는 것이 보였다. 충식이였다. 문영은 가슴을 쓸어 내렸다. 그대로 큰길로 나왔다면 마주쳤을 가능성이 높았다.

충식이와는 잘 아는 사이였다. 아직 스무 살밖에 되지 않은 그는 전혀 건달 같지 않은 예쁘장한 얼굴에 항상 자신을 형님, 형님 하며 마치 친형님같이 대하고 있었는데 그나마 조직 안에서 서로 마음을 많이 터놓고 얘기하는 편이었다.

하지만 지금은 오안수의 지시로 대로변을 감시하고 있는 것이 분명했다. 녀석이 오안수보다 자신을 가깝게 생각했다면 미리 전화라도 해주었을 터였다. 하지만 아무 생각 없이 전봇대에 기대 담배를 피우고 있는 녀석의 얼굴도 그리 편한 기색은 아닌 것같이 보였는데 충충한 가로등 불빛 탓만은 아닌 것 같았다.

다른 녀석 같으면 차 안에서 몸을 숨겼을 테지만 그러고 싶지 않았다. 충식이에 대해서는 작은 믿음 같은 것이 있었다.

다행인지 불행인지 녀석은 차 안을 전혀 의식하지 않고 있었다.

이미 자정을 넘었는지 차는 금세 보문동에 도착했다. 차에서 내려 십여 분쯤 비탈길을 올라가니 녀석이 자취하는 산동네 비탈의 허름한 집이 보였다. 이미 두 시가 다 되어가고 있으니 문을 두드릴 수도 없었다.

집 옆으로 돌아 주변을 살핀 후 최대한 소리를 죽여 가볍게 담을 넘었다. 다행히 녀석의 방문은 주인집 문과는 반대 편에 있었다. 당연히 불이 꺼져 있었다.

혹시 하는 마음에 문고리를 돌려보았으나 열리지 않았다. 잠이 들어 있을 테니 문을 두드려야겠지만 워낙 집들이 다닥다닥 붙어 있어 큰 소리 내기가 곤란했다. 차 안에서 이미 확인해 보았지만 녀석의 핸드폰은 꺼져 있었다.

제기랄.

그는 열쇠고리를 꺼냈다. 언젠가 충식이가 준 만능키가 있었다. 필요할지 모르니까 형 가지라며 직접 만들어준 것이었는데 한 번도 사용해 본 적은 없었다. 당시에는 아무 생각 없이 받았는데 이렇게 요긴하게 쓸 줄은 몰랐다.

아까 길 옆에서 담배를 물고 있던 녀석의 착잡한 얼굴을 떠올리며 구멍 사이로 키를 집어넣었다. 찰칵 하는 소리를 내며 의외로 쉽게 문이 열렸다.

한 평 남짓한 손바닥만한 부엌을 지나 방문을 열었다. 형편이 어려운 인근이는 집에서 주는 쥐꼬리만한 돈에다 아르바이트를 해서 보탠 돈으로 대학을 다니고 있었는데 집이 좁고 불편하다며 혼자 학교가 가까운 이곳에 조그만 방을 얻어 자취를 하고 있었다.

'헉!'

잠겨 있는 방문을 열고 안으로 들어선 그는 깜짝 놀랐다. 커튼을 가린 창문으로 비춰오는 골목 가로등 불빛에 희미하게 비친 방 안에는 인근이가 아닌 웬 낯선 여자가 속옷 차림으로 자고 있었다.

아직 더위가 채 가시지 않은 늦여름이라 그런지 팬티만 입고 얇은 이불을 늘씬하게 뻗은 다리 사이에 끼고 자고 있었다.

방 안을 둘러보니 몇 달 전에 왔던 때하고는 분위기가 바뀌어 있었다. 얼핏 보아도 여자 혼자서 사는 방이라는 게 느껴졌다.

다른 곳으로 이사 갔구나 하는 생각이 들었다. 그러고 보니 몇 달 전 만났을 때 방세가 더 싼 곳이 있다며 옮겨야겠다는 말을 들은 기억이 났다. 그 이후로는 서로 연락을 못한 처지였다.

난감했다. 한밤중에 여자 혼자 사는 방에 도둑놈처럼 몰래 들어온 격이 되었지만 낮이라면 몰라도 막상 다시 나가도 밤중이라 마땅히 갈 곳이 없었다. 수배를 받고 있으니 여관 같은 곳에서 잘 수도 없었다.

일단 여기서 밤을 새고 보자.

마음을 먹은 그는 여자를 흔들어 깨웠다. 여자는 잠시 뒤척이더니 눈을 떴다. 그를 발견하자마자 여자의 눈이 커졌다. 미리 준비하고 있던 문영의 손이 여자의 입을 감싸듯 막았다.

"떠들면 죽어. 알지?"

여자는 아무런 말도 못하고 몸이 굳어 있었다.

"조용히만 하면 날이 밝는 대로 떠나겠지만 만약 허튼수작을 부리면 죽여 버릴 거야. 얌전히 있어."

한동안 충격에 정신을 차리지 못하던 그녀는 이윽고 사태를 파악했는지 고개를 끄덕였다.

"떠들지 않겠다고 약속하면 입은 풀어주지. 약속할 수 있나?"

끄덕거리는 여자의 고갯짓을 보고 입을 막고 있던 손을 풀었다. 여자는 황급히 이불로 몸을 가리며 가슴을 싸안듯 한 자세로 앉은 채 겁에 질려 아무 말도 없이 두려움 가득한 표정으로 그의 눈치만 보고 있었다.

여자를 보며 저 아이는 아마 살면서 이런 일은 처음 겪었을 것이라는 생각이 들었다. 오늘 일로 한동안 악몽에 시달릴 게 뻔했다.

"겁먹지 말아. 네 방에 오고 싶어서 온 것은 아니니까. 아무런 해도 끼치지 않을 테니까 신경 끄고 있어도 좋아."

문득 불쌍한 생각이 들어 한마디 했다. 하지만 여자는 여전히 겁에 질린 모습으로 경계심을 풀지 않았다.

그나 여자 모두 이 밤에 잠을 자기는 틀렸다. 그녀를 버려둔 채 혼자만 잘 수는 없었다. 깜빡 잠이라도 들면 몰래 빠져나가 신고라도 하는 경우가 생길 수도 있었다. 어차피 잠도 오지 않았다. 봉추가 자신을 없애려는 이유는 뻔했다. 김 사장을 보호하려는 것이었다.

문영이 도피 생활을 하게 된 것은 김 사장이 벌인 살인극의 중요한 단서이기 때문이었다. 아마도 경찰은 자신이 나이트클럽 사장을 살해했다고 여길 가능성이 높았다.

김 사장은 평소 눈독을 들이던 풍림 카바레 주인을 호텔로 불러놓고 손을 좀 본다고 한 것이 그만 죽어버린 것이다. 옆에서 보기에도 별로 심하게 한 것은 아니었고 나이도 있는지라 그저 뺨 몇 차례 올려붙인 것이 다였는데 그날따라 김달수의 손에 살(殺)이 붙었는지 그를 죽게 만든 것이었다.

당황한 김달수는 부하들을 시켜 그를 서울 근교의 야산에 파묻었다.

가족들의 실종 신고를 받고 출동한 경찰은 카바레 종업원들의 입을 통해 장문영이 사장을 끌고 간 것을 알았고, 문영이 오성파의 행동대원임이 밝혀져 김달수가 용의 선상에 올랐다. 하지만 김달수는 부하들과 짜고 알리바이를 조작하여 버티고 있었고 경찰은 장문영이 사건의 열쇠라고 보고 그에 대해 전국에 긴급 수배령을 내린 상태였다.

조직 내에서 김달수에게는 어떤 외부적인 위해(危害)도 허락되지 않았다. 그가 지은 죄는 항상 누군가 대신 십자가를 지고 감옥에 들어갔다 왔고 그때마다 김달수는 그 대타의 가족들에게 후한 보상을 했다. 하지만 살인죄는 아니었다. 문영이 알기로도 십오 년에서 이십 년은 족히 철창에서 썩어야 할 죄였다. 이런 경우 대타를 구한다는 것은 불가능했다.

봉추는 아마도 그 점을 고려해서 자신을 제거하려는 것이 틀림없었다. 김달수가 체포된다면 오성파는 구심점을 잃고 와해될 게 뻔했고 이인자인 봉추는 주먹이 없으니 중간 보스들이 인정하지 않을 것이었다. 그 점이 봉추가 자신을 제거하려는 이유일 거라는 추측이었다.

김달수가 지시한 것인지, 아니면 봉추가 독단적으로 벌인 일인지 하는 의문도 들었다. 날이 밝은 후 이곳저곳에 통화해 보면 윤곽이 나올 것 같았다.

"누, 누구세요?"

여자였다. 처음에는 공포에 질려 있다가 문영이 한 시간이 넘도록 아무런 짓도 하지 않자 용기가 생겼는지 입을 열었다.

그가 돌아보자 여자는 얼른 눈길을 떨구었다. 문영은 대답 대신 그냥 물끄러미 그녀를 바라보았다. 제법 어둠에 익숙해진 눈으로 보니 여자는 꽤나 미인이었다. 갓 스물을 넘겼을까. 앳된 티가 나기는 해도 제법 호감을 주는 얼굴이었다.

"몇 살이야?"

"스, 스무 살."

"회사 다니냐?"

방 안에 책이 별로 없는 것으로 보아 대학생은 아니고, 밤에 집에 있는 것으로 보아 술집에 나가는 아이 같지도 않았다.

"네."

"언제부터 여기 살았지?"

이사 간 인근이를 생각하며 물었다.

"두 달 됐어요."

대화가 계속되자 그녀의 말도 점점 무서움의 무게를 덜어가고 있었다.

"아저씨는 왜 제 방에 들어왔어요?"

마치 아무 짓도 하지 않을 거면 뭐 하러 왔냐는 질문 같았다. 더 이상 이런 무의미한 대화가 싫어졌다. 자꾸 얘기를 하다가는 나중에 무슨 단서를 남길 수도 있어 입을 닥치게 할 필요가 있었다.

문영이 손을 내밀어 여자가 감싸고 있는 이불을 확 당겨 젖히고는 우악스럽게 젖가슴을 움켜쥐었다. 부드럽고 말캉한 감촉이 느껴졌다.

"아!"

여자는 가볍게 비명인지 탄성인지 모를 소리를 냈다. 본능적으로 큰소리를 내면 안 된다는 것을 느끼고 있는 듯했다.

"입 닥치고 있어. 아침에 나가면 다시 이 방에 들를 일이 없겠지만 내가 떠난 후에라도 신고를 한다거나 하면 나중에 다시 와서 가만두지 않겠어. 알아서 잘 판단해."

여자가 다시 겁에 질린 얼굴로 돌아가 입을 닫았다. 약효가 확실한 처방 같았다.

문영이 더 이상 묻지 않자 다시 침묵이 이어졌다. 여자도 겁을 먹었는지 얌전히 앉아 있었다.

머리가 복잡했다. 고개를 숙이고 다시 생각에 잠겼다. 도대체 어디서부터 일이 잘못된 것일까? 내가 왜 잘 곳도 없이 한밤중에 쫓겨 다녀야 한단 말인가. 자신은 그냥 나이트클럽 사장을 호텔로 불러왔을 뿐이었는데 그 후로 일이 꼬였다.

할머니 생각을 했다.

자신만 바라보고 살아온 할머니이다.

할머니가 친딸인 문영의 어머니를 부르는 이름은 망할 년이었다. 문영의 어머니는 처녀의 몸으로 아비도 모르는 애를 배가지고 고향으로 돌아와서 문영을 낳고는 몇 달 후 말없이 집을 떠났다고 했다.

젊어서 사변 통에 남편을 잃은 할머니는 홀로 문영을 키웠고 가르치기 위해 산골 벽지를 나와 도시에서 막노동이며 좌판, 행상 등 온갖 궂은 일을 해가며 그를 공부시켰다.

엄마, 아빠도 없는 가난한 집구석에서 태어난 것이 할머니 탓인 양 투정을 해가며 그렇게 컸다. 할머니는 허리가 굽도록 일을 해서 대학까지 보냈건만 문영이 그녀를 이해하기에는 너무 철이 없었다.

늙으막에 고생을 견디지 못한 할머니는 지금 병원에 있다. 위암이었다. 그것도 이미 치료 시기를 놓쳐 삼 기가 넘은.

아파도 제때 검진을 받지 않은 것이 병을 키운 것이라고 했다. 그 의사는 아파도 드러내고 말하지 못한 그 사정을 알기나 한 것일까?

새삼 할머니의 아픔이 느껴지는 것이 눈시울을 시큰거리게 했다. 할머니가 그렇게 보내려 했던 대학에서의 생활은 할머니의 입원과 함께 막을 내렸다.

갑자기 핸드폰 벨이 울렸다.

핸드폰을 꺼내며 화면의 벽시계를 보니 어느덧 새벽 다섯 시 반이었다.

"여보세요?"

─나다. 지금 어디냐? 봉추가 쓸데없는 일을 벌였더구나.

김달수였다. 이미 핸드폰에 찍힌 번호를 보고 알고 있었다.

"밖에 나와 있습니다."

문영은 그렇게만 대답했다. 봉추의 행동이 김달수 사장의 지시에 의한 짓일 가능성이 높으니 있는 곳을 묻는 대로 말할 수도 없었거니와 이곳이 어디라고 말하기도 난처했기 때문이다.

―얘기 들었다. 한 몇 달 지나 잠잠해지면 새로운 신분증을 만들어줘 살게 할 생각이었는데 봉추가 딴생각을 하고서 너를 찾아간 것 같구나.

그의 생각을 읽었는지 김 사장은 자신은 봉추의 일을 전혀 몰랐다는 듯이 말하고 있었다.

―봉추 그놈은 머리는 좋은데 의리가 없어. 그래서 만년 이인자밖에 못할 놈이지. 내가 데리고 쓰고는 있지만 가끔 이런 일에서는 제멋대로 생각해서 일을 만드는 게 문제야. 건달 세계에서 의리가 뭔지 도통 모르는 놈이지.

"그럼 사장님은 모르셨습니까?"

―허허허, 그럼 그동안 내가 의리도 없이 가족을 배신할 놈으로 보였단 말이냐?

김달수는 평소 사장 행세를 하며 어깨들을 가족이라고 불렀다. 피로 맹세한 사이이니 당연히 가족이라는 것이었다.

"그, 그게 아니라……."

김달수의 말에 일순 당황한 그는 감히 대답할 말을 찾지 못했다. 비록 어쩌다 보니 김 사장을 가까이서 모셔왔지만 김달수는 그가 감히 말대답이나 할 상대가 아니었다.

―봉추 그놈은 내가 따끔하게 혼내났으니 다시는 허튼짓하지 못할 게다. 있다가 저녁에 불야성으로 나오거라. 내가 봉추를 잘못 가르친

셈이니 한잔 사마. 어차피 그곳에서 소란을 피워놓은 모양이니 거처도 새로 마련해야 할 테고.

김 사장은 말을 끝내고는 일방적으로 전화를 끊었다.

여자는 곁눈질로 통화하는 그의 얼굴을 훔쳐보고 있었다. 사방이 조용한 새벽이니 핸드폰을 타고 흐르는 김 사장의 목소리를 들었을 가능성도 있었지만 다른 사람이 알아들을 만한 내용은 없었으니 관계없다고 생각했다.

"서로 모르는 사이로 끝내지. 내가 특별히 나쁜 짓을 한 것도 아니고. 다시 말하지만 더 이상 얼굴 볼 일 없게 하자구."

삐─ 뽀─ 삐─ 뽀─

밤거리의 적막을 깨는 요란한 사이렌 소리와 함께 119 구급차가 달려왔고 연이어 경찰차가 도착했다.

구급차에서 황급히 내린 흰 가운의 30대 남자는 내 몸을 이리저리 만져 보더니 고개를 저으며 뒤따르던 남자에게 무어라 하였고, 이어 구급차의 뒷문이 열리더니 들것이 내려지고 피범벅이 된 육신이 그리로 옮겨졌다.

주변에서 지켜보던 코트를 걸친 남자가 술 냄새를 풍기며 다가오더니 조심스레 입을 열었다.

"죽었나요?"

"아뇨, 병원에 데려가서 정확한 진단을 받아봐야 알겠지만 상태가 매우 심각합니다. 피를 너무 많이 흘린 것 같아요."

흰 가운이 말을 받았다.

"선생님이 신고하신 분인가요?"

그 광경을 지켜보고 있던 경찰 정복 차림의 사내가 코트에게 물었다.

"예, 수, 술 먹고 친구들과 헤어져서 기, 길을 건너려는데 갑자기 '픽' 하는 소리가 나기에 돌아보니 어떤 승용차가 저 사람을 치고 머, 멈칫하더니 다시 후진을 해 한 번 더 치고는 그대로 달아나는 게 아니 겠습니까? 화, 황급히 달려와 이 사람을 도로 가장자리로 옮겨놓고 119에 신고한 겁니다. 수, 술이 다 깨더라구요."

바바리는 상기된 어조로 마치 자기가 범인으로 의심이라도 받을까 봐 더듬거리며 변명처럼 상황을 설명했다.

"저 사람이 태, 택시에서 내려 비틀거리는 걸 봤거든요. 이럴 줄 알 았으면 그때 길 밖으로 끌어내는 건데……."

"선생님 잘못은 아니지요. 누구나 취객을 건드리고 싶지는 않겠지 요. 잘못하면 시비가 붙는 경우도 왕왕 있으니까요."

바바리가 면구스러워하며 변명하듯 말하자 경찰관이 아무것도 아니 라는 듯이 대꾸했다. 그는 취객을 상대로 뺑소니 차에 관해 물어보았 으나 그는 검은색의 중형차라는 것 이외에는 아무것도 기억하지 못했 다. 워낙 순식간에 일어난 충격적인 일이었고 캄캄한 밤중이라 제대로 보지 못했다는 것이다.

문영은 그 이야기를 다 듣고 있었다.

마치 꿈속에서 누군가가 대화하는 듯한 소리로 들려왔던 것이다.

'내가 죽어가는구나!'

저 바바리사내는 취중에 묻혀졌던 내 기억의 실마리를 이어가고 있었 다. 내 마지막 기억은 어찌어찌 택시비를 지불하고 내린 장면까지였다.

한번 믿어보기로 하고 대충 낮 시간을 때운 후에 찾아간 강 마담의 룸살롱 불야성에서 김 사장이 미안하다며 계속 권하는 술을 정신없이 마셨다. 강 마담과 수아가 보이지 않았지만 그저 다른 룸에 들어갔겠거니 했었다.

오늘은 사나이답게 끝을 보자며 마신 술에 혀가 꼬부라지고 정신이 오락가락할 무렵, 불야성에서 나와 김달수 사장이 아무도 모르는 곳에 새로 마련했다는 오피스텔 근처에 도착해 택시에서 내린 순간 갑자기 취기가 확 올라왔고, 혼자 길가에서 비틀거리는 순간 뒤에서 자동차 불빛이 확 비추더니 차에 치인 기억이 났다. 그런데 저 사내는 그 차가 다시 후진을 했다고 했다.

저 목격자의 말대로라면 그 차의 운전자는 의도적으로 자신을 치었을 가능성이 높았다. 그렇다면 자신이 속은 것이었다. 김 사장은 자신이 잠적하자 불러내 오안수를 시켜 없애려다가 길가에서 비틀거리자 자연스럽게 뺑소니로 위장한 것이라면 말이다. 하, 내가 사람을 너무 믿었나? 아니면 아직 너무 어린 건가?

하긴 어차피 갈 곳도 없는 처지다.

오성파의 보스인 김달수 사장을 위해 일을 해온 지는 벌써 삼 년이 다 되어가고 있었다. 그동안 온갖 일에 몸을 사리지 않고 뛰었건만 자신의 안위를 위해 나를 제물로 삼은 것이다.

할머니의 약값을 마련하기 위해 다니던 대학을 그만두고 술집 삐끼로 나선 지 보름 만에 다니던 술집에서 우연히 수아라는 여 종업원을 희롱하는 김 사장의 부하 하나와 시비가 붙었는데 그때 장문영에게 맞고 간 사내가 김 사장의 참모 중 하나인 오안수였다.

오안수는 몇 시간도 되지 않아 댓 명의 어깨들을 끌고 와서는 술집을 엎고 문영을 룸으로 끌고 가 사정없이 두들겨 팼다. 문영도 학교 권투부에서 삼 년을 닦은 실력이라 처음 얼마간은 버텼으나 사방에서 정신없이 날아오는 몽둥이 세례를 감당할 수 없었다. 그러나 악으로 그 상황을 버텼고, 그 깡다구를 높이 산 오안수가 자기 밑으로 들어올 것을 권했다.

이미 어깨들이 술집을 난장판으로 엎어놓은 지 오래라 더 이상 그곳에 있을 수도 없었던 그는 보수도 후하게 주겠다는 오안수를 따라 오성파 사무실로 간 것이 인연의 시작이었다.

그곳에서 행동대원으로 일하면서 김 사장의 눈에 들어 직속 호위대에 들어가 온갖 궂은 일도 마다 않고 했었다. 그 대가는 지금 죽음이었다. 김달수가 입버릇처럼 말하던 의리의 끝은 배신이었다.

살아야 한다. 문영은 최대한 의식을 놓지 않으려고 버둥거렸다.

이런저런 질문이 경찰관과 바바리 사이에 오가는 동안 119 구급대원은 장문영의 얼굴만 남기고는 흰 가운으로 덮어버리더니 동료와 함께 구급차에 실었다.

삐— 뽀— 삐— 뽀—

앰뷸런스는 어둠의 정적을 찢으며 바쁘게 병원을 향해 달려갔다.

실내등의 불빛이 흐릿하게 느껴지며 눈이 감기고 있었다.

"정신을 차리세요. 정신을 잃으면 안 됩니다."

옆자리의 구급대원은 계속해서 그에게 말을 걸어오고 있었다.

모든 것이 귀찮았다. 자신이 차에 치여 죽어가고 있다는 것도, 병원으로 실려가는 것도 귀찮았다. 조용히 아스팔트의 차가운 기운 위에 누워 있던 아까의 상태가 더 좋았던 것 같았다.

"다 왔습니다. 조금만 참으세요. 정신을 놓으시면 안 됩니다."

계속 말을 하는 구급대원의 목소리를 마지막으로 그는 정신을 잃었다. 아니, 정신을 잃은 것이 아니라 꿈을 꾸고 있었다. 꿈은 그의 과거를 마치 영화의 필름처럼 이어가며 보여주고 있었다.

어릴 때 놀던 뒷산 자락을 이어가며 예쁘게 피었던 진달래꽃 향기가 코로 느껴지고, 그 사이로 풀피리를 불며 지나가는 자신이 있었다. 웃음이 가득한 얼굴로 그런 자신을 바라보는 할머니도 있었고, 살포시 수줍은 미소를 짓는 수아도 있었다.

의사들과 간호사들의 손길이 바빠졌다.

"과다 출혈로 쇼크가 온 것 같습니다."

"호흡 정지!"

"심장 기능 정지!"

"더 이상 심장에 충격을 줘도 이젠 반응이 없습니다."

"……."

"포기해."

"심장 소생 처치술 중단."

당직 의사의 말을 마지막으로 문영에게 연결되어 있던 산소 호흡기를 비롯해 각종 진단 센서들이 제거됐다.

"다음 환자는 뭐지?"

"네, 또 교통사곤데 위급하지는 않습니다."

의사들은 서둘러 문영의 곁을 떠났다.

'나는 아직 살아 있는데…….'

입을 열고 싶었지만 뜻대로 되지 않았다. 아니, 몸의 어느 부분으로도 그의 뜻은 전달되지 않았다. 몸 위로 흰 시트가 덮이더니 누군가 그가 누워 있는 침대를 밀고 있는 것이 느껴졌다. 침대는 적막감이 감도는 병원 복도를 지나더니 시체실로 향했다. 그는 점점 기억이 흐릿해지는 것이 느껴졌다.

문영의 몸이 어디론가 들어가는 것 같더니 마지막으로 가늘게 연결되어 있던 정신의 고리마저도 끊겼다.

문영의 몸은 시체실의 냉장 보관함에 있었다.

그는 자신의 그런 모습을 내려다보며 두려움에 떨었다.

이게 나인가?

죽음인가?

정말로 죽은 걸까?

할머니 생각이 났다.

'할머니……'

장문영은 할머니를 불러보았다.

병실에 누워 있으면서도 항상 홀로 남은 외손주 걱정에 수심이 가득했던 할머니였다. 끝내 암을 이기지 못한 할머니는 그렇게 한 많은 세월에 종지부를 찍고 가셨다. 할머니, 저도 할머니 곁으로 가요.

문영은 자신이 점점 허공으로 떠오르고 있다는 것을 깨달았다. 그 움직임은 너무나도 느렸으나 병원의 윤곽이 점점 작아지고 있는 것으로 보아 확실한 것이었다.

병원이 조그맣게 작은 점으로 보이더니 잠시 후 도시의 불빛이 더 이상 보이지 않게 되었다. 주위가 온통 검은 공간으로 뒤덮이고 하나의 통로로 만들어지는 것 같더니 어느 순간부터 문영은 칙칙한 어둠의 굴 속을 지나는 느낌이 들었다.

'어라, 저게 뭐지?'

한없이 동굴로 빨려 들어가던 문영은 동굴 속에 희끄무레한 빛덩이 같은 것들이 하나둘 주위에 있는 것을 발견했다.

자세히 볼수록 그 숫자가 늘어나는 것같이 보이더니 문영의 곁에도 그런 덩어리들이 수두룩한 것이 아닌가?

문득 이상한 생각이 들어 문영이 자신을 보니 그도 그들처럼 하나의 희끄무레한 덩어리로써 존재하는 것이었다.

'저게 모두 죽은 귀신이나 영혼덩어리인 모양이구나. 제길, 죽으면 명부(冥府)로 간다더니 이 길이 그리로 가는 길인가?'

더 이상 죽음에 대해 무감각해진 그가 이런저런 생각을 하며 안으로 빨려들고 있었는데 갑자기 옆의 녀석이 끼어들었다

'맞아, 우리는 지옥이나 천당으로 가는 걸 게야.'

그는 깜짝 놀랐다.

'아니, 이 녀석이 어떻게 내가 마음속으로 생각한 것들을 알고……?'

'낄낄낄, 나도 안 지 얼마 안 돼. 너는 내 마음의 소리가 들리지 않냐?'

'엇! 그리고 보니…….'

문영은 그 녀석이 생각하는 것을 모두 알 수 있었다. 녀석은 지금 지옥으로 갈까 봐 몹시 두려워하고 있었다.

주위를 살펴보니 여기저기 떠 가는 빛덩어리들이 각각 체념, 공포, 황당 등 여러 가지 생각을 하며 가고 있었고 개중에는 이승에서의 원한을 잊지 못해 이를 갈며 가는 녀석도 보였다. 또 출신지도 다양해서 아프리카 인, 중국인, 러시아 인, 일본인, 영국인, 인도인… 총에 맞아 죽은 놈, 발을 헛디뎌 죽은 놈, 열차 충돌로 죽은 놈, 심지어는 복상사 한 녀석까지, 잠깐만 관찰하면 그 녀석들의 모든 과거를 관찰할 수 있

는, 마치 인간형, 인생 유형, 사망 유형의 총집합, 그 자체였다.

그들 대부분은 자신이 죽은 이유를 회상하거나, 혹은 앞날을 걱정하며, 혹은 남겨둔 가족을 생각하며 부지런히 앞으로 빨려가고 있었다.

'맞아, 나도 처음엔 놀랐다니까. 진작에 이걸 알 수 있었으면 포춘텔러라도 해서 큰돈을 만질 수 있었을 텐데 정말 아쉽군.'

누가 인간 아니었다고 할까 봐 이 녀석은 죽은 후에도 돈 타령이다.

'가만, 너는 은행 털다가 경비원 총에 맞아 죽었구먼. 멍청한 녀석. 출동한 경찰도 아니고 은행 경비원 총에 맞았다니 대체 계획을 어찌 짰길래……. 쯧쯧.'

'사전 답사를 한 놈이 경비원이 하나뿐이라고 했는데 알고 보니 둘이더라구.'

'아무튼 너는 인간 사회 안정을 위해 잘 죽었다.'

'죽고 나니 그런 생각도 들더라고.'

녀석의 머리 속에서 가히 범죄의 표본이라고 할 만한 숱한 사건의 행적들이 스쳐 가고 있었다.

'너 참 대단한 물건이었구나. 모가지에 현상금깨나 걸렸겠는데?'

녀석의 전생은 정말 지저분했다. 문영이 알고 있는 범죄 유형은 다 훑고 지나간 녀석 같았다.

안으로 빨려가는 속도는 엄청나게 느리게 진행되고 있었다. 한참을 가던 우리에게 저 멀리 동굴을 막은 듯한 문 같은 것이 보였다.

'저기가 끝인가?'

'글쎄, 그런 것 같은데? 아무래도 지옥문 같지? 천당으로 가는 길이 이리 침침하고 어두울 리 있나?'

모두들 비슷한 생각을 하고 있었다. 문영은 문득 옆에 있던 녀석의 전력이 생각났다.

'이 녀석과 동행인 걸 보니 아무래도……. 제기랄, 죽어서도 내 인생은 안 풀리는군. 틀림없이 좋은 데로는 못 갈 것 같네…….'

옆에 가던 표본 범죄자 녀석은 지은 죄를 생각하곤 불안해하며 빨려가고 있었다.

그는 자신이 지은 죄를 생각해 보았다. 하지만 아무리 생각해도 지옥에 갈 만한 중죄(?)를 저지른 기억이 없다.

살인:없음.

여자 관계:좋음(?).

강간:그런 거 모름.

도둑질:어릴 때 가게에서 사탕 한두 개. 설마 사탕 몇 개 훔쳤다고 지옥에야… 아니, 할머니 몰래 지갑에서 몇 푼 꺼내 쓴 적도…….

사기:치사하게 젊은 놈이…….

강도:이유없이 날강도 같은 녀석이란 소리는 몇 번 들어본 적이 있음.

억울했다.

그러다 문영은 문득 할머니 생각을 했다.

'할머니는 나 때문에 죽었어.'

문영에게 있어 자신의 방종이 할머니의 죽음으로 이어진 것은 이제 부인할 수 없는 사실로 굳어져 있었다.

'대학을 졸업할 때까지만이라도 열심히 할 것을…….'

때늦은 후회가 밀려왔다. 그동안 추상적으로 자신이 할머니에게 있어 삶의 이유일지도 모른다는 생각을 해오기는 했으나 그야말로 막연한 감정이었고, 오히려 그로 인해 밀려오는 중압감의 무게에 눌려 그것을 애써 무시해 가며 입학 허가서를 보여줌으로써 자신의 임무는 다했다고 생각해 왔었다.

하지만 문영은 그녀에게 삶 그 이상이었다. 할머니의 바람도 뒤로하고 자신은 건달패들과 어울리다가 술 처먹고 길바닥에서 차에 치어 죽은 것이다.

할머니가 돌아가셨을 때 모두들 자신을 손가락질했었다.

"잘 죽었지. 더 있어봐야 철모르는 손주 놈 뒷바라지에 고생만 더했을 텐데 뭐."

그래도 이웃이라며 납골당을 찾아온 어떤 아주머니의 말이 생각났다. 그 여자는 마치 문영이 듣기를 바라는 듯 큰 목소리로 혼잣말을 했었다. 예전에 느끼지 못했던 죄의식에 부끄러움과 슬픔이 회한이 되어 나왔다. 자신이 지은 죄가 어떤 다른 범죄보다 컸을지도 모른다는 생각이 들었다.

그러나 가슴 아픈 생각도 잠시뿐이고 더럭 겁이 나기 시작했다.

지은 죄를 생각하니 꺼지지 않고 끝없이 타오르는 불구덩이 속에서 바비큐가 되어 있거나 인상 더러운 녀석이 내 몸에 끊임없이 채찍질을 가하는 끔찍한 상황도 연상됐다.

'가만, 나는 지금 육신을 두고 왔지?

'그럼 불에 타거나 채찍에 맞아도 구급차에 실려간 그 녀석만 아프겠구나.'

영혼만 떠도는 이 상황이 무척 다행이라도 되는 듯한 생각이 들었

다. 하지만 아직도 육신의 아픔이나 겁내고 있었다는 한심한 생각에
이내 허탈감이 몰려왔다.

바로 그때였다.

"움—"

딱!

"움 마니."

딱다르르—

"밧메홈—"

딱! 딱!

"움—"

딱—

"#@&%$##……."

어디선가 머리를 쥐어뜯는 듯한, 마치 영혼을 온통 헤집어놓을 것
같은 끔찍하고 역겨운 소리가 들리는 것이 아닌가.

'아— 악!'

'으… 으아……'

'크— 윽!'

여기저기에서 고통에 찬 비명 소리가 동굴에 가득 찼다.

사방을 둘러보니 동굴을 지나던 희미한 덩어리들의 움직임이 술에
취한 듯 비틀대고 있었고, 그 덩어리들은 반사적으로 소리의 진원지에
서 조금이라도 멀어지려고 애를 쓰며 비명을 지르고 있었다.

어느새 문영도 그 덩어리들과 뒤섞여 소리의 반대 편으로 밀려나 있
었다.

"움—"

딱다르르르―

"움 마니 밧메훔―"

딱! 딱!

"움―"

딱!

'끄아― 악!'

'아이구!'

'…….'

지옥에서의 울부짖음을 연상케 하는 영혼들의 절규와 함께 시간이 흘렀다.

몇 번인가 반복해서 들리던 깨진 종소리 같은 지긋지긋한 그 소리는 어느 결엔가 잠잠해져 있었다.

'어떤 망할 자식이 죽은 후에도 이리 괴롭히누?'

'지옥에나 떨어져라!'

'잡히기만 하면…….'

잠시 여유가 생기자 비틀대던 영혼들이 곳곳에서 투덜거리며 욕을 해대고 있었다.

'무슨 소리였지, 그게?'

고통이 사라지자 그는 슬며시 호기심이 일었다.

'바쁜 일도 없는데 한번 살펴보고 갈까?'

그는 옆에 있던 표본 범죄자 녀석을 보며 호기로운 척했다.

'마음에도 없는 소리일랑 하지 말지? 너같이 설치다가 나보다 먼저

간 친구 녀석들도 여럿이야. 죽고 싶지 않거들랑 얌전히 있어.'

'엥? 우린 벌써 죽었잖아.'

'그렇지 참. 아무튼 괴로웠어. 다시 들을까 겁나네.'

'피식.'

'죽은 놈이 더 이상 죽을 일도 없고, 이래저래 갈 데까지 가고 있는 것 같은데 걱정할 게 뭐 있어? 더구나 너 같은 녀석과 동행하는 걸 보니 줄을 제대로 선 것 같지도 않은데……'

'그럼 너는 소리나는 곳으로 찾아가서 확인해 볼 배짱이라도 있다는 거냐?'

멈칫!

그는 아까 괴로웠던 그 생각을 떠올리며 몸을, 아니, 치를 떨었다. 하지만 마음 한구석에서는 오기가 올라오고 있었다. 또한 마음 한구석에서 자꾸 그리로 가라고 밀어내고 있었다.

'괜히 까불지 말고 얌전히 있자구. 너나 나나 피차 속은 다 들여다보고 있으니까.'

녀석이 핀잔을 주었다.

'까짓것, 못 가볼 것도 없지. 그야말로 갈 데까지 간 인생(人生), 아니, 혼생(魂生) 아니겠어?'

'미친놈, 널을 뛰어라.'

'어딜 가나 저런 놈은 꼭 있단 말야.'

'저놈은 살아 있을 때도 입만 나불대고 다녔을 놈이야.'

'보탬이 안 되는 놈.'

'곰 거시기 터는 소리……'

'……'

사방에서 야유와 욕설이 그를 향했다.

'니놈들이 나를 모르는구나?'

순간적으로 오기를 참지 못한 그는 자신도 모르게 소리가 났던 곳으로 움직여 갔다.

'어! 이봐, 샌님! 돌아와!'

돌아보니 표본 범죄자를 필두로 여기저기에서 한마디씩 한다.

'엥, 농담 한마디 했다고 사내 녀석이 삐치긴…….'

'응석받아 줄 사람도 없으니 그쯤 하고 이만 돌아오지?'

'저놈, 등신 맞제?'

'…….'

심심했는지 모두들 한마디씩 했다.

그런데 이상하게 그 와중에도 무엇인가 나를 이끄는 듯한 따스한 손길이 느껴졌다.

'헛!'

화들짝 놀라며 둘러보았으나 아무런 움직임도 없었다. 그런데 그 손길은 부드럽게 그의 영혼을 인도하여 소리가 났던 동굴의 한 벽면으로 이끌었다.

'할머니!'

어릴 적 잠이 들 무렵이면 들일에 살갗이 벗겨져 까실까실한 손으로 머리를 쓰다듬던 할머니의 손길 같기도 했다.

너무나 익숙한 그 느낌에 그는 할머니의 보이지 않는 영혼이 자신을 인도하고 있는지도 모른다는 생각이 들었다.

얼굴도 모르는 엄마의 사죄하는 어루만짐인지도 몰랐다.

벽처럼 보이던 그곳은 의외로 아무런 저항 없이 통과할 수 있었다.

'동굴 속인 줄 알았더니 착시(?)였구나!'

소리가 나는 쪽을 찾기 위해 두리번거리는 순간 돌풍 같은 것이 문영을 휘감으며 말아 올렸다. 저항하며 발버둥치는데 아까와 같은 편안하고 아늑한 힘이 다시 그를 인도했다. 그 손길은 그를 돌풍의 중앙으로 이끌어 들였다.

돌풍은 강한 힘을 가지고 위로 말려 올라가고 있었는데 이상하게도 그가 있는 중앙의 공간은 조용하여 마치 전혀 다른 세계에 있는 것 같았다.

'사후 세계에도 허리케인이 부나?'

'태풍의 중심은 고요하게 바람 한 점 없다더니 여기가 바로 이 돌풍의 눈인가?'

그가 어리둥절해하며 혼란에 빠져 있을 때였다.

"움―"

딱!

"움―"

딱!

"마니 밧메훔."

딱다르르―

동굴에서 내가 들었던 바로 그 소리였다.

"움―"

딱!

"사박다니―"

딱! 딱!

계속해서 들리는 그 소리는 아까보다 더욱 선명하게 들렸는데 이상하게도 처음과 같이 괴롭거나 거부감이 없이 오히려 그를 부르는 듯한 그런 소리로 들렸다.

'가보자.'

문영은 가만히 소리가 들리는 방향으로 서서히 움직여 갔다.

그런데 이제 그 소리는 마치 자장가와 같이 들리기 시작했고, 그는 자신도 모르게 깊은 잠 속으로 빠져들었다.

문영이 정신을 차렸을 때는 저녁 무렵이었다.

땅거미가 지는 와중에 갑자기 시야가 트이며 도시와 같은 윤곽이 나타나고 시간이 흐름에 따라 그 형태가 점차 뚜렷해지는 것을 볼 수 있었다.

고래등 같은 기와집들이 연이어 붙어 있기도 하고 커다란 대로가 이리저리 나 있는 것도 보이더니 어느 결에 사람들의 모습도 들어왔다.

'엉! 한옥 마을도 아니고, 민속촌도 아니고……. 가만, 이건 한국이 아니라 중국풍이잖아?'

사진에서나 보았던 중국의 건물들이 재현되어 있는 것 같았다.

문영의 영혼은 그 건물 중 하나로 내려앉고 있었다. 그를 부르던 그 소리는 이제 막강한 흡인력을 가지고 끌어당기는 통에 선택의 여지도 없었다.

그가 향하는 곳은 마당을 둘러싼 세 개의 건물이 있었고, 그중 한 건물 담장으로 난 문을 지나면 후원까지 딸린, 그리 크지는 않지만 단아한 느낌을 주는 오래돼 보이는 기와로 된 고택이었다.

소리를 따라 후원 쪽의 건물로 들어가는 순간 그는 무엇인가가 뒷머리를 후려치는 느낌과 동시에 기억의 끈을 놓았다.

제2장 죽음과 바꾼 삶

문영이 정신을 차린 곳은 그 집의 별채였다.

조금씩 정신이 들어오는 순간 그는 어딘가 불편한 것을 느꼈다.

'허걱!'

그는 그 불편함의 정체가 자신의 육체임을 알고는 비명을 지를 뻔했다.

'이게 무슨 조화냐? 내가 다시 살아난 것일까?'

그는 도저히 이 상황을 이해할 수 없었다.

자신의 생각을 확인하기 위해 손가락을 까닥거려 보았다.

"도련님!"

누구를 부르는 듯한 비명 소리가 그의 귀에 들렸다.

연화라 불리는 이 집의 어린 하녀였다.

그녀는 때마침 침상 위의 도련님을 바라보던 중 미세하나마 도련님의 손가락이 까닥거리는 것이 눈에 들어와 그 순간 자신도 모르게 비명을 지른 것이었다.

"이 무슨 경거망동이냐!"

유모인 미랑은 깜짝 놀라며 엄한 목소리로 나직이 나무랐다.

"그, 그게 아니라……."

연화는 자신이 제대로 본 것인지 확신할 수 없어 말을 잇지 못하고 머뭇거렸다.

'엥? 어째 용어가 사극 드라마에서나 나오는 말투네?'

문영은 헷갈리기 시작했다.

"조용히 하라 하지 않느냐."

오십이 넘은 미랑은 관자놀이에 핏대까지 세워가며 나무라며 매섭게 연화를 쏘아보았다.

'연화 저년이 지금이 어떤 자린 줄 뻔히 알면서도…….'

삼 일 전에 이 집의 유일한 핏줄인 문영 도련님이 돌계단에서 갑자기 굴러 쓰러져 집안이 발칵 뒤집혔다.

첫째인 휘영 도련님은 그렇게 책을 좋아하시더니 원인도 알 수 없이 돌연 서탁에서 혼절해 영영 가버린 지금 문영 도련님이 이 집안의 남은 유일한 핏줄이었다.

안방마님 주선하는 혼담까지 오가도록 다 키워놓은 첫째가 죽자 거의 한 달을 식음을 전폐했었고, 그 바람에 다른 집안 사람들은 줄초상이라도 날까 봐 바늘방석을 걷는 기분으로 쉬쉬하며 살아왔다. 이제 집안에서 휘영 도련님의 이름을 입에 올리는 것은 금기 중의 금기였다.

그런데 불행은 연이어 온다던가?

그때의 충격이 겨우 아물었나 했더니 그게 몇 년이나 되었다고 둘째 도련님마저 어처구니없는 변을 당했다.

그 소식에 맨발로 달려왔던 안방마님은 도련님을 보자마자 울며불며 매달리다가 의원이 진맥을 하고 나서 고개를 젓자 그대로 혼절했다. 하인들은 쓰러진 마님을 돌보랴 도련님 병수발하랴 그야말로 집안 사람들 중에 제정신 가진 사람은 아무도 없었다.

먼저 일이 난 것은 도련님 쪽에서였다.

어제저녁부터 갑자기 병세가 악화되어 숨 쉬는 것조차 거북해하더니 황제께서 친히 내리신 천하에 하나밖에 없다는 만년설삼(萬年雪蔘)을 달여 드렸는데도 끝내 숨을 멈추었다.

"돌아가셨습니다."

황제의 명으로 손수 만년설삼을 달여 먹이며 수발을 들어주었던 어의조차도 고개를 내젓고는 문영 도련님의 죽음을 알렸다.

집안 사람들은 그 기막힌 소식을 이틀 만에 겨우 정신을 차린 마님에게 전하지도 못했다. 그저 폐하께서 어의까지 보내 돌보고 계시다고 하여 안심시키고 병세는 적당히 둘러댄 것이 고작이었다. 대감마님의 분부에 따라 아랫것들의 입단속을 시켜놓기는 하였으나 언제까지 숨겨야 할지 막막했다.

그녀가 어려서부터 모셔온 상전인 대부인마님 주설하는 수십 년을 지내오면서 주종 관계 이상의 자매 같은 정이 느껴지는 관계였다.

그런 주설하가 낳은 문영 도련님을 자신이 유모가 되어 돌봐왔고, 첫째가 죽은 후에 주설하는 수시로 자신에게 문영을 잘 돌보아줄 것을 신신당부하며 사정하다시피 부탁하였기에 그녀는 도련님을 아들같이 키워왔다.

그러니 도련님의 죽음에 대한 모든 책임은 자신에게 있는 것 같았다. 자신이 그날 학당에 가는 도련님을 대문 밖까지 배웅만 했더라도 이런 일은 없었을 것이다. 도련님 침상 정리가 뭐 그리 급한 일이라고 내다보지도 않고 방 안에서 주둥이만 나불거렸던 자신이 미웠다. 사소한 일에 매달려 한눈을 판 사이 도련님이 화를 당한 것이다.

첫째를 잃은 마님이 그토록 신신당부하셨건만 기어코 일을 낸 것이다.

'내가 죽일 년이지…… 차라리 나를 데려가시지…….'

생각할수록 그날이 후회스러웠다.

아니, 그보다도 더 후회스런 일이 있었다.

일 년 전에 대문 앞에서 시주를 받던 떠돌이 중이 별채 쪽을 보며 고개를 젓던 기억이 불현듯 떠올랐다.

"허허, 업보로고, 업보로고. 쯧쯧."

"예? 스님, 혹시 이 집안에 무슨 좋지 않은 일이라도 있는지요?"

그러지 않아도 휘영 도련님이 가신 이후로 매사에 살얼음 걷듯 하며 조심하는 집안 분위기였다.

"그게… 하, 피할 수 없는지고……. 허."

"무슨 말씀이지요?"

또 무슨 흉살이 있나 싶어 놀라 얼굴이 새파래진 미랑이 되물었다.

"아, 아니외다. 소승이 잠시 다른 생각을 하느라고……."

미랑이 재차 다그치자 걸승은 당황한 기색으로 아무것도 아니라며 서둘러 자리를 떠났다.

그게 전부였다.

기분이 좋지 않아 그동안 멀리 기억 저편으로 치워놓았던 일이다. 마음 한구석이 불편했지만 떠돌이 걸승이 무얼 아랴 치부하고는 묻어둔 일이었다.

지금 일을 당하고 보니 그 걸승이 이 일을 두고 한 말이 아니었나 하는 생각이 들었다. 자신이 그때 나서서 걸승을 잡아두고 무슨 액땜하는 제라도 올려야 했었다는 후회가 물밀듯이 일었다.

유모 신분인 그녀에게도 문영의 죽음은 너무나 커다란 충격과 죄스러움으로 왔지만 마님을 대신해 내당의 모든 일을 간섭해야 하는 그녀로서는 자신의 그런 감정을 누구에게도 내보일 수 없었다.

울음을 삼켜가며 죽은 아들의 시신을 수습하듯 뒤처리를 하고 있는데 돌연 네 명의 법사들이 찾아왔다. 한 명은 나이를 짐작하기 어려울 정도로 늙은 백발이었고 다른 셋은 그의 제자로 보였다.

"천축국에서 온 법승들입니다."

"……?"

'사람이 죽었는데 법승이니 어쩌란 말인가? 도련님이 극락에 가시게 제라도 올리겠다는 말인가?'

도련님께서 돌아가시자마자 약속이나 한 듯 찾아온 법승들에게 작은 노여움마저 일었다.

"불치병 치료에는 저희들이 가진 재간이 약간 있으니 한번 맡겨보시지요."

노법사가 말을 이었다.

'제를 지내려고 찾아온 법승들이 아니었나?'

하기는 얼마 전에 돌아가신 도련님의 소문이 그리도 빨리 났을 리 없었다.

"몇 시진 전에 이미 돌아가셨습니다."

미랑은 자꾸만 괴로운 상처를 건드려 대는 법사 나부랭이들이 싫어서 싸늘하게 대꾸했다.

"……."

미랑의 말에 노법사는 잠시 말문을 닫았다.

"그만 가시지요. 마음은 고맙게 새기겠습니다."

이제는 사람 상대하는 것도 귀찮았다.

그 말에도 노법사 일행은 꿈쩍도 않고 잠시 생각하는 눈치였다.

"험, 죽은 지 하루가 지나지 않았다면 살려낼 가능성도 있습니다."

미랑의 냉대를 느꼈는지 노법사가 헛기침을 해가며 말했다.

"……!"

미랑의 귀가 번쩍 뜨였다.

하지만 그런 소리를 해가며 사기를 쳐 밥벌이를 하는 가짜 법사들이 많이 있다는 얘기를 몇 번 들은 적이 있는 미랑인지라 선뜻 대답할 수 없었다.

하지만 유혹은 너무나 컸다.

"사람을 살리기 전에는 일체 대가를 요구하지 않겠습니다."

노법사는 살려주겠다는데도 무엇 때문에 미랑이 주저하는지 잘 알고 있는 듯 말을 덧붙였다.

"……."

미랑은 마음이 움직였다.

대감마님에게 여쭙고 하명을 기다려야 했지만 그분께서는 지금 몇 시진째 안채에서 대부인마님의 곁을 지키고 있으니 그럴 처지도 못됐다.

미랑은 노법사 일행을 찬찬히 살폈다. 백발에 흰 수염 하며 무언가 재간이 있어 보이는 분위기에 그래도 한 번쯤 희망을 가져볼 만했다.

"믿어서 손해될 일은 없는 것 아니겠습니까?"

노법사는 그쪽에서는 밑져야 본전 아니냐는 투로 말했다. 그 말이 미랑을 확실하게 움직였다.

"그럼 한번 보기나 해주시겠습니까?"

말투가 한결 부드러워졌다.

미랑은 지푸라기라도 잡는 심정으로 혹시나 했다.

"알겠습니다. 최선을 다하겠습니다."

"그런데… 혹시 황제 폐하께서 하사하셨다는 만년설삼은 드셨는데 도 저리 되신 겁니까?"

노법사는 지나가는 투로 슬쩍 말을 이었다.

"흥, 약을 제대로 드셨다면 그리되셨겠어요?"

미랑은 약간 화가 난 투로 코웃음 치며 대답했다. 만년설삼을 조금 만 일찍 드셨어도 도련님이 저리 되시지는 않았을 거라는 게 그녀의 생각이었다.

"아! 알겠습니다. 되었습니다, 되었습니다. 저희가 해보겠습니다."

뭐가 그리 좋은지 노법사는 만면에 희색이 가득한 얼굴로 대답했다.

"이 댁이 뉘 댁인지는 알고 계시겠지요? 만일 거짓을 고했다면 단단 히 경을 칠 테니 그리 아십시오."

미랑은 싸늘한 말투로 단단히 다짐을 받아두었다. 혹시라도 법사가 어쩌고 한 소식이 대감마님의 귀에라도 들어가면 자신이 경을 칠 수도 있음은 물론 평생을 유학자로 지내왔고, 천하에 그 학명이 자자한 대감마님에게 큰 누가 될 수도 있었다.

"잘 알고 있습니다. 저희는 죽은 이의 혼을 부르는 소혼대법(召魂大法)을 익히고 있으니 큰 문제만 없다면 가능할 것입니다."

노법사는 그렇게 말하더니 잠시 뜸을 들였다가 말을 계속했다.

"대신 나중에 도련님께서 살아나신다면 한 가지 부탁을 들어주십시오."

"도련님만 살아나신다면 무슨 부탁인들 안 되겠습니까. 대감마님께서도 절대 박절히 대하지는 않으실 겁니다."

미랑은 '절대'라는 대목에 힘주어 말했다.

그렇게만 된다면 열 가지, 백 가진들 못 들어주랴 싶었다. 일단 결정을 하고 나니 다른 생각은 안중에도 없었다.

중인 줄 알았더니 의외로 재(齋)를 지낼 준비를 해야 한다고 하는 것을 보니 도가(道家)의 제자들 같았다.

노법사가 지시한 대로 재를 지낼 단이 준비되고 향로며 신께 올릴 간단한 음식이 날라져 왔다.

노법사 일행은 몸을 씻고 몸가짐을 바로 하는 등 부산을 떨더니 재단 앞에 섰다.

막상 소혼대법이라는 것이 시작되고 보니 그 신묘하고 장중한 분위기에 마치 도련님이 살아날 것 같은 기분이 들었다. 그런데 그 중요한 대법이 시행되는 도중에 연화란 년이 '도련님' 하고 헛소리를 하며 찬물을 끼얹었으니 당연히 화가 치밀어 오르는 그녀였다.

어쩌면 좋아?

자신이 무의식 중에 내지른 소리에 분위기가 엉망이 되어버린 것을 알고 연화는 쥐구멍이라도 파고들고 싶었다. 이제 막 열다섯을 갓 넘졌지만 이 자리가 어떤 자린 줄도 모를 그녀는 아니었다.

시집간 첫날 시부모 앞에서 방귀를 뀌어도 이보다 더할까?

하지만 이상했다.

분명 그녀의 눈에 손이 움직인 것처럼 보이지 않았던가?

내가 잘못 보았나?

미랑의 면박에 얼굴을 붉히며 고개를 숙였던 그녀는 다시 살며시 고개를 들어 곁눈질하다시피 해가며 침상을 보았다.

꼼지락.

분명히 도련님의 그 파리한 손이 조금씩 움찔거리며 움직이고 있었다. 소혼대법인지 뭔지를 하면 다시 살릴 수 있다는 떠돌이 법사들의 꾐에 빠져 미랑이 그만 넘어간 것으로 여겼는데 도련님의 손이 지금 움직인 것이다.

'난 봤다. 틀림없다.'

연화는 확신했지만 한번 혼이 났는지라 대법에 방해가 될까 감히 말은 못하고 미랑의 옆구리를 찌르며 도련님을 살짝 손가락으로 가리켰다.

'이년이 그토록 주의를 주었건만 또 나서?'

머리끝까지 화가 나서 이번에는 끌고 나가 단단히 주의를 주리라던 미랑은 아무래도 연화가 그럴 아이는 아닌데 하는 생각이 들었다. 그런데 손가락 끝을 따라 침상을 보니 도련님의 손이 미약하게나마 움직이고 있는 것이 아닌가?

"헛!"

기대는 했으면서도 막상 그 광경이 눈으로 들어오자 미랑은 소스라치게 놀랐다.

"도련님!"

자신도 모르게 두 주먹이 꼭 쥐어지며 입으로는 도련님을 불렀다.

창졸간에 정신이 나가는 듯싶고 온몸의 혈관들이 요동 쳤다. 그 잠깐의 시간이 지나자 이번에는 두 눈에서 눈물이 주르르 흘러 볼을 타고 내렸지만 미랑은 알지 못했다.

'도련님이 살아나신 게야.'

호칭만 도련님이지 자식이나 진배없었다. 젖먹이 때부터 품에서 떼지 않고 키운 도련님이다. 도련님이 젖을 빨다가 젖꼭지를 물었을 때도 아픔보다는 이빨이 난다고 좋아했던 자신이다. 첫 옹알이를 할 때는 그 소리가 귓전을 맴돌아 잠도 이루지 못하고 기뻐했던 자신이다.

눈앞이 흐릿해지고 코가 시큰거렸다.

황제의 먼 친척뻘 되는 주씨 가문의 씨종으로 태어나 어려서부터 비슷한 또래인 주설하 마님을 모신 이래 학사 댁으로 시집가는 그녀를 따라 이 집으로 온 이후로 세 번 울었다.

언니 같던 마님이 결혼한 지 십 년이 지나도록 태기가 없다가 아이를 가졌다는 소식에 울었고, 헌헌장부 같던 첫째 도련님이 돌아가셨을 때도 울었다.

마님께서 출가시켜 주셔서 분가를 했지만 남편이 급사하고 그 충격으로 아이를 사산했을 때도 울었지만 이 집에서 운 것은 아니었다.

마지막으로 문영 도련님이 쓰러지고 대부인마님이 혼절했을 때도 울었다.

이제는 '더 이상 울지 않으리라' 했었다.

이 집안에 흉살이 든 후로 목소리 내놓고 울고 싶을 때도 많았지만 자신이 모든 것을 책임지고 수발해야 했기에 울고 있을 수가 없었고 자신의 울음이 행여 윗분들의 마음을 더욱 상하게 할까 겁이 나 감히 울지 못했다.

그런데 미랑은 오늘 또다시 울었다.

돌아가셨던 문영 도련님이 소생의 기미를 보인 것이다.

'빨리 안채에 알려 드려야지.'

너무나 벅차고 들뜬 나머지 신발을 신는 둥 마는 둥 정신없이 허둥거리며 안채로 뛰어가던 미랑은 순간 멈칫했다.

'뭐라고 여쭈어야 하나?'

아직 대부인마님께는 도련님의 죽음을 알리지도 못한 처지였다.

더구나 도련님이 이상없이 완전히 살아나신 것인지 아직은 확실치 않았다. 공연히 미리 말씀 올렸다가 다시 잘못되기라도 한다면 지금 이 집의 유일한 기둥이신 대학사어른마저 쓰러지실 수도 있는 일이었다.

'더 경과를 지켜보고 말씀드려야겠다.'

마음을 고쳐먹은 미랑은 다시 별채를 향해 허겁지겁 발길을 돌렸다.

문영은 자신의 손끝의 움직임이 느껴지는 것을 알았다.

'살아 있다.'

그 느낌은 확실했다. 그러나 더 확인이 필요했다.

그는 눈을 뜨려고 애를 썼다. 빛이 들어오는 것이 느껴지며 눈이 부셔왔다. 더 이상 눈을 크게 뜰 수 없었다.

옆으로 곁눈질을 하자 사람들의 형상이 들어왔다.

백발에 흰 수염을 기른 늙은 노인이 붉은 가사를 걸치고 눈을 감은 채 합장하고 있었다. 노인은 머리에 화관 족두리 같은 웃기게 생긴 관을 쓰고 있었는데 금색 띠를 턱까지 동여매 고정시켰고 허리에는 금색 비단 요대를 하고 있었다.

그 뒤에는 노인과 같은 붉은 가사를 걸친 빡빡머리 셋이 향로를 향해 고개를 조금 숙이고 나란히 서서 무슨 주문인가를 외우고 있었는데 가만히 들어보니 그것은 그를 괴롭히기도 하고 또 인도하기도 했던 바로 그 소리였다.

가운데 까까머리는 목탁을 두드리며 서 있고 그 좌우로 한 명씩의 까까머리들이 섰는데 한 사람은 동발을 들고 다른 한 사람은 참외보다 조금 큰 소북을 들고 있었다.

문영은 자신이 다른 사람의 몸속으로 들어와 있다는 사실이 놀라울 뿐이었다.

'대체 이게 무슨 조화지?'

그가 갑자기 변한 환경에 정신을 차리지 못하고 혼란에 빠져 있는데 뭔가 코로 익숙지 않은 짙은 향 내음이 맡아지며 코가 간지러웠다.

"에, 에이취! 에취!"

'깜짝이야!'

연신 재채기를 하는 육신에(?) 스스로가 놀랄 지경이었다. 그런데 그 기침 소리를 시작으로 갑자기 주변이 소란스럽게 느껴지는 것이 들렸다. 새롭게 귀가 뚫린 느낌이었다.

"소주인!"

"도련님!"

"흐—흑!"

별채 안은 문영이 손을 꼼지락거리는 순간부터 술렁이고 있었는데 그가 재채기까지 하자 일순 흥분의 도가니로 변했다. 여기저기에서 아이를 부르고 있는 걸로 짐작되는 말들이 들렸고 흥분을 주체하지 못하는 흐느낌마저 들려왔다.

"미랑, 도련님께서 드디어 정신이 돌아오신 것 같습니다."

"도련님!"

문영이 기침과 함께 몸을 뒤척이는데 아이를 부르는 듯한 중년 여인의 목소리와 함께 갑자기 누군가 자신을 안는 듯한 기분이 들더니, 여자 특유의 냄새와 함께 자신의 뺨을 무언가 묵직하고 뭉클한 것이 짓누르는 것이 아닌가!

'젖가슴!'

직감적으로 '뭉클한 것'의 정체를 알아챈 문영은 깜짝 놀라서 몸을 일으키려 했으나 몸이 말을 듣지 않았다.

'앗! 이, 이 아줌마, 미쳤나?'

'취향이 아니라구!'

그러나 그 말은 목구멍까지밖에 올라오지 않았다. 눈가죽에 힘을 주니 눈이 좀 더 크게 떠지며 주변 상황이 자세히 들어왔다.

"허걱!"

커다란 여자 앞가슴이 물러가는가 싶더니 이번에는 전면에 여러 개의 눈동자와 얼굴, 콧구멍, 입, 귀들이 그를 찍어 누를 듯이 주시하고 있었다. 무슨 큰 슬픈 일이 있었는지 얼굴은 모두 눈물로 범벅이 된 듯한 모습이었다.

"험! 험!"

기침 소리와 함께 그를 둘러싸고 있던 사람들이 화닥닥 뒤로 물러서더니 백발의 노인이 그를 향해 다가왔다.

"아직 정신도 제대로 차리지 못한 도련님을 두고 이게 무슨 망발들이시오?"

"도련님, 이제 정신이 드십니까?"

낮은 목소리로 근엄하게 나무라던 노인은 그를 향해 부드러운 목소리로 물었다.

그 소리에 자신도 모르게 전신을 확인해 보던 문영은 깜짝 놀랐다.

소매 끝으로 나온 자신의 손이 작게 변해 있었다.

가슴 언저리까지 덮여 있는 비단 금침 위로 손만 내놓고 누워 있는 상태였는데 몸을 조금 뒤척이자 자신이 좀 작아진(?) 상태라는 걸 알 수 있었다.

'내가 소년으로 변해 다시 살아났다니……'

그는 믿을 수 없는 사실에 모든 것이 혼란스러웠다.

"아직은 제대로 정신을 차리지 못한 듯하나 일단 대법이 성공하여 고비는 넘겼으니 마님께 아뢰어도 큰 무리는 없을 겝니다."

백발노인이 미랑을 보며 만족한 목소리로 말했다. 그러나 혼신의 힘을 다한 듯 몹시 지친 기색이었다.

"그럼 다시 돌아가실… 아니, 이런 입방정이, 그럼 확실히 살아나신 겝니까?"

미랑은 자신이 말을 잘못하면 마치 겨우 살아오신 도련님이 다시 죽기라도 할 것 같았는지 화급히 말을 바꿨다.

"몇 차례 고비가 더 있기는 하지만 가장 큰 고비는 넘긴 셈입니다."

"고맙습니다. 고맙습니다, 법사님들!"

미랑은 연신 머리를 조아리며 두 손으로 합장을 해댔다.

진심이었다.

이제 이 집은 다시 살아났다. 이 소식이면 대부인마님도 곧 쾌차하실 것이고 예전처럼 도련님의 재롱과 커가는 모습을 보면 집안도 밝아질 것이었다.

미랑은 마치 어깨를 짓누르던 큰 짐을 벗어놓은 듯한 기분이었다.

모든 것이 새롭게 느껴졌다. 자신의 과감한 결정이 있었기에 신선 같은 법사님들이 도련님을 살린 것이다. 마치 전장에 나가 싸움에서 이기고 돌아온 장수와 같은 뿌듯한 심정이었다.

"이제 사람들은 이만 물리도록 하는 것이 좋겠습니다. 아직 도련님의 몸이 성치 않으니 편히 쉬시도록 하는 것이 큰 도움이 됩니다."

백발노인은 나직하지만 단호하게 미랑을 보며 말했다.

노인의 말대로 문영은 몸이 다시 나른해지는 것을 느끼며 서서히 정신을 놓고 있었다.

"정말 수고가 많으셨습니다. 그럼 법사님들만 믿고 이만 물러가겠습니다."

"험―"

난리통에 구석으로 밀려났던 까까머리 법사들 중에서 목탁을 든 노법사가 큰 기침과 함께 앞으로 나서자 그 뒤를 둘이 따랐고, 동시에 미랑의 눈짓에 시비들도 모두 조심스런 발걸음으로 조용히 방을 물러갔다.

"아직 소혼대법이 완전히 마무리되지 않았습니다. 아직도 작은 고비가 무수히 많으니 주위에서 일체 큰 소리 나지 않도록 해주십시오."

노법사는 엄숙한 목소리로 말했다.

자신이 살려놓았으니 목소리에 힘이 좀 들어간들 어떠하리.

"또한 저희가 먼저 청하기 전에는 누구도 예외없이 출입을 금해주십시오."

노법사는 다짐하듯 말을 이었다.

"여부가 있겠습니까."

노법사가 밖으로 미랑의 뒤를 향해 말하자 그녀는 얼른 돌아서며 가볍게 무릎을 숙이고 대답했다.

"자칫 방심하면 그간의 적공(積功)이 모두 허사가 되어 천추의 한을 남길 수도 있는 중요한 순간입니다."

노인의 지시에 미랑은 고개를 숙이고 합장을 해 대답을 대신했다.

"그런데 만년설삼은 잘 가지고 계신 것이 틀림없겠지요?"

노인은 잠깐 망설이는 듯하더니 미랑에게 물었다.

"예?"

미랑이 물러가려다 말고 그게 무슨 소리냐는 듯이 고개를 들었다.

"황제 폐하께서 내리신 만년설삼……."

무슨 소리냐는 미랑의 반응에 노법사는 불안한지 말끝을 흐렸다.

"그거… 도련님 달여 드렸는데요."

"허걱!"

노인의 눈이 화등잔만해지더니 다급히 말을 이었다.

"아까는 분명히 약을 제대로 드셨으면 돌아가셨겠냐고 하지 않았소?"

"그런데요?"

미랑은 이 노인네가 무슨 얘기를 하나 싶어 어리둥절했다.

"그게 도련님에게 만년설삼을 먹이지 않았다는 얘기가 아니란 말씀입니까?"

밤이었는데도 노법사에게는 하늘이 노랗게 보이고 있었다.

"드시긴 했지요. 그런데 어의가 그러더군요. 제때에 먹이지 못하고

약이 좀 늦었다고…….”

“끄— 으— 윽!”

콰당!

미랑의 대답이 미처 끝나기도 전에 노인은 괴상한 신음과 함께 눈을 까뒤집더니 뒤로 발라당 나자빠졌다.

“어머나!”

“그럼 약을 드셔서는 안 되는 것이었나요?”

갑자기 미랑은 밤하늘이 노래지며 정신이 아득해졌다.

이미 노법사가 쓰러진 것 따위는 안중에도 없었다. 그녀는 눈을 까뒤집고 쓰러진 노법사를 흔들어가며 묻고 있었다.

미랑은 먹여서는 절대 안 되는 그 영약을 도련님에게 잘못 달여 드린 것으로 해석했다.

‘만년설삼을 잘못 쓴 게야!’

도련님은 완전히 깨어나신 것이 아니었다.

‘아무리 영약이라도 잘못 쓰면 독이 된다더니…….’

퍼뜩 그런 말이 생각난 미랑은 도련님의 회생이 이젠 영 글러 버린 것으로 해석하고는 그만 정신이 아득해져서 거품을 물고 그 자리에 쓰러져 버렸다.

콰당!

노인이 기절해 쓰러진 이유를 알고 있는 까까머리 제자들, 청해삼호(靑海三虎)는 미랑마저 갑자기 중얼거리며 노인 곁에 나란히 쓰러지자 이 황당한 사태에 서로 얼굴만 멀뚱멀뚱 바라만 볼 뿐이었다.

먼저 밖으로 나갔던 시비들은 별채 안에서 연이어 들리는 꽝꽝거리는 소리에 중한 환자를 두고 웬 망치질 소란가 싶어 궁금했지만 이미 밖으로 나가 있으라는 지시를 받은 터라 감히 다시 안으로 들어가 볼 수가 없었다.

'에그, 깜짝이야! 유명한 법사님이라더니 치료법도 남다르시네.'

생각이 깊은 연화는 법력 높은 법사님을 제대로 모신 것이 기뻤다.

별채의 밤은 그렇게 깊어갔다.

문영은 한밤중에 깨어났다.

그가 정신을 차린 것을 본 노인이 그에게 다가왔다.

무척 피곤해 보이는 얼굴이었다.

한동안 노인은 서서 가만히 그를 내려다보기만 했다.

'헛!'

눈과 눈이 서로 마주치는 순간 문영은 입에서 절로 헛바람이 나올 뻔했다.

노인의 눈은 푸른색의 벽안이었는데 노인답지 않게 날카로운 눈길은 문영의 전신을 꿰뚫을 듯이 훑어가고 있었다. 그 눈길은 점차 그의 머리 속을 파고들어 오더니 자신의 생각을 읽어 내리고 있었다. 아니, 그런 느낌이 들었다.

잠시 후 노인은 당황하는 기색을 보이더니 눈길이 매섭게 변하며 그를 향해 물었다.

'너는 누구냐?'

입으로가 아니라 눈이 말하고 있었다.

'장문영인데요?'

갑작스런 물음에 자신도 모르게 이름을 떠올리게 되자 약이 오른 문영이 퉁명스러운 말투로 반격에 나섰다.

'할아버지는 누구세요?'

문영의 생각이 그렇게 물었다.

'너는 내가 불러낸 녀석이 아니다. 이 집 아들놈이 아니지 않느냐?'

'나도 몰라요. 그냥 끌리는 대로 왔을 뿐인데 그게 여긴 걸 나보고 어쩌란 말입니까?'

노인의 책망하는 말투에 약간 화가 난 문영이 쏘아붙였다.

'네 녀석이 축시(丑時)에 죽은 기미년(己未年) 신시생(辛時生)의 장문 영(張文永)이란 말이냐?'

'죽기는 한밤중에 죽었고 기미년에 난 것도 맞고 오후 네 시쯤 태어 났다고 했으니 신시생도 맞을 거고… 이름도 같은데요.'

문영은 속으로 참 귀신같은 노인네다 하고 생각하며 답했다.

'허, 나는 소혼대법으로 죽은 이 집 아들의 영혼을 불렀는데 네 녀석 이 나타났다. 분명히 대법에는 이상이 없었는데 왜 이런 현상이 나타 났는지 알 수가 없구나.'

'뭐가 잘못됐나요?'

'네 녀석의 기억을 살펴보니 네가 죽은 것은 몇백 년 후의 일인데 어 찌 된 일인지……. 공간이 왜곡되어 차원이 뒤틀려야만 일어날 수 있 는 현상인데…….'

'뭐라구요?'

공간이니 차원이니 어려운 말을 하는 노인네를 보며 생긴 것답지 않 게 참 유식한 노인네가 다 있다고 생각하며 무영이 반문했다.

노인은 머리 속의 생각을 이어갔다.

'네 녀석의 기억을 훑어보니 무엇인가 너를 이끌고 온 것이 또 있는 것 같다. 알고 있었다면 네 녀석의 기억에 남아서 나도 알 수 있을 텐

데……. 그래도 혹시나 해서 물어본 거다.'

노인은 계속 눈으로 그에게 말했다.

'이 노인네가 아닌 다른 누가 또 나를 도왔다고? 그럼 할머니?'

순간적으로 돌아가신 할머니가 생각났다.

동굴에서 나를 부드럽게 이끌던 따스한 그 느낌, 무척이나 친근했던 것을 문영은 기억했다.

'죽은 네 할머니란 말이냐?'

순간적으로 그의 생각을 읽은 노인이 확인하듯 되물었다.

'몰라요. 그냥 그런 느낌이 들었어요.'

'흠, 알 수 없구나. 하긴 내가 아는 사후 세계는 극히 일부에 불과하니…….'

'그런데 네 녀석은 나도 알지 못하는 이상한 세계에서 왔더구나. 학문이나 기술이 고도로 발달한 곳으로 보이던데…….'

'여기는 중국인가요?'

그는 주변의 여러 상황을 생각해 보며 되물었다.

'네가 아는 대명(大明)이라 불리는 곳이란다.'

'허걱―!'

명나라라고 했다. 자신이 과거로 공간 이동되어 회생했다는 말인가. 이미 허벅지를 몰래 꼬집어보았지만 따끔한 아픔이 전해오는 것이 꿈같지는 않았다.

'아까 보니 네 녀석의 기억 속에 있는 곳이더구나.'

노인은 그의 기억 속의 과거는 모두 알고 있었고 지금 그의 생각은 노인에게 죄다 읽혀지고 있었다.

아마 문영이 학교 역사 시간에 배운 중국에 관한 기억을 읽은 모양이었다.

'할아버지는 어떻게 제 생각을 모두 알 수 있지요?'

'……'

대답 대신 노인은 무엇인가를 망설이고 있었는데 아까와는 달리 그 부분은 문영이 알 수 없었다.

'휴우~ 할 수 없지.'

망설이던 노인은 한숨을 크게 쉬더니 문영이 알 수 없는 무엇인가 결단을 내리고 있었다.

'뭐가요?'

노인이 의도한 생각으로 말을 걸어온 것밖에 읽어낼 수 없는 그가 묻자 노인은 그냥 힘없이 웃기만 했다.

노인이 가벼이 손을 들어 그의 안면 위를 훑듯이 내돌리자 갑자기 피곤이 몰려오더니 깊은 잠 속으로 빠져들었다.

제3장 청해삼호 이야기

"뭐요?"

청해삼호 중 맏이인 달운은 화가 나서 견딜 수가 없었다.

사부란 작자는 어제 그를 조용히 부르더니 자신이 곧 죽을 것이라고 알렸고, 또 자신들이 장문영을 도울 것을 부탁했다. 하지만 달운은 내심 불만에 가득 차 있었다.

"부탁인데 너희 삼 형제는 내가 죽거든 이 집 아들이 클 때까지 십 년간만 보호해 다오."

죽음을 앞둔 사부는 그동안의 태도를 버리고 이제 사정조가 됐다.

"너희들이 배운 무공은 곤륜파의 무공이란다. 너희들이 갖고 있는 것은 검보를 비롯한 곤륜파의 절기가 담긴 비급이니 혹시라도 너희들이 뜻이 있다면 곤륜파를 다시 세울 수도 있을 것이다."

계속되는 노사부의 말에 달운은 이게 웬 뚱딴지 같은 소린가 했다.

노인네가 재간이 좀 있다고 문파를 세우는 것이 애들 장난인 줄 아는 모양이라고 생각했지만 죽어가는 사람의 마음에 상처를 줄 수도 있는 딴지를 걸 마음은 조금도 없었다.

"너희들은 곤륜 무공을 오성 이상 익혔으니 무림에 나가서도 가히 일류에 속할 정도는 되지만 노력이 부족해 아직 상승에 이르지 못했으니 그 점도 좀 아쉬움이 남는구나. 그래도 너희들에게 해준 거라고는 그것밖에 없었는데……."

"해준 게 없는지 알긴 아는구려."

달운은 자신들의 무공이 일류라고 하자 믿을 수가 없었다. 자신들이 힘을 합쳐도 비실대는 노인 하나를 당하지 못하는데 일류라니……. 지나가던 강아지도 웃을 얘기였다.

노인은 죽기 전에 자기들을 묶어둘 뭔가를 또 꾸미고 있는 것 같았다. 그래도 그동안 못살게 군 것을 아는 걸 보니 양심은 조금 있는 것 같았다.

"그리고 녀석의 신체가 허약하니 너희들이 배운 무공을 저 녀석에게 전수해 주었으면 고맙겠구나."

노인은 침상 위의 문영을 향해 눈길을 보내며 말했다.

'내가 미쳤소? 아니, 서장, 중원, 사막 할 것 없이 십 년을 개 끌듯이 끌고 다니며 부려먹었으면 갈 때 그냥 곱게라도 가지 십 년도 모자라서 아직 침상에서 일어나지도 못하는 꼬마 녀석 뒤치다꺼리나 하란 말이오?'

이렇게 입 안에 도는 말을 차마 죽어가며 부탁하는 사부 면전에 내뱉지는 못하고 그저 이를 앙다물고 분통을 삭였다.

"이 집 가산이 웬만해 보이니 너희들에게 그리 섭섭하게 대하지는 않을 게다."

자신이 부탁하자 찌그러지는 표정을 보고 이미 제자의 마음을 꿰뚫고 있던 사부는 계속 달래가며 사정조로 말했다.

달운이 가만히 생각해 보니 그것도 일리가 있는지라 사부가 죽은 다음에 다시 고려해 보기로 하고 고개를 끄덕였다.

"사부, 걱정 마시고 편히(?) 가세요."

달운은 차마 빨리 죽으란 말은 못했다.

"참조는 할게요."

"월급제로 하자고 해보거라. 몇 년 모으면 제법 될 게다."

"알았어요."

"정말 마지막 부탁이다."

노인은 사정조로 얘기했다.

"글쎄 알았으니 빨리 가기나 하세요."

그는 부아가 꽉꽉 치밀며 말이 막 나왔다.

"휴~ 그냥 부탁이니 싫으면 그냥 돌아가도 좋다. 하지만 그러면 언젠가는 후회하는 마음이 생길 날이 올 게다."

"아, 글쎄 알았다잖아… 요!"

그는 참지 못하고 신경질까지 부렸다.

그가 이렇게 나오는 데는 이유가 있었다.

달운(達雲), 달우(達雨), 달뢰(達雷) 삼 형제는 원래 합파족(哈芭族) 출신으로 청해 당고랍산 근처의 삼십여 호쯤 되는 작은 산골 부락 출신이었다. 주로 짐승을 키우거나 사냥, 약초를 캐며 살던 그들이 법사가 된 데에는 눈물겨운 사연이 있었다.

비록 어릴 적 부모를 잃었지만 동네 사람들의 도움으로 커서 이제는 어엿한 청년으로 자라 스스로 제 앞가림은 해가며 순박하게 살던 그들이었다.

어느 날 막내인 달뢰가 약초를 캐러 갔다가 당고랍산 비탈의 인적 드문 곳에서 하루를 묵게 되었는데 밤이슬을 피해 들어간 그 동굴에서 한어로 된 책자 여러 권을 발견했다.

보퉁이는 인근에서 구경조차 하기 어려운 비단으로 되어 있었고 그 안은 다시 기름종이로 싸여 있었다. 비록 보퉁이로 쓰인 비단의 일부 가 반쯤 썩어 있기는 했으나 한눈에 귀한 것임을 직감한 그는 책자를 가지고 집으로 돌아왔다.

책자는 모두 네 권이었다.

그래도 집안에서 유일하게 한어를 배운 적이 있는 맏형 달운은 운 룡대팔식(雲龍大八式), 태청심법(太淸心法), 금룡검법(金龍劍法), 태허 장법(太虛掌法) 등으로 되어 있는 것을 알아보았고, 그것이 말로만 듣 던 귀한 무공 비급임을 알고는 동네 사람들 몰래 세 형제는 한 권씩 나눠 연마했다. 연마라고 해야 그림을 보고 따라하는 정도였고, 가르 쳐 주는 사람이 없으니 내공을 위주로 운용하는 초식의 심오한 뜻은 전혀 이해하지 못했다.

맏이는 운룡대팔식, 둘째는 금룡검법, 막내는 태허장법을 익혔다.

뭐, 딱히 이유가 있어 그렇게 나눈 것은 아니고 그냥 한 권씩 짚다 보니 그리 된 것이었다.

그리고 태청심법은 대충 보니 무슨 안으로 숨 쉬는 법(내가호흡법)이 어쩌고저쩌고 적혀 있어 숨 쉬기에는 이상이 없는 그들이었기에 아무 도 익히지 않았다.

사실 태청심법은 팔십 년 전 마교(魔敎)와의 전투 중에 대규모 기습 을 당해 멸문지화를 당한 곤륜파의 내가심법이었는데 변방 오지 산속에서 목동이나 하고 약초나 캐던 그들이 현문(玄門) 내공심법인 태청심법을 알 리 없었다.

그들이 중원무림의 중심에만 있었어도 태청심법(太淸心法)이 소림의 대승반야심법(大乘般若心法), 무당의 태을심법(太乙心法) 등과 함께 무림 삼대 정종 내공심법으로 불린다는 것을 알 수 있었을지도 모를 일이었다.

그들이 비급의 효과를 본 것은 그로부터 삼 년 후였다.

어느 날 우연찮게 약초를 사러 온 상인과 시비가 벌어져 싸움이 났는데 다른 형제가 도와줄 것도 없이 둘째 혼자서 세 명이나 되는 상인의 호위무사를 단숨에 제압해 버린 것이었다.

물론 변방 구석에서 상인들 호위나 하는 무사들이었으니 당연히 삼류였겠지만 그 당시 둘째의 기세가 얼마나 놀라웠던지 그날 이후로 그들의 명성은 청해 지방 천 리를 진동했다.

그들은 외호도 멋지게 지어 스스로를 '청해삼호'로 불렀다.

그러자 곧 소문도 '청해삼호(靑海三虎) 중에 둘째가 제일 세더라'는 식으로 나버렸다.

이후로 마을은 인근에 흩어져 살던 사람들이 모여들어 몇 달 만에 금방 백여 호를 헤아리게 되었다. 그들의 보호도 받을 수 있고 물건 값도 제대로 받을 수 있는 마을이니 당연하달까.

여전히 산골 마을에서 그냥그냥 그렇게 살던 삼 형제는 어느 날 사냥을 갔다가 한 비탈길에서 온몸이 숯인지 사람인지 구별이 안 되는 시체를 발견했다. 마음씨 착한 그들은 그 숯검댕이 시체를 땅에 묻어 주었고 당연히 시체에 붙어 있는 쇠로 된 팔찌 하나와 근방에 떨어져 있던 무슨 동물 뼈로 된 검을 주워 시체 매장비조로 챙겼다. 어차피 극락은 빈손으로 가는 법이 아닌가?

그런데 그 쇠 팔찌는 망치로 쳐도 흠집이 나지 않을 정도로 단단했고 뼈로 된 검은 칼로 긁어도 흠집 하나 나지 않는 신기한 것이었다. 돈이 되겠다 싶어 때마침 방문한 상인들과 장가갈 때 입을 비단옷 세 벌에 바꾸었다.

한동안은 마을에서 장가를 가겠다고 설쳐 대며 이리저리 사람을 시켜 처녀들이 있는 집안에 다리를 놓는다 하며 어깨에 힘을 주고 다닌 것까지는 좋았는데 사단이 난 것은 그로부터 석 달 후였다.

백발의 웬 노인이 찾아오더니 몇 년 전에 불에 탄 시체를 땅에 묻은 사람을 찾는다기에 먼 친척이라도 찾아와 고맙다고 인사라도 하려나 해서 나섰던 삼 형제는 다짜고짜 묵환과 뼈로 된 검을 내놓으라는 말에 기가 막혔다.

알고 보니 그 노인네는 자신들이 묻어주었던 숯덩이(?)였는데 삼 형제가 땅속에 파묻어 버리자 겨우겨우 땅을 파고 나와 때마침 그곳을 지나던 홍모교(紅帽敎:홍교) 스님 무리에게 구원을 받고 사 년간 요양을 하고 나타난 것이었다.

당시 청해삼호와 노인 사이에 오간 대화 내용을 요약해 보자면,

"왜 나를 산 채로 파묻었소?"
"분명히 숨도 안 쉬었는데요."
"숨을 좀 길게 쉬고 있었을 뿐이오."
"새카맣게 탄 숯덩이였는데요."
"화상을 좀 심하게 입은 사람이었소."
"미안하긴 하지만 그래서 어떡하라구요?"
참다 못한 달운이 신경질적인 반응을 보였다.

"내 물건 돌려주시오."

"물건은 우리가 장가갈 때 입을 비단옷으로 바꿨는데요."

"헉!"

"떠돌이 상인하고 바꿨어요."

"찾아와!"

노인의 말투가 사납게 바뀌었다. 그나마 반쯤 올리던 말투 대신 반말로 직하했다.

"어디 가서요?"

"내가 아냐? 니들이 알지."

노인은 거칠 것 없이 막 나갔다.

"우린 지금 찾으러 못 가요. 장가가야 하는데요."

마음대로 하라는 말이었다.

"물건 찾은 후에."

노인은 단호한 어조로 말했다.

"싫은데요."

"가고 싶을 거야."

노인은 징그러운 미소를 지으며 말했다. 그는 말이 끝나기 무섭게 소매를 둘둘 걷어붙여 앙상한 팔목을 드러내더니 다짜고짜 삼 형제를 두드려 패기 시작했다.

"어이쿠!"

"아이구!"

"어거걱!"

빛살만큼이나 빠른 공격에 엉성하게나마 막아가는 삼 형제의 손길은 오히려 거추장스러운 몸짓일 뿐이었다.

허연 백발의 노인네가 무슨 재주가 그리 많고 힘이 좋은지 노인이 공격해 오자 무공이라고 책 보고 몇 년 배운 삼 형제는 딴에는 노인이라며 살살 대응하려고 했는데 막상 대적을 하고 보니 젊고 기골이 장대한 그들이 아무리 힘을 합쳐도 노인이 슬쩍 내젓는 손발조차 막을 수 없었다. 아무래도 무슨 사술을 쓰는 것이 틀림없는 것 같았다.

엄청난 무공인 줄 알고 그래도 열심히 익혔던 그 비급의 무공이 비실대는 노인장의 일초지적도 되지 않는 걸 보니 자신들이 배웠던 그 비급은 삼류무공 책자가 틀림없다는 생각마저도 들었다.

매 타작이 반각을 지나 계속되자 청해삼호는 '매에는 장사 없다더라'는 말의 의미를 심각하게 받아들이기로 했다.

청해삼호는 거의 무릎을 꿇다시피 하여 항복을 선언하고 마지막 협상을 시도했다.

"옷으로 돌려 드리면 안 될까요?"

"너나 입어."

"그럼 가야 할 것 같네요."

"이제 말이 통하네."

"그리고 머리 밀어."

"왜요?"

빡!

대답 대신 머리통으로 주먹이 날아왔다.

"다니며 밥술이라도 빌어먹으려면 도사 노릇이 최고야."

뻥!

"빨리 가서 밀어."

노인은 맏이의 엉덩이를 걷어차 삼 형제의 처지를 확실하게 재확인시켰다.

"지금 밀까요?"

"맘대로."

형제는 칼을 갈고 물을 떠놓고 즉시 머리를 밀었다.

더 개겨봤자 돌아오는 것은 매 타작뿐이 없겠다 싶은 삼 형제는 간단한 옷가지며 삼류무공 비급과 동냥 그릇으로 쓸 밥그릇 몇 개를 챙겨 짐을 싸서는 노인을 따라나섰다.

그런데 금방 찾을 것 같았던 그 물건은 이리저리 주인을 바꿔 흐르고 흘러 중원 땅으로 왔고 뒤를 쫓아 그들도 온 것이었다.

낮에는 탁발을 해 식사를 때우고 밤에는 이슬을 피해 민가 헛간에서 자거나 동굴에서 잤다.

도망도 숱하게 가봤다. 한데 무슨 노인네가 귀신을 불러서 알아내는지 이쯤이면 되겠다 싶으면 족집게처럼 톡 나타나서는 죽어라 패기부터 시작해서 반쯤 떡이 돼서야 일장 훈시를 하고는 끝냈다.

오죽하면 삼 형제 중 하나라도 인간답게 살자면서 삼 형제가 각각 다른 방향으로 도망가 보기도 했지만 결과는 마찬가지였다.

먼저 잡힌 사람이 보니 노인네가 무슨 주문을 중얼중얼하고 외면 여지없이 달아난 사람의 행적이 눈에 들어온다는 것이었다. 그걸 알고서는 다시는 달아날 생각도 못했다.

다만 마음속으로 '못된 노인네, 벼락이라도 맞아 뒈져라' 하고 비는 것이 고작이었다.

노인이 삼 형제를 위해 한 일이라고는 무공을 가르쳐 준 것밖에 없었다. 하지만 아무리 배워보았자 노인을 이길 수는 없을 테니 삼 형제에게는 아무런 소용이 없는 것이었다. 부려먹는 일의 강도나 양에 비하면 차라리 안 배우고 안 끌려다니는 편이 백 번 나았다.

노인은 묵환과 신검―노인은 뼈로 된 검을 그렇게 불렀다―이 오백 장(丈) 이내에만 있으면 자신의 기와 감응하기 때문에 알 수 있다고 했는데 이곳 북경에서 그 기라는 것에 반응이 왔다. 뛸 듯이 기뻐하며 근원지를 따라가 보니 그 지점이 공교롭게도 황궁 안이었다.

어떻게 개구멍이라도 없나 해서 그 빌어먹을 황궁 주변을 빙빙 맴돌다가 포교들의 손에 붙잡혀 검문을 당한 것도 여러 번이었고 그러는 사이에 또 몇 달이 갔다.

그동안 확인한 것이라고는 황실에서는 아무도 개를 키우지 않는다는 사실이었다.

노인은 단독으로 월장을 시도하기도 했다. 그러나 어디 황궁이 만만한 곳인가? 여기저기 모습을 감추고 숨어 있다가 노인이 나타나자 구름같이 모여드는 황궁의 대내 시위들은 비록 일 대 일 대결에서는 이길 수 있을지라도 인해전술로 나오는데야 도리가 없었다. 몇 번 월장을 시도하던 노인은 온몸 여기저기에 대내 고수들이 남긴 상처만 가득 입고는 포기했다.

방법이 없었다.

그 후유증 때문인지 어느 날부터인가 노인은 빌빌거리기 시작했다. 죽음이 얼마 남지 않은 것이었다.

죽기 전에 물건을 찾거나 노인의 명줄을 더 늘리거나 둘 중 하나였는데 귀가 번쩍 뜨이는 소리가 들려왔다.

죽은 사람도 살려낸다고 알려진 천하에 단 하나 남아 있다는 만년설삼을 황제께서 친히 신하에게 내리셨고, 그 집이 바로 대학사 댁이라는 것이었다.

일행은 확실한 이야기를 듣기 위해 사람들이 모이는 곳마다 찾아다니며 귀를 기울였다.

성내에 떠도는 소문을 들어보니 하나 남은 아들 녀석이 열세 살인데 갑자기 죽게 생겼고 황제께서 어쩌고… 만년설삼이 어쩌고… 하는 것이 요약을 하자면 대학사 댁 셋째 아들이 죽어가는데 신하를 아끼는 황제 폐하께서 목숨만큼이나 아끼던 만년설삼을 친히 내리셨다는 것이 소문의 진상이었다.

자신의 명이 조금 단축되지만 치유대법을 펼친다면 고쳐 낼 수 있을 것 같았다.

옳다구나.

노인은 마음이 급해졌다.

하늘이 마치 자기 사정을 알고 길을 열어준 기분이었다. 자신의 목숨을 늘려줄 구명줄을 찾은 것이었다.

화급히 대학사 댁을 물어물어 찾아와서는 우선 미랑에게 은근히 돌려서 환자가 만년설삼을 복용했는지 알아본 것인데 그만 미랑의 말을 오해한 것이 화근이었다.

'제때에 드셨으면 돌아가셨겠냐'는 미랑의 대답은 듣기에 따라 오해의 소지가 다분히 있었다.

재수가 없으려니 환자였던 도련님은 이미 그들이 도착하기 바로 전에 죽어버린 관계로 치유대법이 아닌 소혼대법을 써야 했는데 그것은 진기의 소모가 무척이나 심한 방법이었다.

죽어가는 마당에 마지막 진기까지 짜내 도련님을 살렸다.

하지만 그게 그나마 얼마 남지 않은 노인의 명을 심각하게 단축시켰고 다시 자기 명줄을 이어줄 만년설삼은 대학사의 아들 녀석이 이미 꿀꺽 먹어치운 것이었다. 게다가 자신이 부른 놈은 이집 아들놈이 아니었다. 정말 일이 더럽게 꼬였다.

　노인은 슬펐다.
　자신은 이렇게 죽어서는 절대 안 되는 것이었다. 기필코 그곳으로
돌아가야 하는데…….
　자신에게 희망을 걸었던 숱한 눈들이 떠올랐다.
　'궁주님, 소신의 불충을 용서하시옵소서.'
　노인의 눈가에 이슬이 맺혔다.
　달운은 눈물까지 질질 짜대는 노인을 보자 마음이 약해지고 불쌍한
마음에 동정심까지 생기기도 했지만 그간 당했던 숱한 고생을 떠올리
자 다시 화가 치밀었다.
　"죽기는 정말 죽는 거요?"
　확인 사살이라도 하듯 달운이 다시 묻자 노인은 아무런 대답도 없이
자리에 앉더니 조용히 눈을 감았다.
　"그동안 수고가 많았다."
　"알긴 아는구려."
　이제 죽는다니 더 이상 겁도 없었다. 그는 예전에는 감히 생각도 못
했을 퉁명스러운 어조로 답했다.
　"사실 너희들이 팔아먹은 그 물건은 수백, 수천 명의 사람들이 죽음
으로 지켜온 것들이었다."
　"……."
　무슨 얘긴지 이해할 수는 없지만 죽어가며 침중하게 하는 노인의 말
을 듣고 보니 달운은 진짜 큰 죄를 지은 기분이었다
　그동안 지내보니 자기들이 도망만 안 가면 그래도 인간다운 구석이

많아 가끔 다정히 대해주기는 했었다. 그리고 무공을 가르쳐 줄 때면 정말 자상한 사부였다.

"……."

노인은 더 이상 말이 없었다.

"……?"

달운이 노인을 살피니 이미 죽어 있었다.

'이렇게 허무하게 죽을 걸 그동안 왜 그리 우리를 못살게 굴었소, 이 불쌍한 노인네야.'

정식으로 사제의 연을 맺은 것도 아니면서도 사부라 부르던 노인네의 죽음이 정말 안됐다는 생각에 달운은 잠시 상념에 잠겼다. 하지만 이내 고생은 이제 안녕이라는 해방감이 찾아왔다.

그 망할 놈의 묵환과 신검을 찾아 수십만 리를 헤매는 동안 숱한 빨래며 식사 수발은 물론이고 굶기도 다반사였다.

무슨 노친네가 굶어도 젊은 자기들보다 더 힘이 펄펄 넘쳤다.

말대꾸한다고 맞고, 빨래를 제대로 안 했다고 맞고, 걸음이 느리다고 맞고, 노잣돈이라도 떨어지면 탁발을 제대로 안 했다고 맞고……. 법사 행세하며 숱하게 사기도 쳐야 했다.

하루를 일 년같이 십 년을 보냈다.

이제는 자신들의 세상이었다. 그런데 크게 기쁘지 않았다.

'그동안 미운 정이 너무 들어버린 걸까?

달운은 죽은 사부의 유체에 큰절을 올렸다.

"잘 가시오, 이름 모를 못된 사부."

제4장 새 출발

문영이 다시 정신을 차린 것은 노법사가 죽은 날 밤이었다.

깨어난 그는 자신의 머리 속에 무엇인가 알 수 없는 것들이 가득 들어와 있는 기분이 들었다. 그것은 그가 아무리 노력해도 알 수 없는 것이라 그저 답답하기만 느껴졌다.

'두 가지 부탁이 있는데 반드시 네가 들어주리라고 믿는다.'

어디선가 그의 귓가에 또렷이 들려오는 소리가 있었다. 마치 바로 옆에서 귀에다 대고 말하는 것 같았다.

'첫째 부탁은 묵환(墨環)과 신검(神劍)을 찾아 손에 넣는 것이다. 묵환은 그 기가 봉인되어 행방을 알 수 없으나 신검은 황궁 쪽에서 그 기운이 느껴진다. 묵환은 방패 문양 안에 쌍검이 교차하는 그림이 새겨져 있으니 쉽게 알 수 있을 것이다. 신검은 용의 뼈로 된 것이다. 그 두 개를 모두 얻으면 둘째 부탁을 저절로 알 수 있을 게다.'

한 구절씩 또박또박 끊어지며 계속되는 그 소리에 깜짝 놀란 그는 눈을 떴다. 주변이 모두 어둡고 캄캄한 것이 밤 같았다. 오랫동안 눈을 감고 있었으니 웬만한 빛만 들어와도 눈을 부셔올 터였다.

말소리는 계속됐다.

'이 집 아들을 살리려고 한 것은 내가 그 애를 살려내고 황제께서 내리신 만년설삼을 내가 얻어 생명을 연장시키기 위해서였다. 하나 하늘이 내게 내린 생명이 이게 다인지 네 녀석에게 이미 그걸 먹였더구나. 내가 미랑의 말을 잘못 알아듣고 소혼대법을 행한 것이 죽어가던 내 생명을 더 단축시켰다. 더구나 뭐가 잘못되었는지 이 집 아들이 아닌 네 녀석이 살아났으니 어쩌면 이게 하늘이 뜻한 바인지도 모르겠다. 이젠 시간이 너무 없다.'

말이 계속되는 중에 어둠 속에서 점차 희미하게 시야가 터지더니 침상 앞에 그 노인이 눈에 들어왔다. 그는 눈을 감은 채 가부좌를 한 자세로 단전 근처에 손을 얹고 앉아 있었다.

무언가 진한 죽음의 냄새가 풍겼다.

'방금 저 노인이 내게 말한 것 같았는데 이상하군.'

문영은 호기심을 참을 수 없어 조용히 일어나 침상에서 내려왔다. 발을 딛는 순간 몸이 휘청거려 겨우 침상 모서리를 잡고 섰다.

그의 영혼이 들어간 소년의 몸은 병고 끝에 무척 약해졌던지 하마터면 발을 헛디딜 뻔했다.

'더럽게 약골인 녀석이었던 모양이네.'

불평을 하며 그는 조심스럽게 노인에게 다가갔다.

'저 노인과 대화를 하려면 눈이 마주쳐야 하는 것 같던데……'

문영은 노인의 몸을 살짝 흔들었다. 그러자 꼿꼿이 서 있던 노인의 목이 갑자기 앞으로 꺾어졌다.

'헉!'

막상 확인을 하자 비명이 목구멍까지 올라왔다. 잠시 어찌할 바를 모르던 그는 문득 자신이 죽었다가 살아난 몸임을 생각했다.

'한번 죽은 놈이 죽은 사람을 겁내서야……'

그런 생각이 들자 무서움이 없어졌다.

그때였다.

'녀석, 궁금해하지 마라. 나는 이미 죽었다. 마지막 진기를 짜내 심어(心語)를 남겨 너와 대화하고 있다.'

말소리는 마치 문영을 보고 있는 듯이 들려왔다. 그는 신기한 현상에 놀랄 따름이었다.

'내가 몇 년만 더 오래 살았더라면 모든 일을 내 손으로 해결했겠지만 십 년을 넘게 얻은 것 없이 시간만 허비하고 말았구나. 일이 이렇게 되고 보니 이곳에서 보낸 모든 일이 덧없이 느껴진다.'

말소리가 점점 작아지고 있었다.

'내 기운을 네게 남겼으니 너도 이제 묵환과 신검의 기를 느낄 수 있을 것이다. 내 부탁은 반드시 들어주었으면 좋겠구나. 잊지 마라. 너는 내게 생명의 빚을 졌다.'

노인의 그 소리는 매우 피곤해하는 사람의 목소리로 바뀌더니 점점 희미해졌다. 말이 끝났는가 싶자 노인의 몸에서 희미한 덩어리가 나오더니 서서히 하늘로 떠올랐다.

문영은 그것이 죽은 노인의 영혼임을 알았다. 그는 노인이 좋은 곳으로 가기를 마음속으로 빌었다. 비록 그가 원해서 한 것은 아니지만 죽은 자신을 이승으로 다시 불러준 사람이었다.

'할아버지, 약속은 나중에 내가 자라면 최선을 다해 지키도록 노력해 보겠습니다.'

그의 육신은 열세 살 정도의 어린아이에 불과했기에 지금은 어쩔 수가 없었다.

날이 밝아올 무렵까지 갑자기 벌어진 이 상황들을 정리하며 망연히 침상 위에 앉아 있던 그는 몸이 피곤한 것을 느끼고 자리에 다시 누워 잠을 청했다.

"그런데 그 정성이란 게 구체적으로 무얼 말씀하시는지요?"

'이 빌어먹을 영감탱아, 본 법사가 추잡스럽게 일일이 돈을 준비하라고 해야 한단 말이냐?'

정성이 뭐냐고 묻는 대학사의 말에 대답하기도 난처해서 얼굴까지 붉어져 이렇게 쏘아주고 싶은 달운이었다.

"험! 험!"

헛기침을 하며 표정 관리를 한 후 그는 말을 이었다.

"저승사자에게 이끌려 가시던 도련님을 스승님의 목숨을 건 법력과 신력으로 겨우 다시 데려온 상황입니다. 그 저승사자께서 지금 단단히 화가 나셨으니 되돌아가시는 손에 노잣돈이라도 두둑이 챙겨 드리지 않는다면 어떤 훼방을 놓을지 감히 짐작할 수 없지요."

달운은 입술에 침을 적셔가며 덧붙였다.

"그런 경우가 생긴다면 본 법사의 법력은 아직 스승님의 경지에 미치지 못하니 어찌할 도리가 없습니다."

수만 리에 이르는 청해로 돌아가려면 노잣돈이 두둑해야 하는 법이었다. 그것도 셋이 함께.

헛기침과 동시에 이내 신색을 되찾은 달운은 자못 엄숙한 표정으로 목탁을 두드렸다.

딱, 따르르르—

'결국 돈 얘기였구나.'

법사님이 뵙잔다는 연화의 전갈을 받고 달려와서 정성이 어쩌고 하는 달운의 말에 어리둥절해하다가 이제야 감이 오는 대학사였다.

"도련님의 혼령이 아직 완전히 자리를 잡지 못했으니 내일 중에 좌혼제(座魂祭)를 지내 치성을 드리고 그 다음날 다시 감혼제(感魂祭)를 드려야 합니다."

달운은 눈을 크게 뜨고 대학사를 보며 말을 이었다.

"대충 했다가는 도련님의 앞길에 어떤 흉액이 낄지 감히 입에 올리기 어렵습니다."

달운은 아예 못을 박았다.

어느 부모가 이런 말을 듣고도 소홀히 하겠는가 하는 것이 달운의 생각이었다.

'도대체 도사야, 법사야?'

어째 말하는 것도 그렇고 전에는 재(齋)를 지냈다고 했다가 제(祭)로 바뀌니 도무지 헷갈리는 대학사였다. 하지만 그게 중요한 건 아니었다.

대학사는 달운이 '도련님에게 어떤 일이 생길지…' 운운하며 눈까지 크게 뜨고 말하자 이미 반쯤 맛이 간 상태였다.

'음, 집안 식구를 잘 단속해서 불결한 것들이 범접하지 못하도록 하고 정성을 다해야겠군.'

마음속으로 굳게 다짐을 하던 대학사는 은근히 집안 여자들이 걱정됐다. 여자들의 매달 치르는 달거리는 이렇게 정성이 가득 들어가야 하는 자리에서는 기피 대상 특일호였다.

"험, 재초(齋醮:도교, 제단을 만들어 신께 주식을 제물을 바치는 것)가 무엇이겠습니까? 재라 함은 심신을 청결히 하여 신을 맞이하는 것이고, 험험, 초라 함은 단을 만들어 주식을 바쳐 신께 제사를 올리는 것을 말하지요."

눈치를 보니 혹시 사이비 법사가 아닌가 의심하는 기색도 엿보여 아는 것은 있는 대로 주워 담아 읊어야 했다. 달운은 이것저것 섞어가며 말하자니 밑천이 달리는지 연신 헛기침에다 침을 입술에 발라가며 말을 이었다.

"험험, 재초는 치성이 그 요체인데 이 기간에 드리는 정성은 매우 중요하니 절대 착오가 없도록 대감마님께서 철저히 준비해 주시면 고맙겠습니다."

"무얼 준비하면 되겠습니까?"

대학사가 다시 물었다.

"태어난 지 석 달이 지나지 않은 암퇘지를 골라 털을 깨끗이 제거한 후 속을 비우고 뱃속에 정성을 가득 넣은 연후에 단에 올려야 합니다. 험험, 또 향불은 매번 99개를 태워야 합니다. 최상품으로 충분히 준비가 되어야 할 것입니다."

달운은 '가득'이라는 말을 특히 강조했다. 큰돈을 만져 보지 못한 그는 석 달 정도 되는 돼지면 은자 오백 냥은 충분히 들어갈 것이라 생각하니 마음속에 뿌듯한 기분까지 들었다.

돼지 뱃속이 아니라 송아지 뱃속이라 해도 돈을 처넣어야 할 판국인데 그래도 소심해서 돼지로 낙찰을 본 달운이었다.

"허어, 그렇구려. 허허, 내가 미처 모르고……. 내일 중에 좌혼제를 지낸다면 서둘러야겠구려. 그럼 본인은 세 분 법사님만 믿고 가보겠습니다."

"참, 감혼제에는 무엇을 준비해야 하오?"

"그, 그때는 그냥 본법사가 치성만 드리면 되는 겁니다."

미처 감혼제 준비까지 생각해 두지 않았던 달운은 버벅거리다가 그만 생각나는 대로 대답해 버리고 말았다.

곁에 있던 달뢰와 달우의 표정이 구겨졌다.

'씨, 그렇게 큰소리 뻥뻥 치더니만……. 하다못해 은자 몇백 냥은 더 챙길 방법이라도 말해야지.'

아쉬웠지만 지나간 마차에 손 흔들기였다.

'정성'이 무엇인지 잘 몰랐던 것이 마치 무슨 큰 죄나 되는 것처럼 무안해하던 대학사는 그 '정성'을 준비하기 위해 서둘렀다.

"그럼 대법사님들만 믿겠습니다."

인사하는 달운에게 가볍게 답례를 한 대학사는 자애로운 눈빛으로 누워 있는 아들을 바라보더니 두 손으로 아들의 자그마한 손을 꼭 쥐어보고는 조용히 발소리를 죽여 밖으로 나갔다.

대학사가 멀리 간 것을 확인한 달우가 달운에게 다가서며 물었다.

"대박입니다, 형님. 우리끼리도 잘 될까 조바심이 나서 혼났습니다."

달우는 바깥쪽을 슬쩍 보더니 말을 이었다.

"그런데 좌혼제는 뭐고 '감혼제'는 또 뭡니까? 대법이 모두 끝이 난 게 아니었습니까?"

눈치없는 달우였다.

"허—어, 둘째는 어찌 그리도 물정을 모르나. 우리가 대법을 펼친 이유가 뭔가? 그놈의 재물을 모으기 위함 아닌가, 재물!"

그는 마치 자신이 돈을 벌기 위해 대법을 펼친 듯이 어깨를 펴며 말했다.

"재를 많이 올리고 단을 높이 자주 쌓을수록 더 많은 재물이 들어온다는 것은 기본 중의 기본, 돼지니 향이니 하는 건 다 눈가림이지. 생각해 보게. 돼지는 석 달이면 충분히 크지. 그 뱃속에는 적어도 은자 오백 냥은 충분히 들어가고도 남을 게야."

달운은 한심하다는 표정이었다.

달뢰가 옆에 있다가 달우를 보며 탄식을 하며 거들었다.

"허, 아니, 둘째 형님은 그리 앞뒤 분간을 못하시우? 그리 모르니 밤낮 일만 죽도록 하고 챙기는 건 동전 몇 닢이 고작 아니우. 쯧쯧, 이거야 원……."

"뭐야? 아무리 그렇기로 그게 형님을 대하는 말버릇이냐?"

"그러는 너는 은자 닷 냥이 넘는 제를 올려본 적이라도 있냐?"

그는 삿대질까지 동원했다.

"그리 잘 아는 사람이 어째서 잘 모르는 나보다 수입이 적었는가?"

"이 우형은 그래도 은자 열 냥짜리까지는 번 적이 있다는 걸 아우도 알지 않느냐?"

그러지 않아도 달운의 핀잔에 무안해하며 기가 죽어 있던 달우는 달뢰까지 나선 면박에 참지 못하고 얼굴을 붉히며 정색을 하더니 만회라도 하듯이 속사포처럼 퍼부었다. 하지만 오랫동안 가짜 법사를 해서 그런지 말투가 제법 세련되어 있었다.

"아우들, 지금 뭐 하는 짓인가? 지금이 우리에게 얼마나 중요한 때인지 몰라서 이곳까지 와서 말다툼인가?"

달운의 일갈에 달우와 달뢰는 일제히 자라목이 됐다.

"내가 듣기로 이 집 첫째는 몇 년 전에 몸이 허약하여 죽었다고 하네. 그렇다면 우리가 아니었으면 이 집 대가 끊길 판이었어. 내가 아직 대법이 끝나지 않았다고 말한 건 우리가 청해로 돌아가려면 노잣돈이라도 있어야 하기 때문이 아닌가?"

"하지만 이 집 대감은 청빈하기로 소문난 대학자가 아닙니까? 보아 하니 집을 수리한 지도 수십 년은 족히 되어 보이는 게 아무래도 우리가 너무하는 게 아닌가 생각되네요."

달우가 눈치를 보며 나섰다. 삼 형제는 십 년간 단련을 받으며 닳을 대로 닳기는 했지만 아직은 순수한 구석이 있었다.

"그래서 아우들은 아직 멀었다는 게 아닌가?"

달운은 입술에 침을 바르더니 말을 계속했다.

"여태껏 우리가 이 모양 이 꼴로 된 것이 누구 덕분인가 생각해 보게. 아무 죄도 없는 우리가 십 년은 족히 그 망할 영감탱이 수발만 들어왔는데 이제 와서 노잣돈 좀 챙기는 게 대순가?"

그러나 달우와 달뢰는 마땅찮은 표정이었다. 비록 자신들은 고생을 했지만 남을 벗겨먹는다는 것이 영 내키지 않은 까닭이었다.

찜찜했던지 달운이 아우들의 눈치를 보며 덧붙였다.

"내가 알아보니 오 년 전에 황제께서 대학사의 청빈함을 아시고 호구라도 제대로 하도록 하사하신 옥답이 성밖 서쪽에 오천 평 정도 있는데 소출이 좋아서 평당 은자 두 냥은 충분히 받을 거라더군."

"그, 그럼 그것만 해도 만 냥!"

달우와 달뢰의 눈이 동시에 커졌다.

"흥, 그건 약과지. 이 집만 해도 비록 낡고 제대로 보수가 되지 않았지만 대지가 워낙 넓고 고관 댁들이 주변에 연이어 살고 있으니 요지(要地) 중의 요지일세. 집사 얘기로는 수년 전부터 이 집을 팔라고 은근히 거간꾼을 보내는 작자들이 한둘이 아니라고 하더군. 시세만 해도 은자 이십만 냥 정도인데 팔겠다고만 하면 값은 달라는 대로 쳐 주겠다는 작자까지 있는 모양이야."

달운은 아우들의 놀라는 눈치를 즐겨가며 말을 이었다.

"성안에 돈푼깨나 만지는 작자치고 이 집을 탐내지 않는 자는 아마 드물 걸세."

며칠 동안 지나가는 말 하듯이 하며 하인들을 구슬려 주워들은 이야기였다. 달운은 자신의 해박함(?)을 자랑이라도 하듯 아우들 앞에서 떠벌렸다.

"......."

"......."

달우와 달뢰는 그 천문학적인 액수에 너무 놀란 나머지 벌어진 입을 다물지 못하고 몸을 떨고 또 떨었다. 여태까지 자신들이 만져본 돈은 은자 열 냥을 넘은 적도 별로 없었다.

"흠, 자네들은 내 말이 무슨 뜻인지 알겠지?"

"예? 아, 예!"

달운의 말에 퍼뜩 정신을 차린 둘은 달운이 하는 말의 뜻도 제대로 생각해 보지 않고 대답부터 했다.

"나도 이 집 기둥뿌리까지 흔들 생각은 없네."

"우리가 은자 일이천 냥 해먹어도 표시도 안 날 집안이야."

달운이 덧붙이듯 말했다.

달우와 달뢰도 생각해 보니 십 년 동안 그토록 자신들을 괴롭히던 노인네가 죽어버린 이 마당에 시체를 찾아 품삯을 달랄 수도 없고, 노인네가 죽어가며 고생한 대가로 자신들의 고향길 노잣돈이라도 챙기자는 큰 형님의 말이 영 틀린 말은 아닌 것 같았다.

　　문영이 기력을 회복하는 데만 꼬박 한 달이 넘게 걸렸다.
　　그동안 그는 이곳의 돌아가는 상황을 대충 알 수 있었다.
　　자신은 이 집 아들 장문영이고 주인인 한림대학사 장자맹의 둘째 아
들이었는데 첫째가 몇 년 전 죽어버려 지금은 유일한 아들이었다. 장자
맹은 높은 학문과 꼿꼿한 성품으로 거의 모든 학자들로부터 추앙을 받
고 있었고 황제도 항상 곁에 두기를 원할 정도로 신임하고 있다고 했다.
　　문영의 모친인 대부인 주설하는 황족으로 황제의 먼 친척뻘이 됐다.
그녀는 조용하고 기품있는 성품이었으나 문영에 관한 일은 몸소 챙기
지 않으면 안심을 하지 못했다.
　　하녀들의 수군거림을 들어볼 때 지난번에 문영이 실족을 해 집안이
뒤집혔던 이후로 생긴 버릇이라고 했다.
　　안주인이 하루에도 몇 번씩 별채를 들락거리니 하녀들이라고 가만
있을 수 없었다. 문영이 회복한 후 별채는 그야말로 장마당 어물전마
냥 사람들의 출입으로 문짝이 바삐 여닫혔다.
　　문영은 누워서 며칠 동안 갈등했다.
　　"휴우―"
　　'이대로 있자니 양심이 찔리고… 그렇다고 사실을 말하자니 믿고 안
믿고는 둘째 치고 두 분이 실망하여 무슨 큰일이라도 낼 것 같고……'
　　며칠 동안의 분위기로 보아 자기 아들 장문영으로 믿고 있는 자신이
점차 건강을 되찾아가고 있는 것이 그들 부부에게 얼마나 큰 행복이고
기쁨인지 알 수 있었다.
　　처음 대부인 주설하가 하녀들의 부축을 받으며 별채를 방문했을 때

그녀의 얼굴은 파리하다 못해 마치 죽은 사람을 연상케 할 정도였다.

그런 몸으로 하루에도 몇 번이나 별채와 안채를 오가며 장문영의 차도를 눈으로 확인했다. 문영이 점차 회복되면서 주설하를 부축하는 하녀의 수가 둘에서 하나로 줄더니 마침내 오늘 아침에는 직접 죽그릇을 들고 왔다. 그녀 뒤에는 미랑이 불안해하며 따르고 있었다.

"영아, 어제 보니 죽그릇을 깨끗이 비웠더구나. 그래서 오늘은 가득 담아 왔단다."

주설하는 생기가 도는 얼굴로 문영을 보며 말했다.

문영은 그녀와 눈이 마주치는 것이 겁났다. 그녀가 찾아올 때마다 고개를 어디다 두어야 할지 모르는 그였다.

주설하는 아들이 그러는 것이 아직 몸이 불편해서 그런가 보다 하여 걱정만 하고 있었다. 그녀는 수저에 죽을 퍼서 조심스레 그의 입으로 가져갔다.

"아가, 아~ 하렴."

그녀는 행복한 표정으로 얼굴에 미소를 가득 담으며 말했다. 나이를 열세 살이나 먹은 아들이었지만 주설하의 눈에는 항상 보물처럼 조심스럽게 다뤄야 할 아기였다.

문영은 눈을 내리깔고 입을 벌려 죽을 받아 먹었다. 사실 매번 식사 때는 그에게 있어서 무척이나 괴로운 시간이었다. 우연히 마주친 그녀의 두 눈은 문영에게 죽은 할머니를 생각나게 했다.

누가 그랬던가. '자식의 먹는 모습을 지켜보는 것보다 행복해 보이는 부모의 얼굴은 없다' 고.

외할머니가 자신에게 무엇을 먹일 때 보여주었던 그 자상한 얼굴보다 더한 모습이 지금 주설하의 얼굴이었다. 그런 주설하를 볼 때마다 저절로 눈시울이 뜨거워지곤 하여 감히 고개를 들고 마주 보기가 힘드는 문영이었다.

그것이 주설하의 오해에 대한 연민 때문인지, 또는 돌아가신 할머니 때문인지는 자신도 몰랐다. 다만 그에게 그 시간은 견디기가 무척이나 힘들다는 건 분명했다. 자신이 마치 커다란 죄를 짓고 사는 기분은 항상 그를 따라다니고 있었다.

결단을 내려야만 했다. 아니, 어차피 답은 정해져 있었다. 다만 그 답을 스스로가 확인하는 시간이 필요했을 뿐이다.

'장문영은 죽었다. 지금 살아난 것은 할머니의 손자 장문영이 아니라 대부인의 아들 장문영이다. 다시는 고민하지 않겠다. 이제는 철저히 명나라에 태어난 대학사의 아들 장문영으로 살겠다.'

그는 마치 선서를 하듯 스스로에게 다짐했다. 결정을 하고 나니 속이 시원했다.

'할머니, 미안해요. 하지만 이게 할머니가 원했던 거라고 믿고 싶어요. 못 다한 효도는 나중에 죽은 후 다시 만나면 그때 가서 다 할게요.'

다음날 아침에도 손수 죽그릇을 들고 온 주설하는 자신을 보고 빙그레 웃음 짓는 귀여운 아들을 보고는 너무 기쁜 나머지 눈물을 보이고 말았다.

'영아가 나를 알아보기 시작했어. 이 어미를⋯⋯.'

그녀는 들고 간 죽그릇이 내동댕이쳐진 사실도 모른 채 아들을 꼭 끌어안고 울고 또 울었다.

그날 주설하는 잃을 뻔했던 가장 소중한 보물을 다시 찾았다.

제5장 부하가 된 청해삼호

장문영(張文英)은 장무영(張武英)으로 이름이 바뀌었다.

무언가 돈을 더 만질 궁리를 하던 달운은 그동안 떠돌며 가짜 법사 노릇을 한 경험을 바탕으로 주설하에게 장문영이라는 이름이 나약하여 좋지 않다고 부추겼다.

"아무래도 이름이 조금 문제가 있습니다. 앞으로도 아드님께서 건강에 문제가 없으려면 아무래도 이름을 강하게 바꿀 필요가 있겠습니다."

"저런, 미처 거기까지는 생각을 못했군요. 이렇게 신경을 써주셔서 고맙습니다. 그럼 법사님들께 부탁을 드려도 될까요?"

"그러지 않아도 저희가 나서보려고 했습니다."

달운이 건강 운운하자 주설하는 더 생각해 볼 필요도 없다는 듯이 당장에 바꿔달라고 부탁했고, 달운은 기다렸다는 듯이 그 떡을 삼켰다.

하나 남은 아들의 건강은 지금 주설하의 목숨보다도 중요한 일이었다. 사족은 필요없었다.

당장 '정성'이 준비되고 재초가 올려졌다.

장무영(張武英).

신은 손쉽게 좋은 이름을 내려주셨다.

신이 계시한 대로 작명해 준 그가 별도로 은자 몇백 냥을 챙겼음은 너무도 당연한 일이었다.

지난번 좌혼제를 지내며 돼지 뱃속에서 건진 돈만 해도 예상보다 훨씬 많아 천 냥이 넘었고 별도의 사례비도 따로 받고 하다 보니 챙긴 은자가 이천 냥을 육박하고 있었다.

달운은 무영에게 태청심법이라는 것을 가르쳐 주었다.

대학사 댁에서 받은 돈의 액수가 자꾸 늘어나 부담이 되는데다가 사부의 부탁도 있고 해서 삼 형제가 모여 그렇게 결정한 것이었다. 달운 자신은 제대로 연마한 적이 없었으므로 비급의 구결을 일러주고 따라 하게 하는 것이 전부였다.

무영은 잠자리에 들기 전에 가부좌를 하고 단전호흡을 통해 기를 순환하는 것인데 신기하게도 심법을 마치면 몸이 날아갈 듯 개운했다.

대학사 부부는 물론 무영에게도 신체적 건강 말고 또 하나의 고민거리가 있었다. 무슨 말을 하는지 알아듣기는 하겠는데 자신이 말을 하려고 하면 도무지 되지가 않는 것이다.

영혼의 세계를 경험한 이후로는 신기하게도 무슨 종류의 말이든 다 알아들을 수는 있었다. 그런데 대답을 할 수 없으니 본인조차도 답답해 미칠 지경이었다.

손짓 발짓까지 해가며 겨우 의사 소통을 하곤 했는데 그러다 보니 집안에서 그는 여전히 환자 취급을 받았다. 전과 다른 점은 병명이 실어증이라나.

한글은 잘되는 특이한 실어증이었다.

무영은 나름대로 말을 따라하려고 무진 애를 썼다. 하지만 어디 말이란 게 하루아침에 배울 수 있는 것인가.

천하의 명의들이 다녀간 이후로도 무영의 병세에 큰 차도가 없자 장자맹은 그에게 자신의 벗 남우선(南祐宣)을 독서생으로 모셨다. 처음부터 하나씩 가르치려는 것이었다.

사실 남우선은 장자맹과 호형호제하는 사이로 학문의 경지도 장자맹에 뒤지지 않았으나 과거를 보지 않고 천하를 떠돌거나 향리에 머물며 책 읽는 것을 즐기는 사람이었다.

"까마귀 틈에 끼면 까마귀밥이 되거나 아예 까맣게 되거나 둘 중에 하날세. 난 그리되고 싶지는 않네."

하는 것이 남우선의 말이었고,

"세상이 까맣다면 희게 되도록 노력해야지. 몸을 바쳐서라도."

장자맹의 말이었다.

그러나 그런 생각의 차이도 두 사람의 우정을 갈라놓지는 못했다.

그런 남우선이 벗인 장자맹 아들이 괴질의 휴유증(?)으로 말과 글이 막혔다고 하자 몸소 나선 것이다.

무영은 오전에는 남우선에게 학문을 배우고 오후에는 청해삼호에게 무공과 태청심법을 배웠다.

장원 별채의 한 방 안에 청해삼호 삼 형제가 모였다.

다들 한 보퉁이씩 짐을 싸놓고 있었다.

"이제 나가지."

모두들 보퉁이를 둘러멨다.

은자는 휴대하기 쉽도록 며칠 전부터 전장을 돌며 전표로 바꾼 터라 옷가지와 건량만 조금 챙겼다.

그냥 가겠다고 해도 될 테지만 아들의 건강이 완전히 회복된 다음에 가시라는 주설하의 간곡한 부탁에 차마 나간다는 말을 꺼낼 수가 없었다. 사십이 낼 모레인데 빨리 고향에 가서 늦장가라도 가보고 죽어야 할 것이 아닌가? 무작정 꼬마 녀석의 회복을 기다릴 수가 없었다.

그동안 몇 달 가르쳐 준 것도 이 집에서 받아먹은 돈의 액수도 작지 않았거니와 못된 사부의 유언을 조금이라도 들어줘야겠다는 마음에서였다. 몇 달 더 기다릴 수도 있지만 요새 와서 부쩍 못살게 구는 꼬마 녀석도 번거롭게 느껴졌다.

처음에는 뇌진탕의 휴유증인지 말을 제대로 못해서 물어보지도 못하더니 말이 좀 되는 요즘은 뭐가 그리 궁금한지 태청심법을 들고 따라다니며 꼬치꼬치 묻는데 미치고 환장할 노릇이었다.

사실 그동안은 대충 배운 실력으로 버텼지만 이젠 그것도 바닥이 난 처지였다. 잘못하다가는 밑천이 드러나 가짜 법사인 게 언제 들통날지 몰랐다. 빨리 뜨는 게 상수였다.

며칠 전부터 삼 형제는 날만 잡고 있었다.

뒤뜰 담벼락 앞으로 간 삼 형제는 가볍게 담을 넘었다. 이제 곧 성문 닫을 시간이 됐으니 빨리 가야 했다. 그들은 부지런히 걸음을 재촉했다.

그런데 그들이 담을 넘는 순간부터 삼 형제를 지켜보는 눈이 있었다.

하오문 낙양 분타주 변대길이었다.

그는 수일 전부터 청해삼호에 관해서 분타 정보 분석실의 보고를 받고 있었는데 그에 따르면 오늘내일 중에 놈들이 장원을 뜰 것 같다는 것이 어제저녁의 보고였다.

원래 정보 분석실은 하오문 문주 직속의 총타 소속 기관이었지만 이곳의 중요성에 비추어 필요하다는 변대길의 주장을 문주가 받아들여 분타 직속의 정보 분석실을 운영하고 있었다.

그런데 며칠 전부터 변대길에게 급보가 전해졌다.

대학사 댁에서 아들을 살려냈다는 소문이 있는 법사 셋이 교대로 전장에서 은자를 전표로 바꿔갔는데 그 액수가 무려 이천 냥이 넘을 거라는 보고가 있었고 놈들의 출발 일이 하루이틀 내일 거라는 것이 분석실의 의견이었다.

경험에 의하면 분석실의 분석 보고는 그 적중률에 있어 구 할을 자랑하고 있었다.

이런 저녁 시간에 감시하는 역할은 주로 밑에 있는 깍두기 놈들이 할 일이지만 액수가 보통이 아닌지라 오늘은 그가 직접 나선 것이다.

'부성문이다.'

변대길은 그들이 가는 방향만 보고도 어디로 갈지를 알고 있었다. 성안에서 나가려면 당연히 성문을 통과해야 했고 놈들은 지금 이곳에서 가장 가까운 서문인 부성문으로 움직이고 있었다.

땅거미가 짙어가는 거리를 향해 변대길이 서문 쪽을 가리키자 그림자 몇이 소리없이 움직였다.

"일단 성은 벗어났으니 오늘은 이곳에서 하루 묵고 준비를 단단히 한 연후에 떠나기로 하지."

달운이 동생들을 보며 말했다.

급히 성을 빠져나오느라 괴나리봇짐 하나씩만 달랑 메고 나온 그들이었다. 먼 길도 보통 먼 길이 아니니 중도에 낭패를 당하지 않으려면 준비할 것이 한둘이 아니었다.

다행히 서문 밖에는 객잔이 있었다. 주로 멀리서 북경을 찾아왔다가 성문이 닫혀 안으로 들어가지 못하는 사람들을 주요 고객으로 하는 객잔이었다.

성문을 빠져나온 삼 형제는 일단 하룻밤을 그 객잔에서 묵고 다음날 새벽에 길을 떠나기로 했다 청해까지 가자면 몇 달은 족히 걸릴 터인데 공연히 초장부터 기운을 뺄 필요가 없는 것이다.

회심루(悔心樓)는 서문 앞에 있는 주루로 일층은 주루고 이, 삼층은 객실로 쓰고 있었다.

삼 형제는 주루 이름이 찜찜하기는 했지만 크게 신경 쓰지 않고 안으로 들어갔다. 이층에 방을 잡은 그들은 새벽에 출발하기 위해 일찍 잠자리에 들었다. 그들은 전재산이라고 할 수 있는 전표들을 봇짐 속에 소중히 갈무리하고는 모두 베개 대신 봇짐을 베고 누웠다. 너무 큰 거금을 가지고 있는지라 한동안 잠을 못 이루고 뒤척이더니 마침내 차례차례 잠이 들었다.

자시(子時)가 지나고도 한 식경이 흘렀을까. 객방의 창문이 촉촉이 물에 젖더니 소리없이 구멍이 나고 긴 대롱이 객실 안으로 파고들었다. 잠시 후 대롱에서는 흰 연기가 모락모락 나오더니 객실 안으로 은은히

퍼져 갔다.

반각이 지났을까?

창문이 스르르 열리더니 복면을 한 괴한 하나가 소리없이 방 안으로 미끄러져 들어왔다.

괴한은 청해삼호 쪽은 거들떠 보지도 않고 그들이 베고 자는 봇짐 세 개를 탁자 위에 펼쳤다. 이런 일에 전문인지 그는 봇짐 속에 전표를 모셔둔 것을 잘 알고 있었다. 그렇지 않다면 객잔에서 제공하는 편한 베개를 두고 왜 봇짐을 베고 자겠는가?

괴한은 보퉁이를 뒤적거리더니 전표만 골라내 품에 쑤셔넣고는 들어올 때와 마찬가지로 창문을 통해 소리없이 사라졌다.

객잔 주인이 이층 객실에서 갑자기 나는 비명과 곡 소리를 들은 것은 다음날 정오가 지난 무렵이었다. 깨어난 시각으로 보아 미혼약이 좀 과다하게 사용된 것 같았다.

그리고 그날 저녁 하오문 북경 분타에서는 조촐한 만찬이 열렸다.

변대길은 술자리에서 각자 역할을 충실히 한 부하들의 어깨를 일일이 두드려 주며 일장 격려 연설을 하는 것으로 얼굴을 세웠다.

"오늘은 내가 확실하게 쏜다. 눈치 보지 말고 마음껏 즐겨라."

그는 돈 쓸 때를 확실히 알고 있었다.

그날 오후 청해삼호는 곧 죽어가는 사람의 몰골에 똥 씹은 표정으로 대학사 댁 대문 앞에 다시 나타났다. 간밤에 객잔에서 이천 냥이 넘는 전표를 몽땅 잃어버렸으니 그 속이야 오죽할까?

"아니, 안색이 안 좋으시네요?"

마(馬) 집사는 초점이 풀어진 눈에 잔뜩 찌그러진 얼굴로 중문을 들어서는 그들을 보며 한마디 했다. 그는 아침에 법사님들이 보이지 않는다는 얘기를 연화에게 들었으나 요즘 들어 부쩍 바깥 나들이가 잦았기에 그러려니 하고 어디 잠깐 일 보러 나갔겠지 하며 대수롭지 않게 생각하고 있었다.

'모르는구나.'

삼 형제는 동시에 눈짓을 교환했다.

"흠흠, 도련님에 관해 생각을 좀 하느라고……."

마땅히 할 말이 없던 달운이 생각나는 대로 대답했다.

"네? 도련님에게 무슨 이상이라도……?"

마 집사는 깜짝 놀라 되물었다.

도련님에 관한 이야기는 이 집안에서 무조건 특급으로 취급해야 할 대상이었다.

'어이쿠, 이거 주제를 잘못 골랐구나.'

자신도 무영의 일은 이 집안에서 '중점 처리 및 집중 관리 대상' 제일호라는 것을 잘 알고 있었는데 엉겁결에 그만 그렇게 말하고 만 것이다.

죽음에서 다시 살아난 무영 도련님 일은 위로는 대감마님부터 맨 아래 시비들까지 모두들 소매를 걷어붙이고 마치 전쟁에 임하는 장수와 군졸 같은 자세로 나서니 그럴 수밖에 없었다.

"아아, 그게 아니라 우리 일정이 밀려 있는데 한 몇 달은 더 도련님을 돌봐야 하겠기에……."

사실 삼 형제는 보퉁이도 잃어버려 갈 곳도 없는 처지였다.

숙의 끝에 대학사 댁으로 돌아가 꼬마 녀석을 빌미로 대충 빌붙어 몇 달 지내며 다시 노잣돈이라도 받아가자는 쪽으로 의견 일치를 보았다. 하지만 대문을 들어서는 순간까지 내심 자기들이 밤새 달아났던 사실을 알까 봐 전전긍긍했다.

그런데 마 집사 얘기를 들어보니 그 사실을 모르고 있는 게 틀림없었다.

대충 마 집사와의 대화를 끝내고 중문을 지나 별채로 들어선 그들은 자신들이 쓰던 방에 무영이 와 있는 것을 발견하고는 당황했다.

"도련님께서 여긴 웬일이신지요?"

달운이 시침을 떼고 물었다.

"아저씨들, 밤새 도망갔었지?"

"헉!"

삼 형제는 동시에 놀라며 헛바람을 들이켰다.

"다 봤어?"

너무 놀란 나머지 대학사의 자제 분에 대한 예의도 잊었다.

"봤으니 말하지."

무영의 말에 청해삼호의 얼굴이 확실하게 구겨졌다.

"어, 어떻게?"

"서쪽 담을 넘어 튀었잖아."

무영이 턱으로 담벽 쪽을 가리키며 대답했다. 시건방지기가 이를 데 없는 표정이었다.

"그, 그것까지?"

"그리구 아저씨들 가짜 법사잖아?"

"허걱!"

삼 형제는 다시 동시에 헛바람을 들이켰다.

밑천이 까발려지고 있었다.

셋의 안색이 동시에 노래졌다. 이젠 이 집에 몇 달 빌붙어 노잣돈이라도 다시 마련하려던 계획마저도 뒤틀어지고 만 것이다.

"괜찮아, 원래부터 다 알고 있었어. 그래두 무공 책자는 두고 갔던데……"

무영이 그들의 얼굴에 나타나는 변화를 재미있다는 표정으로 즐기며 이죽거리듯 말했다.

"어, 언제부터……?"

달운이 눈치를 보며 물었다.

"소혼대법이 끝났을 때부터야."

누렇게 떴던 삼 형제의 얼굴이 동시에 붉게 물들었다. 순진한 구석이 있는 청해삼호였다.

콩당콩당.

삼 형제는 갑자기 심장 박동 수가 급격히 늘어나는 것이 느껴졌다.

외부로부터 강력한 충격을 받았을 경우 나타나는 지극히 정상적인 현상으로 후안무치한 부류일수록 반응이 약한 면이 있는데 불행인지 다행인지 청해삼호의 얼굴 가죽은 그리 두껍지 못했고, 그 증거는 지금 신체적으로 급격히 나타나는 중이었다.

그동안 자신들의 얘기를 다 들었다면 좌혼제니 감혼제니 하면서 사기를 친 것도 다 알고 있다는 얘기가 아닌가? 삼 형제는 심장 박동 수 증가 현상과 함께 두통 증세도 동시에 느꼈다.

무영은 장난기가 가득한 얼굴로 말을 이었다.

"그동안 말을 제대로 못해 조용히 지냈는데 좀 지나면 서로 까놓고 말하려구 했더니 그새 인사도 없이 튀길래 좀 섭섭했지."

"그럼 그동안 다 알면서도……?"

"당근이지."

무영은 재미있다는 듯이 숨도 쉬지 않고 대답했다.

패씸한 꼬마 놈이라는 말이 입 안에서 빙빙 돌았지만 감히 드러내 놓고 말할 처지가 아닌 것이 더 화가 났다.

"사실 그동안 어떻게 처리할까 무척 고심했어."

삼 형제의 얼굴이 동시에 굳어졌다.

무영은 그런 표정을 즐기듯 말을 이었다.

"천하에 대학사 댁에서 사기 친 사람들이 숨을 곳은 별로 없지."

그동안 무영은 이곳 물정에 대해 듣고 배운 바가 적지 않았다. 그리고 자신의 아버지가 중원천하에서 일인지하 만인지상의 지위에 있다는 것도 알았다.

"……"

청해삼호는 꿀 먹은 벙어리가 됐다.

관아에서 이 사실을 알면 전국에 방이 나붙을 것이고 자신들이 어디에 숨더라도 쫓아올 테니 이 나라 안에 있으면서 맘 편히 살 수는 없을 것이다.

떠돌이 생활 십 년에 가장 힘들었던 점은 오가는 곳곳마다 검문 검색을 해대는 관병들이었다. 주머니가 궁할 때는 공연히 오랑캐 첩자가 어떻고 하며 붙잡고 놔주지 않는 바람에 피같이 모은 잔돈푼을 털린 것이 한두 번이 아니었다.

지금 눈앞에서 은근히 협박을 하고 있는 꼬마 녀석의 얘기는 아무리 어린놈의 말이라도 허술히 들을 성질의 것이 아니었다. 더구나 지금 자기들이 한몫 챙긴 곳은 바로 대명의 실권자라고 할 수 있는 대학사 댁이 아닌가? 그것도 하나뿐인 아들의 목숨을 볼모로…….

'이젠 죽었다.'

지금 청해삼호에게 있어서 다른 생각은 나지도 않았다. 단지 저 꼬마 놈이 조그만 은혜라도 베풀어주기를 바랄 뿐이었다.

"아무한테도 말하지 않을 테니 걱정 말어."

무영이 가벼운 말투로 말했다.

"……?"

삼 형제는 갑자기 어안이 벙벙해졌다. 녀석이 고자질만 하면 잘해야 실컷 치도곤을 당하고 대문 밖으로 쫓겨나거나 사기죄로 포승줄에 굴비처럼 줄줄이 엮여 관아로 끌려간 뒤에 최악의 경우 참수당할 수도 있었다. 그런데 입을 다물어주겠다니…….

"그 대신 조건이 있어."

그는 가늘게 실눈을 뜨고 청해삼호를 보았다.

'그러면 그렇지.'

삼 형제는 기가 막힌 표정이었다.

그들도 바보가 아니었다. 아무리 어린놈이라지만 눈 감아주는 데는 뭔가가 있을 거라는 예상은 하고 있었다. 하지만 막상 직접 듣고 보니 열세 살짜리 꼬마가 자신들을 가지고 논다는 생각이 모두의 머리에서 뱅뱅 돌았다. 하지만 감히 반박할 처지가 아니니 속만 뒤집어지고 있었다. 녀석은 자신들의 비리를 꿰듯이 알고 있었다.

"내 부하가 돼야 해."

무영이 고개를 뒤로 젖히고 눈을 내리깔며 말했다.

"그, 그건……."

녀석이 절대 만만한 꼬마가 아니라는 것은 진작 알고 있었다. 하지만 열세 살 먹은 꼬마 녀석의 부하라니 말도 안 되는 얘기였다.

"싫어?"

꼬마 녀석의 눈매가 가늘어지고 있었다.

"저… 우리는 고향으로 돌아가야……."

그래도 무영과 친하게 지내왔던 달뢰가 나섰다.

"고향에서 누가 기다려?"

그동안 달뢰와 대충 얘기를 나눠본 그였는지라 그들 삼 형제가 친족의 전부라는 것을 알고 있는 무영이었다.

"……."

삼 형제는 곰곰이 생각해 보니 꼬마 말이 영 틀린 말은 아니었다.

그동안 막연히 고향으로 돌아가야 한다는 생각만 했지 힘들게 먼 길을 가봐야 그들을 기다리는 것은 아무것도 없지 않은가? 봉양해야 할 노부모가 그곳에 살아 계신 것도 아니고 혼담이 오갔던 이웃집 처녀도 이미 다른 놈과 결혼해서 지금쯤은 애 서넛은 족히 낳아 잘살고 있을 게 틀림없었다. 게다가 자신들이 길렀던 가축들도 모두 이웃들에게 주어버린 처지였다.

"거봐, 여기서 내 밑에 있으면서 돈도 벌고 집도 사서 장가도 가면 되잖아?"

이제 살살 달래는 무영이었다.

"……."

말이야 틀린 게 없지만 열세 살 꼬마 녀석의 부하로 있어야 한다는 것은 영 내키지 않았다. 체면이 있지.

"싫으면 한 삼 년만 있다가 그때 가서 다시 생각해도 괜찮아."

삼 형제 모두 마땅찮은 표정이자 무영이 다시 타협안을 냈다.

삼 년 정도면 괜찮겠다 싶었던지 달운이 다른 아우들의 눈치를 살폈다. 모두들 비슷한 생각인 것 같았다.

하기는 지금 이 시점에 다른 좋은 방법도 없었다. 평생 부하가 되어야 한다고 우기면 따를 수밖에 없는 처지가 아닌가.

"험, 그럼 한 삼 년만 그렇게 해보기로 하지요."

"좋아, 내가 사실대로 아버님께 말씀드려 승낙을 받아낼게."

"고, 공자, 그건 좀……."

뒤가 구린 달운이 황급히 나섰다.

"괜찮아, 다른 얘긴 빼고 법사 그만두고 내 밑에서 한 삼 년 있기로 했다고 할 거니까 걱정들은 말라고."

'내 밑에서' 라는 말이 강하게 강조되었다.

'저거 열세 살 맞아?'

어린애치고 머리가 너무 팍팍 돌아가는 꼬마 녀석이었다.

"휴우―"

삼 형제는 절로 한숨이 나왔다.

그 순간 무영은 내심 회심의 미소를 짓고 있었다.

'이제 확실히 약점을 잡아났으니 앞으로 잘 키워서(?) 나중에 심복으로 써야겠군.'

무영은 그동안 많은 생각을 했다.

어떻게 살 것인가?

무엇을 위해 살 것인가?

갑자기 다른 세계로 떨어진 바람에 혼란스럽던 머리를 정리하기에도 벅찼지만 이제는 이곳에서 인생의 방향을 정할 때가 된 것이다.

마침내 그는 목표를 세웠다.

첫째, 중원 최고의 거부가 된다.
둘째, 중원 최고의 미인들을 마누라로 삼는다(최소한 다섯 이상).
별도 목표, 할아버지의 소원을 들어준다.

무영은 돈없는 설움을 경험을 통해 누구보다도 잘 알았다.
할머니도 결국은 돈 때문에 돌아가셨다. 평생 여자 몸으로 외손주나 맡아 키우느라 자신의 몸도 돌보지 못했다. 먹고픈 것, 하고픈 것 참아가며 그저 손주 잘되기만 바라며 살아오다가 몸속 깊은 곳에 자라나는 독버섯도 모른 채 키워오셨다가 끝내 죽음을 맞은 할머니였다. 돈만 있었으면 그때라도 좋은 병원에서 병을 고칠 수 있는 가능성도 있었다.
자신이 김달수의 모략으로 죽어간 것도 결국 돈이 그 진원지였다. 김달수가 돈을 위해 주먹을 휘두르다 사고를 냈고, 자신은 그 희생양이 된 것이다.
돈이 없는 인생은 너무 서글펐다.
접대부로 일하면서도 웃음을 잃지 않았던 수아에게서 단 하나 그늘진 구석이 있다면 바로 돈이 없다는 것이었다.
자신이 아는 인생은 어차피 돈에 팔리고 돈에 죽는 게임이었다.
부자가 되리라.
돈이 있어야 서글픈 인생들도 구하고 주린 이들의 빈 배를 채워줄 수 있다.
그래서 결정한 것이 중원 최고의 부자가 되는 것이었다.
자신은 나이가 어리니 아직 직접 움직일 수는 없다. 자신이 클 동안

손발처럼 움직여서 목표를 이루기 위해 초석을 만들어놓을 대리인이
필요하다고 생각했고, 그 첫째 대상자가 청해삼호였다.

　재수없이 아무것도 모르고 걸려든 청해삼호는 나이 사십을 바라보
는 이 마당에 머나먼 타지에서 열세 살짜리 꼬마의 똘마니로 전락해
버리자 속에서 욕만 나왔다.
　'니미럴……'
　정말 더럽게 안 풀리는 인생이었다.
　십 년을 백 년, 천 년같이 웬 미친 노인네한테 엮여 뒤치다꺼리만 하
다가 이제 풀려나 사람답게 사나 싶었더니 그것도 모자라 이젠 열세
살짜리 어린 녀석의 똘마니라니…….
　정말 이놈의 세상은 뭣 같은 세상이었다.
　"아저씨들이 그동안 어떻게 살아왔는지 한번 얘기해 봐. 나도 알구
있어야 일을 시키든지 도와주든지 하지."
　그런 삼 형제의 심정을 아는지 모르는지 무영은 대수롭지 않다는 듯
이 말했다. 그의 말에 서로 주저하며 눈치를 보더니 삼 형제 중 맏이인
달운이 얘기를 시작했다.
　청해삼호는 정말 불쌍한 사람들이었다.
　무영은 그들이 눈물까지 찔끔거리며 주저리주저리 늘어놓는 한 많았
던 인생살이 얘기를 듣고 보니 자신이 크던 시절과 비교되는 것 같았다.
　'원래 나쁜 놈들은 아니었군.'
　무영은 우선 삼 형제가 생각보다 순수한 구석이 있었고 악인이 아니
었다는 데 안도했다. 나쁜 놈들이라면 앞으로 일을 부리는 데 있어서
신경을 많이 써야 하기에 피곤할 터인데 다행이었다.

"내가 나중에 문파 하나 멋진 걸로 세워줄 테니 달운 아저씨가 장문인 하고 달우 아저씨하고 달뢰 아저씨는 호법 하면 되잖아?"

무영은 예전에 어디선가 무협지에서 읽었던 중국 무림에 관한 지식을 떠올리며 위로해 주었다.

멀뚱멀뚱.

정말 이 꼬마 녀석은 볼수록 가관이었다.

하긴 뭐 열세 살짜리가 아는 게 있겠냐만은 그래도 문파 하나 세우는 게 얼마나 어렵고 힘든 일인지 알기나 알고 하는 말인지, 아니면 자기들 염장을 지르자는 얘긴지 기도 안 차서 뭐라고 할 말이 없는 삼 형제였다.

"안 믿겨? 두고 봐. 내가 어떤 사람인지 천천히 두고 보면 알 테니까."

"예, 그냥 두고 보지요 뭐."

그냥 있기도 뭐해서 달운이 힘없는 어조로 시큰둥하게 대답했다.

"그 비급이 곤륜파 것이라고 했지?"

"그런데요?"

달운이 마지못해 왜 묻느냐는 투로 대답했다.

"내가 아저씨들한테 곤륜파를 세워줄게."

"……."

대꾸할 힘도 없는 청해삼호였다.

"내가 알아보니 곤륜이라는 문파는 망했대. 까짓것 건물 몇 채 짓고 문도들 이삼백 모집해서 가르치면 되지 뭐. 어려울 거 없잖아?"

"무공은요?"

달뢰가 물었다.

"저기 비급들이 있잖아."

무영이 청해삼호가 두고 갔던 비급을 가리키며 말했다.

"저건 삼류데요."

"삼류?"

달뢰의 말에 무영이 반문했다.

"저거 십 년을 넘게 익혀도 그 못된 사부한테 상대도 되지 않았어요. 그러니 삼류무공이 틀림없어요."

달운이 끼어들며 자신들의 경험담을 섞어가며 힘없이 말했다.

"그러면 돈 좀 주더라도 고급 무공 비급을 사서 익히면 되잖아?"

'허걱!'

너무 기가 막혀 셋은 말문을 닫고 입을 절로 벌렸다.

'아니, 요새 그런 점포도 새로 생겼나?'

삼 형제가 아무리 정식으로 문파에 입문하여 무공을 배워 강호 활동을 한 것은 아니지만 십 년간의 떠돌이 생활로 얻은 상식으로 생각할 때 말도 안 되는 소리였다.

문파를 세울 만한 상승의 무공 비급은 천만금을 주어도 살 수도, 구할 수도 없고, 어쩌다 그런 비급이 출현하면 그걸 얻기 위해 피 터지는 싸움이 일어나 때로는 수십, 수백이 죽기도 한다는 것쯤은 귀동냥으로 들어 알고 있었다.

마치 황실에서 황위를 놓고 형제끼리 피 터지게 싸우듯 귀한 비급은 가족이나 친인척 간에도 피를 불렀다.

그런 비급을 사서 익히라니……

하지만 그걸 일일이 꼬마 녀석에게 설명하자면 끝이 없을 것 같았다.

"알았어요. 한번 기대해 보지요."

한마디씩 하려는 동생들을 눈짓으로 말리고 나서 달운이 시큰둥하게 대답했다. 어차피 나서서 떠들어보았자 말만 길어질 판이니 이쯤에서 오냐오냐 하며 끝내는 게 편할 것 같았다.

무영은 청해삼호가 대답하는 태도를 보니 자신의 말에 뭔가 문제가 있어 그들이 진심으로 수긍하고 있지 않다는 것은 알았지만 자세한 이곳 사정을 모르고 해서 더 이상 묻지 않았다.

어차피 자신이 미래에서 왔다고 사실대로 말할 수도 없는 거고, 또 아무리 몇백 년 뒤진 중원이지만 목표를 달성한다는 게 그리 쉽지 않을 거라고 생각하는 무영인지라 뭔가 보여주기 전에는 그들을 수족처럼 부릴 수 없다고 생각했다.

"우선 문도가 될 만한 새싹들을 미리 모아 가르쳐서 기반을 닦아놓을 필요가 있겠지?"

무영은 굉장히 생각해 주듯 말했다.

"……."

삼 형제는 말을 잃었다.

"수개월 내로 몇 명 구해줄 테니까 잘 가르쳐 봐."

"예."

마음속으로야 줄줄 내뱉을 말들이 태산 같지만 꼬마 놈의 하는 말을 들어보니 이해를 시키느니 차라리 자신이 속병을 앓고 마는 것이 훨씬 마음이 편할 것 같았다.

얘기가 길어질수록 부아만 치미니 말해 무엇 하겠는가. 그는 가볍게 대답하고 말았다. 말이나 어서 끝내고 싶은 달운이었다.

제6장 소주 수호대(少主守護隊)

호남에 풍년이 들면 천하가 족하고 호남에 흉년이 들면 천하가 굶는다는 말이 있다.

동정호 주변은 넓은 평야지대였고 '팔백 리 동정' 이라고 하는 동정호의 풍부한 물을 바탕으로 중원에서 가장 농업이 성한 지역이었다.

여덟 개로 나뉘어 흘러 들어온 강물은 모두 동정호로 모여들었는데 때때로 상류에 비가 많이 내리면 그 강물이 동정호를 넘치게 하여 해마다 크고 작은 수재(水災)를 일으키곤 하여 인근 동정호의 물을 바탕으로 농사를 짓는 농군들의 가슴을 아프게 하곤 했다.

그 강줄기 중에서도 소수(瀟水)와 상수(湘水)는 운남 쪽에서 상류의 토사를 운반하여 동정호에 흙탕물을 퍼붓기로 유명했다.

물이 많은 만큼이나 수재가 잦았던 이곳은 담수호라고는 해도 그 물줄기가 워낙 험하고 드세서 탑까지 세워가며 안녕을 기원했을 정도였다.

자씨탑(慈氏塔)은 동정호 남동호반에 세워졌는데 서역 고승이 동정호의 물길을 보고는 물속에 요마(妖魔)가 있어 심술을 부리니 요마를 달래야 한다고 하자 자씨라는 과부가 재산을 헌납하여 세운 탑이었다.

자씨탑은 동정호와 관련된 물길 일에 종사하는 가족을 가진 사람들이 불공을 드리러 끊이지 않고 찾았다.

농촌 아낙인 진령이 아들 오 형제의 죄를 용서해 달라며 제형안찰사 앞으로 편지를 쓰고 가슴에 칼을 꽂고 자진한 곳도 바로 그 자씨탑 앞이었다.

진령은 이십 년을 넘게 창오평야의 한구석에 농토를 일구며 살아왔던 조덕부의 아내였다.

여름 내 새벽같이 논으로 나가 땀 흘리며 땅을 일궈 논이 황금빛으로 바뀌는 걸 보고 흐뭇해하던 조덕부는 그해 늦여름에 상강 줄기를 타고 내려온 거센 물줄기가 거대한 홍봉(洪峰)을 이루며 논밭을 덮친 충격으로 죽어버렸다.

홍봉은 강 상류 지역에 비가 많이 오면 소수와 상수가 동정호로 흘러들 때 그 세(勢)가 한데 뭉쳐 발생하는 거대한 물마루를 가리키는 것으로 홍봉이 마치 거대한 파도처럼 날을 세우고 덮치고 나면 그 뒷자리에는 아무것도 남는 것이 없었다.

홍봉이 쓸고 간 자리는 논밭은 물론 경계선마저도 구분되지 않는 황톳뻘이 되어버렸는데 그해 물마루가 지나간 후에 논을 찾은 조덕부는 그만 그 폐허를 보고 피를 토하더니 집으로 돌아와 시름시름 앓다가 가버린 것이었다.

원래 몸이 약해 농사일도 제대로 거들지 못했던 진령은 아들 다섯을 남기고 죽어버린 남편을 위해 슬퍼하거나 원망할 겨를도 없이 당장 호구부터 걱정해야 했다.

인근 주민들 모두 피해를 본 입장인지라 이웃의 도움도 전혀 기대할 수 없자 아들들이 나섰는데 남들처럼 조각배라도 있어 호수로 나가 물고기라도 잡을 수 있는 처지도 아닌지라 산으로 들로 다니며 초근목피나 구해오는 것이 고작이었다.

"아이고, 나는 이제 어떻게 살라고!"

진령의 다섯 아들 모두가 이웃 마을 황씨 집 곳간에 몰래 들어가 겉보리 몇 자루를 담아 나오다가 그 집 머슴들에게 잡혀 치도곤을 당하고 날이 밝기가 무섭게 관아로 끌려갔다는 소식을 들은 것은 어제 아침이었다.

밤새 들어오지 않았던 아들이 걱정되어 동구 밖까지 나와 서성거리던 그녀에게 이웃 마을에 사는 아는 사람이 전한 말이었다.

배고픔을 이기지 못한 어린 아들들이 기어코 일을 저지른 것이었다. 평소라면 관아에 끌려가 곤장 몇 대 맞고 나오면 될 무겁지 않은 죄였지만 지금은 그리 단순하지가 않았다.

홍수가 난 지역은 사방 수천 리에 달해 조정에서는 세금을 탕감한다, 구휼미를 푼다 하여 법석을 떨었지만 정작 수재민들이 먹고 사는 데는 아무런 도움이 되지 않았다.

그도 그럴 것이 사방에 도적 떼들이 횡횡하여 규모가 큰 무리는 출동한 관병에 대적할 정도여서 구휼미가 운송 도중에 털리는 일이 다반사였다. 게다가 더 큰 도적은 관리들이었는데 구휼미는 미처 주민들에게 전달되기도 전에 보이지 않는 높은 손들에 의해 대부분 어디론가 증발하였다.

수재민이 늘자 이에 비례해서 무리가 커진 도적 떼들은 대담하게 백주에 민가로 내려와 사람을 상하게 하고 부잣집 곳간을 털어가는 경우도 적지 않았다.

조정에서는 민심과 기강을 잡기 위해서 도적 떼를 엄히 다스릴 수밖에 없었고 도적은 남녀노소를 불문하고 즉각 참수하라는 황명이 떨어져 있다는 것은 그녀도 들은 바가 있었다.

그 길로 아들이 있다는 악주부(岳州府)로 달려갔지만 문전도 밟지 못하고 관병들에게 쫓겨났다.

워낙 민심이 흉흉한 때이니만큼 아무도 앞에 나서서 도우려고 하는 사람도 없었다.

"도적의 가족에 대해서는 면회도 할 수 없음을 모르느냐?"

번을 서는 병사들은 매달리는 그녀를 매몰차게 내쳤다.

"그럼 지부(知府)님이라도 만나 사정이라도 할 수 있게 해주십시오. 흑흑!"

진령은 울면서 매달렸다.

"이보시오, 요즘 도적과 관련된 일은 지부님 소관이 아니라 제형안 찰사님이 직접 다스리는데 그분은 워낙 높으신 분인지라 이곳 지부님조차도 함부로 만날 수가 없는 분이오. 사정은 안됐지만 힘없는 사람들이 어쩌겠소. 그만 돌아가시오."

보다 못한 병사 하나가 나서며 사정을 들려주었다.

"으흐흑!"

진령은 애초에 자기가 나서서 될 일도 아님을 알았지만 그걸 확인하는 순간 그녀는 울면서 무너져 버렸다.

"허어, 여보시오, 아주머니. 여기서 이러면 우리도 곤란하니 이만 물러가시오."

병사는 관아 문 앞에서 쓰러지는 그녀를 끌다시피 하여 멀리 구석으로 데려다 놓았다.

막막한 상황에 부딪친 그녀는 집으로 돌아가 제형안찰사 앞으로 보내는 애절한 편지를 썼다.

조덕부의 집안은 비록 작은 소농에 불과하지만 조자룡의 몇십 대 손이 어쩌고 하며 집안에 대한 자부심은 있었는지라 아들들에게도 글은 가르쳤고 진령도 몰락한 양반의 여식이라 겨우 글줄은 깨치고 있었다.

손가락을 깨물어 쓴 혈서 겉봉에 제형안찰사님께 전해달라고 쓰고 편지를 품속에 갈무리한 진령은 그 길로 자씨탑으로 갔다.

며칠 만에 벌어진 기막힌 이 일들이 그녀의 생각으로는 물속에 산다는 그 요마의 장난이라고 여겼다.

진령은 마지막으로 자씨탑 앞에서 아들들이 무사히 풀려나기를 기원하는 간절한 불공을 드린 후 미리 준비해 간 소도를 가슴에 박고 자진했다.

"허어참, 지금은 내 권한으로 살려줄 수 없는 걸 왜 모르나……."

제형안찰사 언필순은 골치가 아팠다.

자씨탑 앞에서 자진한 여인의 몸에서 자기 앞으로 보낸 편지가 나왔는데 자기가 죄를 쓰고 대신 죽을 테니 아들들을 살려달라는 깊은 모정이 담긴 혈서였다.

언필순이 알아보니 이웃집 곳간을 털다가 잡힌 농부의 자식들이었는데 나이도 죄다 열몇 살로 고만고만했다.

훔친 것도 보리 몇 되밖에 되지 않아 참형을 한다는 것은 지나친 처사임이 분명하고 평소 같으면 자기 권한으로 충분히 원만하게 처리할 만한 단순한 일이었으나 지금은 민심 안정을 위해 도적은 모두 참하라는 지엄한 황명이 있으니 살려줄 방도가 없는 것이 안타까웠다.

자신이 뇌물을 좀 밝히기는 하지만 피도 눈물도 없는 관리는 아니라는 자부심은 있는 언필순이었다. 게다가 이런 경우 잘못 처리하면 두고두고 평판이 나빠질 우려도 있었다.

"허, 이것참, 그냥 있을 수도 없고……."

이미 참형 대상에 오른 조씨 오 형제였으니 수일 내로 형을 집행해야 하지만 이대로 그냥 집행하면 사람들의 손가락질이 자신을 향할 게 틀림없었다.

'황제께 주청을 드려보자.'

일단 주청서만 보내놓으면 윤허 여부와 관계없이 자신은 비난을 면할 수 있을 것이다.

조정에서는 악양에서 올라온 이 사건을 두고 대신들 사이에 갑론을박이 벌어졌다.

"한두 명씩 예외로 하다 보면 결국에 가서는 기준이 없어져 황제 폐하의 성지(聖旨)가 흐려질 우려가 있습니다."

"겨우 보리 몇 자루 훔친 것을 가지고 어미도 자진한 마당에 어린 다섯 자식들의 목을 친다면 백성을 위해야 하는 관리로서 어찌 백성을 살리자는 법을 집행했다고 하겠습니까?"

"도적들이 하루만 지나도 부지기수로 늘어나는 마당이니 관용이 필요한 것이 아니라 엄격한 법 집행이 필요한 게요."

"보리 몇 자루가 다섯 목숨보다 귀하다는 말이오? 게다가 가뜩이나 민심이 흉흉한데 그토록 가혹한 처벌을 내리면 민심이 얼마나 흉흉해질지 예상이나 해보았소?"

서로 한마디씩 하는 통에 황제는 정신을 차릴 수가 없었다. 대신이라는 작자들의 행태라는 것이 황제인 자신이 없었다면 소매까지 걷어붙이고 싸울 놈들로 보였다.

'이놈 말을 들으면 이놈이 옳고 저놈 말을 들으면 저놈이 옳으니 이거야 원……'

머리만 지끈지끈해 오는 황제였다.

황제의 눈길이 장자맹 대학사를 향했다.

언제나 높은 학문과 곧은 성품으로 황제가 가장 믿고 아끼는 신하였다. 그라면 시끄럽게 떠들며 밥만 축내는 핫바지들 대신 명확하게 정리해 줄 수 있을 것 같았다.

'흠!'

장자맹은 황제의 뜨거운 눈길을 의식했다. 역시 충신을 알아보는 영민한 황제 폐하였다.

장자맹은 새삼 충성을 다짐하며 입을 열었다.

"법이란 무엇이겠습니까? 백성들을 위하고 나라의 기강을 세우고, 황실의 만세를 위하여… 어쩌고… 법이 그 인정을 잃으면 법이 아니라 처벌을 위한 수단으로 전락하는 것입니다."

장자맹은 모처럼 학문을 자랑할 기회가 온 듯 입에 침을 튀겨가며 거품까지 버걱버걱 물고는 학생들에게 강론하듯 목청껏 열변을 토했다.

장자맹이 누군가. 대명의 지식인 하면 장자맹이요, 장자맹 하면 학자들의 우상 아닌가?

대신들은 속으로 '저 게거품 또 시작이군' 했지만 감히 말을 받아 따지고 싶은 사람은 아무도 없었다. 알지도 못하는 희한한 고사(古事)까지 들먹이는 그를 누가 입으로 당한단 말인가.

조정 대신들은 분수를 알았다.

"그러므로 이 시대에 있어서… 어쩌고……. 황제 폐하의 은혜를 뼛속 깊이 느낄 수 있도록 살려주심이 가당한 줄 아룁니다."

곁눈질로 보니 자신의 말이 길어지자 지루했는지 황제는 졸고 있는 것 같았고 대신들도 다들 머리 속에는 딴생각을 하는지 표정에 변화가 없었다.

"그, 그렇겠지?"

황제는 반 시진 가까이 이어지는 장자맹의 장문의 열변에 반쯤 졸고 있다가 장자맹이 '황제 폐하의 어떻고' 하는 순간 누가 자기를 욕하는 줄 알고 깜짝 놀라서 잠이 싹 깼는데 그 뒷말이 '은혜가 어떻고' 하자 적이 안심하였다.

'역시 충신이야……'

충신을 언제 써먹어야 하는지 잘 아는 황제였다.

"경들은 다른 이론이 있소?"

정신을 차린 황제가 혹시 조는 동안 침이라도 흘리지 않았나 확인한 연후에 좌우의 다른 대신들을 둘러보며 묻자 아무도 나서는 이가 없었는데 구석에서 한 신하가 나섰다.

그는 이리저리 줄을 대고 뇌물을 써서 이번에 새로 낙하산으로 한자리 받아 중신회의에 처음 참가한 호부시랑이었다.

"그럼 대학사께서는 그 아이들을 어떻게 하는 것이 좋겠습니까?"

생사를 어떻게 하겠냐는 얘긴지, 아니면 석방한 다음에 어떻게 할 것인가를 묻는지 애매모호한 질문이었다.

그를 오늘 이 자리에 있게 한 것도 그런 말솜씨 덕분이었다는 것을 아는 사람들은 다 알고 있었다. 그는 오늘 황제께 얼굴 도장이라고 한 번 받아보고 싶어 집에서부터 결심을 하고 나섰는데 드디어 기회를 잡은 것이었다.

'놈, 귀찮게스리……'

황제는 눈을 가늘게 뜨고 녀석의 얼굴을 봐두었다. 저런 놈은 도움이 안 되는 녀석인 것이다. 아무튼 그는 그날 황제 폐하의 얼굴 도장이라는 소원을 이루기는 했다.

'역시 초출은 어쩔 수 없어.'

'이래서 경험이 중요한 게야.'

황제의 표정을 본 대신들은 자족감을 느끼며 굳게 다문 입을 더욱 굳혔다. 이럴 때는 평소 갈고닦은 직감이 가르치는 대로 조용히 있어야 하는 법이다.

"험험, 소신의 집이 남루하나 그래도 쌀알을 조금 아낀다면 아이들 다섯은 거둘 여지가 있으니 소신이 거둘까 합니다. 윤허하여 주십시오."

역시 장자맹은 남다른 충신이었다.

"허어, 경이 그렇게까지 해준다면 이 어찌 진정한 모범으로 이 시대가 요구하는 관리라 아니하겠소. 다른 대신들도 본받도록 하시오."

황제는 만족했다.

저런 충신 하나만 더 있으면 골치 아플 일이 없을 것이다.

그런데 듣는 대신들의 입장에서는 '다른 대신들도 본받도록 하시오'라는 첨언(添言)이 황제의 입에서 떨어졌다는 것이 문제였다.

모두들 한동안 꿍꿍거리더니 이부상서를 필두로 그 '본(本)'이라는 것을 받기 시작했다.

"소신도 사실 미처 말씀은 못 드렸지만 배고픈 빈민 오십 명을 구제하려고 계획하고 있었습니다."

"소신도……."

"소신은 백 명……."

장자맹의 본을 받고 있는 대신들이 저마다 나섰다.

"허어, 그런 계획이……."

"소신은 오백……."

"허어, 경도?"

"저런저런, 짐의 크나큰 홍복이요."

황제가 이런 말을 한마디씩 할 때마다 수재민들은 백 명, 오백 명, 천 명씩 구제되었고 충신을 많이 거느린 황제는 흡족했다.

명서(明書)의 기록에 의하면 이날 하루에만 어전회의에서 대신들에 의해 구제된 빈민의 수가 오만을 넘었다고 하니 가히 그 '본'을 받아야 했던 대신들의 고충을 짐작할 수 있었다.

황제는 진실로 백성을 아끼는 성군이 되었다.

빌미를 제공한 장자맹 대신 호부시랑은 며칠 후 급히 전답과 집은 물론이고 조상 대대로 내려오던 선산까지 팔아야 했다.

그가 나서서 쓸데없이 한마디 하는 바람에 엄청난 재산상의 손실을 입고 분노한 대신들이 그의 정치 생명을 끝장내기 위해 은밀히 사람을 풀어 비리를 캐기 시작했다는 소문이 나돈 날 오후의 일이었다.

조씨 오 형제는 황제 폐하의 하해와 같은 은혜를 입어 곤장 몇 대로 지은 죄를 대신하고는 전격 석방되어 관리들의 손에 이끌려 두 달 후에 장자맹의 집에 도착했다.

"니들 누구야?"

"조씨 오 형젠데요."

이리저리 끌려다니며 여기저기에서 맞고 시달리다 보니 잔뜩 주눅이 든 오 형제 중 첫째인 조일이 불안한지 눈알을 디룩디룩 굴려가며 무영의 말에 대답했다.

"음, 니네들이구만."

이미 무영은 아침에 아버지로부터 이들이 올 것이라는 사전 언질을 받았었다.

꾀죄죄한 애들 다섯이 대문을 들어서니 한눈에 조씨 오 형제라는 것을 알았지만 한번 눌러본 것이었다.

같이 한 집에 산다고 위아래없이 굴면 곤란했다. 청해삼호는 나이 차이가 좀 있으니 좀 개기더라도 어쩔 수 없지만 이놈들마저 언제 물이 들지 몰랐다. 미리 확실히 잡아놓을 필요가 있었다.

"그래, 모진 고초를 겪었다지?"

무영이 젊잖게 한마디 했다.

조씨 형제들은 감히 대답도 못하고 눈치만 보고 있었다.

다 쓰러져 가는 초막 같은 집에만 살다가 난생처음 고래등 같은 저택이 가득 들어찬 황도로 와서 한눈에 보기에도 고색창연한 대갓댁에 들어서니 잔뜩 주눅이 들어 있었다. 게다가 이 댁이 뉘 댁이라는 것은 이미 들어 알고 있었다. 자신들의 목숨을 좌지우지하던 제형안찰사도 이 댁 대감의 한참 발밑이라는 얘기도 들은 처지였다.

"이곳이 앞으로 너희들이 살 집이니 마음 편히들 가져라. 그리구 니들, 오늘부터 내 부하다."

무영은 못을 박아 졸자를 다섯 더 늘렸다.

그의 말에도 오 형제는 어벙한 눈으로 그를 쳐다보고는 아무런 대답이 없었다.

무영은 그들의 몰골에서 새삼 없는 사람들의 비애를 느꼈다.

시대는 다르지만 어디나 부족한 사람들이 살아가야 하는 운명은 동일했다. 비록 겉으로는 그렇게 말했지만 그는 이들을 어딜 가든 떳떳이 고개 들고 사는 사람으로 만들어주고 싶었다.

"나중이라도 인간답게 살고 싶거든 열심히 살아."

충고 한마디를 빼놓지 않았다.

조씨 오 형제와 비슷한 또래였지만 그들도 무영의 신분에 대해서 미리 언질을 받은 것이 있기에 잔뜩 주눅이 들어 그저 황송한 표정으로 머리를 숙이고 있었다.

"달운 아저씨, 얘네들 오늘부터 몇 수 가르쳐 줘. 나중에 내 직속 호위로 써먹어야겠어."

"예."

달운이 보니 불쌍한 놈들 다섯이 더 늘었다. 아무튼 자기들 밑에도 부하가 생기니 기뻤다. 이제 무영의 사소한 잔심부름이나 집안의 막일을 대신할 놈들이 생긴 것이다.

처음에는 법사님 어쩌고 하며 존경해 마지않던 집안 식구들도 무영의 하대에 익숙해졌는지 이제는 장작을 패거나 하는 막일까지 그들 차지가 되어 있었다.

그보다 더 심한 일도 수없이 한 처지라 애초부터 막일꾼으로 들어왔으면 불만이 없었을 그들이었지만 한동안 집안에서 거들먹거렸던 가락이 있었는지라 여간 께름칙한 것이 아니었는데, 이제 대타들이 다섯이나 들어왔는지라 겉으로 내색은 안 했지만 속으로는 입이 째지도록 기뻐하고 있었다.

놈들을 보니 못 먹어 얼굴은 비루먹은 강아지 모양을 해서 눈만 남은 것 같은 놈들이 멀뚱거리며 그를 바라보자 달운의 순진한 본성이 자극받았다

"불쌍한 놈들, 날 따라와."

그들은 마 집사가 있는 행랑채에 마련된 조그만 방 두 개에 나뉘어 배치됐다. 원래 그곳은 멀리 객지에서 전갈을 가져온 하인들이 하룻밤 묵어가던 곳이었는데 마땅히 거처할 곳이 없었는지라 그 방을 개조하여 쓰게 한 것이었다.

무영의 배려로 다음날부터 조씨 오 형제는 집안의 잔심부름을 해가며 청해삼호에게서는 무공을 배웠고 남우선에게 곁다리로 학문을 배워가며 하루 일과를 보내게 되었다. 무엇보다도 무공과 학문을 배울 수 있게 된 점이 그들을 무척이나 기쁘게 했다.

예전에는 부모님과 함께 살았어도 먹고 살기에 바빠 농사일을 돕거나 집안일을 거든다든지 하다 보면 하루가 금방 지나갔고, 더구나 돈을 들여야 배울 수 있는 무공이나 학업은 언감생심 꿈도 못 꿀 일이었다.

게다가 그들은 남우선에 대해 잘 몰랐겠지만 중원천지에 무수한 학생들이 단 하루라도 그의 가르침받기를 원하는 처지인데 날마다 남우선을 스승으로 모시고 공부할 수 있게 되었으니 실로 크나큰 행운이라고 할 수 있었다.

무영은 그들에게 '소주 수호대(少主守護隊)'라는 이름을 붙여주었다.

자기 직속의 호위병임을 알리는 이름이라나.

조씨 형제를 위한 무영의 배려는 거기서 그치지 않았다.

소주 수호대의 특색을 살리기 위해 창술을 가르쳐야겠다며 대학사를 졸라 양가창법(楊家槍法)으로 유명한 양가의 둘째아들 양겸(楊兼)을 조씨 오 형제의 무술 스승으로 모셨는데 양겸은 원래 관부의 요청으로 양가장에서 황궁으로 파견한 금의위 무술 사범이었다.

어느 날 무영이 어디서 그의 명성을 들었는지 며칠을 아버지를 졸라 양겸으로 하여금 금의위에 휴가를 내게 하고는 집으로 불러들인 것이었다. 남에게 부탁이라고는 해본 적이 없는 장자맹이었지만 최근 들어 무영의 응석을 그대로 받아주는 형편이었는지라 그로서는 큰마음 먹고 손을 썼다.

대대로 양씨 가문은 충절의 가문으로 이름이 높았는데 그러다 보니 자연 관부와 가깝게 지내고 있었고, 장자맹이 뒤로 넣은 부탁을 나 몰라라 할 수 없었던 양가의 가주(家主)가 말을 넣어 성사된 것이었다.

사실 대학사의 조정 내 지위나 명성으로 볼 때 양가의 가주로서도 절대 손해 보는 일은 아니었다.

제7장 선문학관

　무영은 첫째 목표인 돈을 벌기 위해 구체적인 작전 수립에 들어갔다. 아버지인 대학사가 열세 살짜리 아들에게 장사 밑천을 대줄 리가 없으므로 밑천이 크게 들지 않는 장사라야 했다.

　돈은 어디서 흘러와서 어디로 가는가?

　중원에서 살아보지 않은 그로서는 이곳 돌아가는 사정을 모르니 정보가 필요했다.

　다음날 그는 조씨 오 형제를 대동하고 북경 최대의 서점이라 불리는 '만서총림(萬書總林)'을 방문했다.

　원래 한번 하기로 마음먹으면 철저하게 분석하는 습관이 몸에 밴 그인지라 책방에서 중원의 물류며 제도, 문화, 경제에 관한 책을 한 수레 분이나 사서 끌고 왔다.

　물론 책값은 외상으로 가져와 대부인이 수레를 따라온 만서총림의 주인에게 지불해야 했는데 그 액수가 무려 칠백 냥에 달했다.

처음 수레가 집에 도착하고 책방 주인에게 전말을 들은 주설하는 너무나 큰 액수에 어찌할 바를 몰랐다. 하지만 다른 것도 아니고 책값인지라 이제 몸이 회복되어 본격적으로 학문에 정진하려는 아들의 첫 행보를 돈 때문에 망치고 싶지 않았다.

"호호호, 네가 본격적으로 공부를 다시 시작하려고 하니 어미 마음이 기쁘기 한량없구나."

주설하는 경이적인 책값에 대한 놀람을 마음에 묻어둔 채 웃는 얼굴로 그렇게 말했다. 은자 닷 냥이면 다섯 식구 한 달 호구는 해결할 수 있었고 스무 냥이면 잘 먹으면서 한 달을 보낼 수 있는 금액이니 어찌 놀라지 않았겠는가만은 죽었다 살아난 아들에 대한 속 깊은 모정이 이를 가볍게 받아들인 것이다.

장무영도 책값이 그렇게 비싼 줄 몰랐다가 그래도 주설하가 속으로는 놀랐겠지만 내색 않고 웃으며 반기자 안도하며 진심으로 고마움을 느꼈다. 어머님, 앞으로 정말 잘해 드릴게요.

책방 주인은 물론 책을 운반하는 도중에 길거리에서 그 광경을 본 사람들은 모두 감탄했다.

"역시 대학자 집안의 핏줄은 어디 안 가누만."

"아, 거의 돌아가셨다가 살아나셔서 제일 먼저 찾는 게 책이니 말해 뭣 하나."

"우리 아들놈 같으면 어림도 없을 일이지. 암."

오가는 사람들 모두 부러움과 감탄 어린 한마디씩을 하며 무영을 보고 고개를 끄덕였다.

무영은 남우선에게 배우는 글 공부와 청해삼호로부터 태청심법을 지도받는 외에는 남는 시간 모두 책을 읽기 위해 방 안에서만 보냈다. 그동안 그가 주로 한 일이라고는 사 온 책을 읽는 게 전부였다.

'그래, 이거다.'

수많은 책자를 읽어가며 업종을 고심하던 무영에게 번뜩 떠오른 생각이 있었다.

'학원 설립.'

제대로 운영만 할 수 있다면 떼돈을 긁을 수 있는 사업이라는 생각이 들었다.

이 사회는 과거에 붙지 못하면 관계에 진출할 수 있는 길이 없었다. 하다못해 다른 일을 하더라도 적어도 향시 정도는 붙어 생원 소리가 붙어야 글줄이나 읽었다고 인정을 받았다. 오죽하면 노생(老生)이라 불리는 환갑이 넘은 학생들도 많이 있는 형편이었다.

물론 나라에서 운영하는 관학이 있지만 관에서 하는 일이란 게 늘 그렇듯이 사학을 따라올 수는 없었다. 사람들은 당연히 학관을 선호하였고, 그러다 보니 학관 입관도 상당히 까다로운 절차를 거쳐야 했다.

국립 학교로 중앙에 태학(太學), 지방에 부학(府學), 주학(州學), 현학(縣學) 등이 있었지만 다들 과거시험을 위한 자격용으로 그곳에 이름만 걸어두고 정작 학문은 다른 곳에서 배우는 경우가 적지 않았다.

관학의 교사들인 교수나 훈도들의 학문 수준이 그리 신통치 않았기에 자연적으로 생겨난 일이었는데 국립 학교에 이름이라도 걸어두는 이유는 과거시험의 자격이 학교에 다니는 생원(生員)으로 제한되어 있기 때문이었다.

무영이 조사한 바로는 월사금을 은자 백 냥씩 받아 챙기는 학관도 있었다. 그런 학관에는 대개 고관대작이나 부호의 자제가 생도들의 대부분이었다.

학관마다 규모에 따라 조금씩 다르겠지만 웬만큼 이름이 있는 학관은 대개 생도 수가 일이백은 되니 한 달에 은자 일이만 냥은 충분히 챙기고 있다는 얘기였다.

일단 방향이 서자 무영은 즉시 청해삼호를 불렀다.

"학관 운영과 과거시험 운영에 대해 재주껏 알아봐. 하나도 빼지 말고 모든 사항을 알아보도록. 학관은 관장 마누라들 속곳 색깔에 개수까지 나올 정도는 돼야 해."

그는 실패없는 사업을 하기 위한 정보 수집에 들어갔다.

물론 청해삼호는 저 꼬마 녀석이 또 무슨 일을 벌이려나 했지만 그동안 몇 번 겪은 경험이 있었는지라 입만 삐죽이 내밀고는 말없이 행동에 들어갔다.

한 달 후 무영의 손에는 북경에 있는 모든 학관에 대한 상세한 보고서가 쥐어져 있었다.

그는 보고서에서 필요한 부분을 요약했다.

학관.

최고 명문 학관:등호문학관, 종루학관.

생도 수:각각 이백여 명.

월사금:보통 학관은 은자 두 냥에서 닷 냥. 일류 학관:은자 백 냥(식대, 기숙사비 포함).

과거시험 합격률:명문은 삼 할 대(일반 학관은 일 푼 미만).

교수의 수:십여 명에서 이십여 명.

교수 급여:월 은자 오십 냥. 단, 특급은 은자 이백 냥으로 각 학원에 한 두 명 있음. 학계에서 전국적으로 지명도가 있는 학자.

학관 규모:오백 평에서 천 평 사이가 주로 많음.

식사:후하게 한상씩 차려줌.

과거시험.

횟수:삼 년에 한 번. 가끔 황실의 경사가 있는 경우 별시인 은과(恩科)가 행해지기도 함.

시험 내용:사서(史書), 시문(詩文), 오경(五經), 책론(策論) 등.

난이도:엄청나게 높음.

합격자 성향:주로 명문가 출신이 대다수.

특기 사항:

첫째, 부정 부패가 심각하다고 함. 뇌물, 학연, 지연 등이 만연하여 일반 서민층의 불만이 높음.

둘째, 조정 내 당파에 의한 알력으로 인해 반대파 출신은 합격이 거의 불가능함.

셋째, 현 조정 내에는 등호문학관 및 종류학관 출신이 주류임.

넷째, 부정 시험 방법—답안지 바꿔치기, 대타 내보내기, 예상 답지 가지고 입장하기, 답안지에 표시 달기, 시험 문제 사전 유출 등 이루 셀 수 없음.

다섯째, 학관들 사이에 유명한 학자 모시기 경쟁이 치열함(학관을 평가하는 기준이 됨).

무영은 그렇게 요약된 쪽지를 품속에 넣고 다니면서 수시로 꺼내 보며 머리를 굴렸다.

또 한 달이 흘러갔고 그의 손에는 새로운 쪽지가 들려졌다.

학관 설립 지침서.

최소 설립비:은자 오백 냥.

관장:전국적으로 학자들 사이에서 지명도가 가장 높은 사람을 모셔야 한다.

학생:당분간 소수 정예로 꼭 붙을 놈만 추린다.

'흠, 청해삼호와 조씨 오 형제를 합치면 여덟이니 한 사람당 은자 닷 냥씩 번다고 하면 한 달에 최소한 은자 사십 냥은 모이겠고……'

무영은 머리 속으로 청해삼호와 조씨 오 형제에게 막일을 시켜 은자 오십 냥을 모을 궁리를 하고 있었는데 본인들이 들으면 기절초풍할 일이었다.

'한데 그렇게 조금씩 모으면 언제 목돈을 모아서 사업을 벌이나?'

답답한 마음에 이리저리 궁리를 하던 무영의 머리 속에 갑자기 떠오르는 생각이 있었다.

'참, 남우선이 있지.'

남우선은 천하가 인정하는 학자이니 그가 과외를 한다면 생도들이 구름같이 몰려올 테지만 거절할 게 분명했다. 하지만 훤히 뚫린 길을 두고 돌아갈 수는 없었다.

"학관요?"

학관에 대해 조사를 해오라고 했을 때 이상한 일을 시킨다 싶었지만 설마 무영이 직접 학관 운영을 하겠다고 나설 줄은 몰랐다.

"응, 학관이나 하나 운영해 보려구."

표정 하나 바꾸지 않고 하는 말에 뭐라고 대답기도 뭐 했다. 청해삼 호가 입을 다물고 있자 무영이 말을 이었다.

"우선 돈을 모아야 하거든. 그래서 말인데… 스승님이 애 좀 쓰셔야 할 것 같아. 애들을 모아 과외를 시키자고."

"싫어하실 텐데요."

"하실 거야. 물론 돈은 내가 받아야겠지만."

"황당하네요."

"아씨들 보구 머리 쓰라고는 안 할 테니까 하라는 대로만 해. 우선 일을 분담하자고."

"어떻게요?"

"사부님을 설득하는 일은 내가 맡을 테니까 아저씨들은 학생들 부모를 맡아."

"우리가 뭘 하면 되는데요?"

"돈만 주면 애들이 우리 스승님에게 학문을 배울 수 있다고 하면 돼."

"쉽네요."

"쉽지."

무영이 다시 눈을 가늘게 뜨고 청해삼호를 보며 말을 이었다.

"대신 그 돈은 아씨들이 돈이 필요해서 중간에서 슬쩍하는 것으로 얘기가 돼야 해."

"뭐요? 그럼 우리더러 중간에서 학비나 등쳐 먹는 치사한 인간이 되라는 말이오?"

조그만 녀석이 자기들 얼굴에 똥칠을 하고 돈은 지가 먹겠다고 하니 약이 바짝 올랐다. 그야말로 재주는 곰이 부리고 돈은 누가 쓱싹하는 시리즈의 전형이 아닌가.

"그럼 내가 해야 해?"

달운이 생각해 보니 무영이 그런 일을 맡아서야 대학사 댁 자제 분으로서의 체면이 서질 않았다.

"그래도 그렇지, 아무리 상하 계약을 맺었지만 우리를 그런 몹쓸 잡놈으로 만들어야겠습니까? 그리구 꼭 그렇게 해서라도 학관을 해야 합니까?"

"곰곰이 생각해 봤는데 학관이 밑천 크게 안 들이고 돈 버는 데는 최고겠더라구. 그리구 학관을 만들려면 돈이 필요하고, 돈을 만들려면 일을 해야 하잖아. 그래서 아씨들하고 조씨 형제를 막노동판에 보내려구두 생각해 봤어. 하지만 그건 좀 너무하잖아? 몇 푼 안 되는 돈을 벌려구 하루 종일 등짐이나 져 나르려면 얼마나 힘들겠어. 그래서 체면만 약간 구기면 되는 쉬운 일을 맡겼는데, 그래, 그것도 못하겠다는 거야? 그럼 어쩔 수 없구."

은근한 협박이다.

"할게요."

달운은 숨도 쉬지 않고 대답했다.

막노동판에 대한 힘들었던 경험은 일찍이 노인네와 유랑할 때 여러 번 해본 적이 있었다. 날마다 죽어나는 막노동판보다야 얼굴에 잠깐 철판을 까는 편이 나았다. 어차피 무영이란 놈의 부하로 전락할 때부터 구겨진 낯짝이 아니었던가. 거기다 철판 좀 덧댄다고 대수랴.

며칠 후 남우선의 제자는 무영과 청해삼호, 조씨 형제를 제외하고도 다섯이 더 늘었다. 공부는 하고 싶은데 가정 형편이 너무 어려운 학생들이라 자신과 함께 공부를 시켜달라고 무영이 데려온 애들이었다.

남우선은 가르칠 사람이 늘면 귀찮아질까 봐 거절하려고 했지만 가난한 이웃에게 학문의 길을 열어주고 싶다는 무영의 간곡한 부탁을 저버릴 수 없었다.

향학열에 불타는 가난한 집안 자식들이라고 하니 박정히 할 수 없는데다가 무영이 미리 손을 써 주설까지 거들어 한마디 하는지라 어쩔 수 없이 받아들인 것이었다.

"비록 어린아이라 하나 그 뜻이 진실로 갸륵하지 않습니까? 불쌍한 사람을 도와 나라의 재목으로 만든다는 옛 성현의 말씀에도 어긋나지 않는 좋은 일이니 모쪼록 스승님께서 아이의 기를 꺾지 않는 결정을 해주신다면 고맙겠습니다."

주안상에 다과를 한 상 내오며 젊잖게 부탁하니 남우선으로서도 거절하기가 쉽지 않았다.

사실 새로 온 학생들은 돈이 없어 공부를 하고 싶어도 못하는 학생들이 아니라 성안에서 제법 한다고 하는 집안의 자제들이었다.

무영은 그런 집안의 명단을 추려 숙고 끝에 몇 집을 추렸다. 그리고 청해삼호를 시켜 그 집 부모들과 교섭을 벌였고, 모두들 대학자 장자맹과 남우선이 있는 집안으로 배우러 갈 수 있다는 말에 대번에 응낙이 떨어졌다.

그들은 원래 집집마다 여러 유명한 독서생을 모셔놓고 아이를 가르쳐 왔으나 그들은 천하의 대학자인 남우선의 명성에 비하면 마치 태양 앞에 반딧불과 같은 존재였다.

그러지 않아도 대학사 댁에 남우선이 와서 자제 분을 가르친다는 것을 알고는 있었으나 감히 모셔갈 생각을 못했었는데 비록 비공식적인 경로였지만 그쪽에서 먼저 기별이 왔으니 이게 웬 떡이냐 하며 얼씨구나 했다.

월사금은 은자 백 냥. 물론 부모들에게는 그럴듯하게 얘기를 했다.

"가난한 집 아이들 행세를 하지 않는다면 받아들이지 않으실 겁니다. 그러니 옷은 항상 누더기를 입혀 보내셔야 합니다. 그리고 일절 소문을 내시면 안 됩니다."

그리고 돈을 받는 이유도 적당하게 덧붙였다.

"사실 저희도 이렇게까지는 하고 싶지 않지만 고향이 청해인데 갈 노잣돈이 없어서요. 지난번에 대학사님께서 주신 돈을 홀라당 도둑맞았지 뭡니까."

이미 얼굴에 철판을 덧대기로 한 터에 무슨 말인들 못하랴.

이미 노법사만 진짜고 자신들은 가짜라는 말이 은연중 시중에 퍼져 있다는 말을 귓전으로 들어 알고 있는 그였다.

일단 마음을 먹고 판을 벌이니 가짜 법사 십 년 경력에 연기력이야 꿀릴 게 없는 청해삼호였다.

학생들의 부모들은 그들의 진심 어린 슬픈 표정에 '어이구, 얼마나 딱했으면 그런 생각을 다 했겠나' 싶어 오히려 동정의 눈길까지 보내주었다. 뿐만 아니라 우리 아이를 잘 부탁한다며 추가로 뒷돈까지 슬며시 쥐어주는 학부모들이었다. 가진 거라고는 돈뿐인 집안이니 그 정도는 아무것도 아니었다.

'웬 횡재?'

뒷돈까지 덤으로 받은 삼 형제는 어차피 깐 철판에 찢어진 입을 다물지 못했다.

"걱정들 마시오. 내 입을 꽉 다물리다. 대신에 남우선 학자님께서 직접 가르쳐 주신다는 것은 보장하셔야 합니다."

부모들 생각에 남우선에게 배운다면 과거시험 합격은 따놓은 당상이었다.

"물론이지요. 일단 하루 나와서 배워본 후에 돈을 주셔도 괜찮습니다. 하지만 애들 입단속은 잘 시켜 주시구요."

청해삼호는 마지막으로 한 번 더 주의를 주는 것을 잊지 않았다.

"다 내놔요."

덤까지 챙기며 기분 좋게 일을 마치고 돌아온 그들이 미리 약정한 월사금만 내밀자 무영이 눈을 부릅떴다.

"뭘… 요?"

"흐흐흐, 더 받은 은자가 있잖아요."

"억!"

'독한 놈.'

"그 정도는 당연히 알아. 아저씨들, 아직 나를 몰라? 누굴 애로 알아요?"

'안다, 알아.'

삼 형제는 서로 눈치를 보며 품속을 털어야 했다.

"미안해요. 원래 이것까지 챙길 생각은 없었는데 대의를 생각해 보니 하루라도 빨리 은자를 모아야 하겠기에. 험."

무영이 슬쩍 미안한 표정을 지으며 헛기침을 했다.

하지만 청해삼호도 그리 호락호락하지는 않았다. 독한 놈을 하루이틀 겪어보냐? 이런 사태를 대비해 조금 떼어놓은 것이 있었다. 하지만 무영의 다음 말에 그들은 찔끔하지 않을 수 없었다.

"아저씨들이 짱박은 은자가 몇 푼 더 있겠지만 그래도 많이 사정을 봐준 건 알겠죠?"

'대단한 놈.'

남우선이 누군가,

그에게 자식을 맡겨 공부시키겠다는 교육열에 불타는 부모들은 얼마든지 더 구할 수 있었다. 마음만 먹으면 열 명, 백 명이라도 당장 데려올 수 있었지만 욕심은 화를 부르는 법. 무영은 적정한 수위를 지키는 걸 잊지 않았다.

물론 매번 수업 시간마다 그는 바짝 긴장을 하고 있어야 했다.

어린놈들이 철딱서니없이 헛소리를 하면 남우선이 단박에 눈치 챌 것이다. 날마다 남우선의 방으로 입실하기 전에 모두 모아놓고 단단히 주의를 주기는 했다. 하지만 워낙 풍족하게 살던 놈들이니 아무래도 궁짜 든 집안의 애들 역할을 하는 데 무리가 있었다. 좀 귀찮은 일이기는 했으나 이만큼 돈을 벌 수 있는 방법도 없는지라 어쩔 수가 없었다. 비록 며칠 후에는 그 일도 결국 달운의 몫이 되었지만……

그럼에도 불구하고 가끔 애들이 정신이 없어 말이 엇나가기라도 한 경우 무영은 눈치있게 말을 바꿔 남우선이 감히 딴생각(?)을 하지 못하도록 했다.

몇 달을 그렇게 하니 제법 돈이 모였다. 게다가 청해삼호가 모집해 왔던 학생들도 남우선의 혹독한 가르침을 이겨내지 못하고 하나둘 떨어져 나가 이제는 한 명밖에 남지 않았다. 남은 한 명도 부모의 성화에 마지못해 다니는 형편이었다.

청해삼호와 조씨 오 형제는 학동들이 하나둘 떨어져 나갈 때마다 불안한 마음을 감추지 못하고 전전긍긍했다. 저 무식한 돈만 아는 소주인 놈이 수입원이 없으면 언제 자신들을 막노동판으로 내보낼지 몰라 불안했기 때문이었다.

"그래도 그동안 모인 돈이 이천 냥은 넘었으니 목표치를 훨씬 넘어섰구만."

그들은 무영의 이 한마디를 듣는 순간에야 안도했다.

"자, 이제 최소 설립비는 됐고, 다음은 선생이 문젠데……."

청해삼호의 심장이 다시 오므라들었다. 녀석의 입에서 또 무슨 해괴한 주문이 나올지 몰랐기 때문이었다.

그런데 역시 엉뚱한 녀석은 달랐다.

"학관장은 스승님을 모시면 되고……."

무영의 말에 그들 모두 깜짝 놀랐다. 자신들이 아는 남우선은 절대 그런 일에 응낙할 사람이 아니기 때문이었다.

"그렇게 하시겠대요?"

"인생사 하고 싶어 하는 일이 몇 가지나 되겠어?"

마치 살 만큼 산 사람이 생을 달관한 듯 말하는 그 모습에 모두들 혀를 내둘렀다. 저 꼬마 놈의 조그만 뱃속에 능구렁이가 최소 열 마리는 넘게 들어가 있으리라는 것이 그들의 생각이었다.

무영은 사실 남우선을 명예 관주로 모실 계획을 하고 있었다. 비싼 고액 연봉의 선생은 모실 형편이 안 되니 얼굴 마담이라도 확실해야 했다. 그런 면에서 남우선은 최적격이었다.

그만한 얼굴 마담을 중원 어디에서 다시 구한다는 말인가?

물론 남우선에게 비공식적으로 줄을 대어 숱하게 스카웃 제의가 왔었지만 단 한 번도 그들을 만나준 적이 없다는 것을 무영도 잘 알고 있었다.

'음, 뭔가 또 꿍꿍이가 있는 모양이로군.'

조씨 형제들은 아직 몰랐지만 그동안 오랫동안 생활을 같이했던 청해삼호는 너무나 천연덕스러운 그의 대답에 남우선이 당연히 그 일을 수락할 것으로 믿었다. 여태껏 겪어왔던 무영의 무궁한 잔대가리에 대한 경험이 말해 주고 있었다.

아직 빗나간 적이 없는 희대의 잔대가리였다.

"마 집사님, 성 안팎에 학문은 제법 되는데 과거 시험장에서는 항상 미역을 감는 사람을 좀 조사해 주세요. 나이는 최소한 오십 줄은 넘어야 하구요."

무영은 마 집사를 조용히 불러 비밀을 당부하고는 그렇게 말했다. 물론 적당한 비용을 지불하는 걸 잊지 않았다. 집안 사람 모두 무영을 진심으로 아꼈기에 그가 부탁한 일이라면 사실 돈을 주지 않더라도 발 벗고 뛸 마 집사라는 것은 알고 있지만 세상일이란 것이 항상 기름을 적당히 쳐 주어야 잘 돌아간다는 것이 무영의 생각이었다.

며칠 되지도 않아 마 집사는 오십 명도 넘는 사람들의 명단을 주소며 나이며, 현재 직업에 인품까지 조사해서 가지고 왔다. 거의 책자 한 권의 수준에 육박하는 양이었다.

그중에서 여러 가지를 고려하여 대충 대여섯을 고른 그는 청해삼호를 시켜 그들을 은밀히 만나 학관을 운영할 뜻이 없는지 알아보라고 지시했다.

"누가 오겠어요?"

이미 돈을 모을 때부터 짐작은 하고 있었지만 그냥 그러다 말겠지 했는데 아직도 정신을 못 차리고 있었다. 터도 잡지 않은 학관에 누가 선생이 되겠다고 오겠냐 말이다.

'나라도 안 간다.'

자신이 속으로 생각해도 참 한심한 얘기지만 쫄따구 삼 년 계약으로 고용된 처지이니 눈 딱 감고 한 대 쥐어박을 수도 없는 게 정말 안타까운 달운이었다.

어쨌든 청해삼호는 무영이 고르고 고른 명단 속의 인물들을 찾아 며칠을 만나고 다녔다.

하지만 '그래, 내가 한번 해보지' 하고 덥석 나서는 사람은 아무도 없었다. 오히려 '이 사람 사기꾼 아냐?' 하는 투로 이리저리 재가며 의심스런 눈초리로 묻고 따지며 나서니 마땅히 대답할 말이 궁한 청해삼호는 만날 때마다 곤혹스럽게 물러날 도리밖에 없었다.

백문호는 성에서 북쪽으로 오십여 리 떨어진 칠십여 호 정도 모여 사는 길상촌이라 불리는 작은 마을에서 서당을 열고 있었다. 원래 그가 서당을 연 것은 마땅히 먹고 살아갈 방법이 없어 호구지책으로 하는 것으로 그것도 경쟁이 심해 시작할 때는 겨우 코흘리개 세 명으로 문을 연 것이었다. 그러나 지금은 학동의 수가 십수 명에 달해 겉보기에는 상당히 잘나가는 서당이었다. 그러나 기실 그 속사정을 알고 보면 그렇지가 않았다.

세칭 갓 끈 떨어진 선비 집안 출신인 그는 부모의 뜻에 따라 일찍 결혼을 했으나 자식이 없었고, 남의 집 일을 거들어주며 집안 살림을 책임지던 아내는 이십 년 전에 병고를 치르다 죽었다.

수십 년을 과거시험에서 낙방만 한 주제에 무슨 고고한 선비인 양 집안 살림은 나 몰라라 하고 밤낮 책장만 넘기고 앉았으니 조석으로 얼굴을 봐야 하는 그녀가 울화병으로 죽었을 거라는 말은 상당히 신빙성이 있었다.

어쨌거나 아내가 죽은 후에 먹고 살기가 어려워져 여기저기 손을 내밀어 돈을 꾸어다 쓰다 보니 아내가 살아 있을 때 병수발에 들어간 비용에 장례비 하며 빚은 세월따라 늘어만 갔고 꾼 돈의 원금에 이자까지 눈덩이처럼 불어나 이제는 아예 해결조차 불가능하여 나중에는 아예 빚 갚기를 포기한 실정이었다.

생활고와 빚에 시달리던 그는 어느 날 자살을 결심하고 뒷산 소나무 가지에 목을 맸는데 빚쟁이들이 발견하고는 하는 말이 빚은 갚고 죽으라는 거였다. 이제는 마음대로 죽지도 못하는 신세가 된 것이었다.

그래도 동네에서 제일가는 명필로 인정을 받아 집안 대소사 때는 불러 모시기도 했으나 그때뿐이었다.

그가 가르치는 서당에 학동의 수가 많은 것은 백문호의 채권자들이 원금은 고사하고 이자라도 받기 위해 힘을 써서 사방에서 학동들을 불러 모아 가르치게 했기 때문이었다.

월사금이라야 쌀이나 겉보리며 잡곡 등이 고작인 촌동네였지만 매월 그걸 받을 날이 오면 채권자들이 나타나 싹쓸이해 가고, 그에게는 겨우 굶어 죽지 않을 만큼의 식량만이 주어졌다.

사정이 그러니 학동들이 주는 월사금이 그의 주머니로 돌아올 날은 평생 가도 없을 터였다. 월사금이라야 빤한 정도니 오히려 빚만 조끔씩 불어나는 형편이었다.

아무튼 그런 인생살이를 한탄하며 또 하루를 보내고 있던 그날도 오전에 애들을 대충 가르친 후 방구석에서 낡은 나무판으로 만든 책상을 마주하고 앉아 책장만 넘기고 있는데 웬 젊은 사람이 찾아왔다. 머리는 좀 길었지만 입고 있는 옷 하며 행동거지가 법사가 틀림없었다.

"어떻게 오셨는지요?"

워낙 여기저기 돈 빌린 구석이 많은 백문호인지라 물어보면서도 '내가 법사한테서도 돈을 빌린 적이 있었나' 하며 속으로 머리를 굴리고 있었다.

"저… 학관을 해보지 않으시겠는지요?"

"예?"

법사가 대뜸 한다는 말이 뜬금없이 학관을 하라고 하니 어안이 벙벙해졌다.

"한번 해보시죠?"

"그게 뭔 소리요?"

뚱딴지 같은 소리에 믿기지도 않고 해서 다시 물어보았다.

'서당을 학관으로 잘못 말했나?

헷갈리기까지 하는 백문호였다.

"대학사 댁에서 왔는데요……."

달뢰도 별로 할 말이 없어 일단 가문의 영광을 팔았다. 대명(大明)에 대학사가 여럿일 수는 없었다. 물론 조정에는 대학사가 세 명이나 있고 각각 급이 있어 원보(元補)니 이보(二補)니 하는 서열이 있기는 했지만 그래도 아무 곳에서나 대학사 댁이라고 당당히 말할 수 있는 집안은 장자맹 대학사 댁뿐이었다.

"대학사 댁이라면 장자맹 대학사님……."

이런 벽촌 구석으로 만인지상의 고귀한 대학사께서 자신을 찾아 친히 사람을 보낼 일이 없는데 아마 잘못 찾아온 것일 테지 하면서도 묻지 않을 수 없었다.

"예, 일단 가서 자세한 말씀을 나눠보시죠."

다른 사람들처럼 자꾸 캐물으면 어쩌나 불안해진 달뢰는 일단 가서 보자는 투로 말했다.

"가봅시다."

백문호는 망설이지 않고 의관을 갖추고는 달뢰를 따라나섰다.

그가 이것저것 묻지 않고 선선히 그러자고 하는데는 다 이유가 있었다. 오늘 중으로 들이닥칠 빚쟁이가 둘이나 됐기 때문이었는데, 북경성 안까지 갔다 오려면 하루는 족히 깨질 테니 오늘 하루 동안은 마음이 편할 수 있었다.

'참 이상한 노인네구만.'

의외로 대뜸 수락하는 백문호를 보니 권유를 한 달뢰가 오히려 이상하게 생각됐다. 어쨌든 둘은 털털거리며 반나절을 걸어서 대학사 댁으로 왔다.

'이게 무슨 개 같은 경우야?'

속된 말로 뚜껑이 열린 백문호는 눈에 불이 날 정도로 화가 났다.

아무리 잘 봐줘야 열서너 살 정도밖에 안 돼 보이는 웬 꼬마 녀석이 버르장머리라고는 벼룩 거시기만큼도 없이 반말 짓거리를 툭툭 해가며 학관을 해보자고 한다.

자격지심이랄까. 백문호는 없다 없다 했더니 이제는 꼬마 놈까지 자신을 놀린다는 생각에 화가 머리끝까지 났다.

"당신, 나 놀려?"

그렇기로서니 철 모르는 애 녀석하고 말다툼할 수는 없었다. 화풀이 대상자를 찾다가 자기를 끌고 온 달뢰가 눈에 띄자 더욱 화가 치밀어 오르는 백문호였다.

달뢰는 그야말로 '똥박 쓰네' 하는 심정이 됐다. 자기가 생각해도 황당한 제안인데 저 노인네야 오죽하랴 싶기도 했다. 어쨌든 끌고 온 사람은 자신이니 한마디 안 할 수 없었다.

"이, 일단 고정하시고 도련님의 말씀을 계속……."

달뢰는 백문호가 화를 내는 이유를 충분히 이해하고 있었다. 하나 여기까지 겨우 끌고 왔는데 일을 망칠 수는 없었는지라 어떻게든 그를 달래보려고 했다.

"그러니까 당신은 내가 저 철딱서니없는 꼬마 녀석의 얘기를 더 들을 필요가 있다는……."

백문호는 화가 있는 대로 나서 다리까지 후들거리고 있었다. 반나절 동안 오십 리 길을 걸어와서 다리에 힘이 더 빠졌는지도 몰랐다.

"허, 집에까지 모셔왔더니 자세히 들어보지도 않고 말씀이 과하시구려……. 험."

백문호의 말을 자르며 무영이 얼른 나서서 한마디 하고는 헛기침을 했다. 일부러 점잖은 티를 낸 것은 대갓집 자제이니 함부로 굴지 말라는 무언의 신호이기도 했다.

그러지 않아도 이미 장무영의 사인을 받은 백문호였다. 그의 말투를 듣자 속으로 아차 싶었다. 대학사 댁 자제 분에게 감히 '저 꼬마'라고 한 자신의 얘기가 좀 심했다는 것을 느꼈다. 이런 중원최고의 명문가에 와서 그 댁 자제 면전에다 '철딱서니없는 꼬마 놈'이라고 한 것은 자신이 얼핏 생각하기에도 좀 과한 정도가 아니었다.

'어이쿠, 요놈의 주둥아리.'

그의 얼굴이 순간적으로 핏기를 잃었다.

이런 경우 심하면 큰 죄를 뒤집어쓰고 아주 가는 수가 있었다. 최소한이라야 어깨가 널찍하고 인상이 험악한 하인배들이 우르르 몰려나와 몽둥이 찜질을 할 가능성도 농후했다.

그는 순간적으로 당황해서 손바닥만 비볐다.

"허, 자네들은 손님이 먼 길을 오셨으면 얼른 안으로 모셔 차라도 한 잔 내오지 않고 뭣들 하나?"

일단 눈치를 잡은 무영이 얼른 달뢰를 다그쳤다.

"아, 예, 예."

달뢰가 얼른 나서서 그를 밀다시피 하며 안으로 이끌었다.

그는 어영부영하다가 미처 할 말을 찾지 못하고는 얼떨결에 안으로 끌려 들어가 자리에 앉혀졌고, 눈치 빠른 연화가 얼른 차를 내오자 분위기는 어느 정도 진정되었다.

"영감, 공부만 하다 보니 빚이 많다며?"

무영은 일단 반말을 해가며 상대의 약점을 찔렀다. 기선을 제압해야 얘기가 잘 풀리는 법이다.

"흠, 흠."

상대가 자신의 치부를 건드리자 백문호는 일순 헛기침을 하며 당황해했다.

"걱정 마, 영감. 내가 다 갚아줄게."

"옛?"

빚을 갚아준다는 무영의 말에 백문호는 저도 모르게 상체를 꼿꼿이 세우며 존댓말이 나왔다.

"대신 조건이 있어."

대답할 틈을 주지 않고 무영이 말을 이었다.

"조그만 학관 하나 하려고 하는데 관장할 사람이 필요하거든. 영감이 맡아줘."

백문호의 얼굴이 굳어졌다.

"수입은 삼칠제로 하고… 돈을 내가 대니까 내가 칠이야."

뭐가 뭔지 정신이 없는 백문호는 할 말을 잃었다.

"그럼 승낙한 걸로 알게."

무영은 틈도 주지 않고 밀어붙이고는 돈주머니에 손을 넣어 꼼지락거리더니 은자 열 냥을 꺼내 백문호에게 건넸다.

"자, 영감, 이거 계약금이니 우선 급한 빚부터 조금 갚고 자세한 것은 내가 나중에 다시 사람을 보낼 테니 그때 보자구."

엉겁결에 손을 내밀어 돈을 받기는 했지만 백문호는 자기가 상대하는 사람이 도무지 열서너 살짜리 꼬마 녀석이라고는 믿어지지가 않았다.

"잘가, 영감."

"달뢰 아저씨, 손님 배웅해 드려."

무영은 간단히 인사말을 하고는 자리를 떴다. 은자 열 냥이라는 거금을 들이밀었으니 빚 때문이라도 거절하지는 못할 것이라는 계산이었고, 아직 준비해야 할 게 많으니 더 할 얘기도 없을 터였다.

"험, 험."

백문호는 정신을 차릴 겨를도 없이 헛기침만 했고 쫓겨나다시피 하여 달뢰를 따라 대학사 댁을 나서야 했다. 돈을 꽉 쥔 손을 다시 펴보니 은자 열 냥이 고스란히 남아 있는 것이 절대 꿈은 아니었다.

은자 열 냥. 육십이 얼마 안 남은 지금까지 백문호의 손에 그만한 큰 돈이 쥐어진 적은 한 번도 없었다.

이리저리 생각해 보니 한번쯤 믿어볼 만은 했다. 어차피 자살까지 결심했던 몸이 아닌가? 더구나 심부름하던 사람들이 그래도 다 어른들인 걸 보면 농은 아닌 것 같기도 했다. 어쨌거나 은자 열 냥은 받아왔지 않은가?

이런저런 생각을 하니 오십 리 길을 다시 걸어야 했지만 걸음걸이가 가벼웠다. 이 돈이면 당분간 급한 빚 일부는 갚을 수 있으니 따라나서길 백 번 잘했다는 생각이 들었다.

'빨리 가자.'

혹시 '내 돈 돌리도' 하는 불상사가 생길 수도 있다는 생각이 퍼뜩 머리를 스치자 백문호의 발걸음이 빨라졌다.

"스승님, 제가 이번에 조그만 학관을 하나 열어 돈없어 공부를 계속할 수 없는 수재들의 길을 열어주고 싶습니다."

날을 잡은 무영이 남우선을 찾아 운을 뗐다.

"허, 그런 훌륭한 생각을 하고 있다니……. 그런데 돈이 만만찮게 들 터인데. 게다가 그런 사람들은 대개 집안을 부양해야 하기 때문에 생활비를 대줄 수 없다면 오려고 하지 않을 게다. 내가 알고 있는 사람들도 여럿 있지만 모두들 어려운 처지야."

남우선은 속으로 '녀석 웃기고 있네' 하며 '학관은 아무나 하나' 했지만 그래도 어린 마음에 이웃을 돕겠다는 생각이 갸륵해서 학관을 하기 힘든 이유를 설명해 주었다.

"학관 운영은 조그만 집을 하나 빌려 우선 댓 명 정도로 시작하려고 합니다. 생활비는 한 달에 은자 닷 냥 정도는 여유가 되니 제가 부담할 수 있습니다. 스승님께서 그런 사람들을 소개해 주신다면 당장 시작해 보겠습니다."

"하지만 그런 일을 시작하려면 장소도 있어야 하고 여러 가지 다른 일들도 잡다하니 많을 텐데……."

금방 끝날 얘기가 길어진다고 생각하면서도 남우선은 꼬박꼬박 대답해 주었다.

"그동안 아껴 모은 은자가 조금 있으니 일이 년은 운영할 수 있을 것 같습니다. 추가로 필요한 돈은 차차 마련해 볼 생각입니다."

이미 예상한 답인지라 무영은 거침없이 말했다.

"그리고 돈이 좀 있는 집안 자제를 한 몇 명 집어넣으면 당분간 운영은 큰 문제가 없을 것 같습니다."

남우선은 자세를 바로 잡았다. 녀석의 대답을 들어보니 어린애가 그냥 막 생각해서 하는 말투가 아니었다.

"하지만 누가 그들을 가르친다는 말이냐?"

그는 녀석이 혹시 어린 마음에 자신을 써먹으려고 그런 일을 꾸민 것이 아닌가 하는 의구심이 들었다.

"사방에 사람을 놓아 알아보니 길상촌이라는 곳에 마침 그 일을 자진해서 하겠다는 분이 계셔 그 문제는 해결했습니다. 하지만 아무나 불러놓고 가르칠 수도 없는 형편이고, 또 과거시험에 붙을 만한 재목을 가르쳐 놓아야 나중에 결과가 좋으면 부모님들께서도 반대하실 것 같지 않아서 이리 스승님을 찾아뵙게 된 것입니다."

그는 한껏 예의를 갖춰가며 말했다.

"네가 그런 뜻이 있다니 뜻밖이구나. 그럼 내가 몇 사람 소개장을 써주마."

남우선은 진심이었다. 얘기를 들어보니 그냥 생각없이 하는 어린애의 말이 아니었다. 그는 결과가 어떻게 되든 한번 녀석을 믿어보고 싶었다.

"대신 스승님께서 제가 만든 학관에서 한 달에 두세 번 정도 가르쳐 주실 것을 미리 약조해 주십시오."

남우선을 옭아매려는 수작이었다.

"네가 그런 갸륵한 생각을 하고 있는데 그 정도야 내가 못 도와주겠냐? 최선을 다해 도와주마."

대견한 생각에 남우선은 아무 생각 없이 약속을 했다.

무영은 청해삼호를 불러 원행 준비를 지시했다.

"학생을 어디 가서 구해옵니까?"

"조씨 오 형제가 대신 가면 안 됩니까?"

삼 형제는 죽을 맛이었다.

"걔들은 너무 어려."

딱 잘라 말하는 무영이었다.

'더럽게 걸렸네.'

가만히 보니 될 것 같지도 않는데 자꾸 쓸데없는 일만 시킨다 싶었던 것이다.

"멀리 갈 필요는 없구, 여기 명단이 있으니까 이 사람들을 만나봐."

무영은 준비해 둔 명단과 소개장을 내밀었다. 며칠 전에 남우선에게 받은 것이었다.

천하 유람을 취미 생활하듯 했던 남우선이니 여기저기 아는 사람들도 많았다.

"다섯 명이나……. 그것도 남경, 소주, 항주, 낙양……."

"사, 사방 수천 리?"

입이 딱 벌어지는 청해삼호였다. 갔다 오려면 족히 몇 달은 넘게 걸릴 터였다.

'니미럴, 어린 녀석이 뭣도 모르는 게 사람은 왜 이리 갈구노?'

'안 갈 수도 없고, 미치겠군.'

'지금 그곳이 얼마나 먼지 알고나 하는 소리냐, 이 꼬마 자식아?'

삼 형제의 마음속 불만이야 말해 뭣 하겠나?

이런 불만을 아는지 모르는지 무영은 덧붙였다.

"제대로 구해오면 일 인당 은자 열 냥씩 쳐 줄 테니 알아서들 하고, 대신 빈손으로 오는 사람들은 앞으로 남은 기간이 꽤 길게 느껴질 게야."

삼 형제의 머리 속에 이 꼬마 놈이 못된 사부보다 더 고약한 놈일 거라는 생각이 퍼뜩 스쳤다.

'어휴, 저걸! 내 동생만 같았어도…….'

삼 형제는 그 소리가 대감마님의 거처인 안방까지 들릴 정도로 이를 빡빡 갈아대며 괴나리봇짐을 싸 들고 길을 떠났다.

"안 돌아오면 사방 천지에 초상화 곁들인 방이 나붙을 거야. 이천 냥 사기범으로. 알지?"

무영이 멀리 길 떠나는 삼 형제에게 던진 마지막 한마디는 순진한 삼 형제의 발목에 족쇄가 되어버렸다.

'모진 놈.'

'온다, 와.'

그동안 무영은 장락문에서 조금 떨어진 곳에 방이 두 개인 조그만 집을 구했다. 보증금은 은자 스무 냥에 월세가 닷 냥이었다.

아무튼 학관 건물과 선생이 준비되었고 학관은 문을 열었다.

"선문학관(選文學館)."

그래도 허름한 판자를 구해 백문호의 번듯한 글씨로 써서 대문 위에다가 붙여놓고 보니 뭐가 될 것 같기도 했다.

'학관도 분교가 생겼나?'

오가던 사람들은 크고 웅장한 학관만 보다가 웬 초막 같은 학관을 보자 고개를 갸우뚱거리며 지나갔다.

'내가 미쳤지, 은자 열 냥에 그만 눈이 돌아버려?'

백문호는 근 두 달 동안 조씨 오 형제가 날라다 주는 밥만 축내며 하릴없이 방콕하고 있었다.

'살아 있는 거름 제조기도 아니고 이게 뭐냔 말이다. 조석으로 밥만 축내고 있으니……. 휴우~'

생각할수록 답답한 생활이었다.

차라리 빚쟁이들한테 시달리며 성밖에 있던 시절이 더 나았을 거라는 생각마저 드는 백문호였다.

성안에 있으니 어디 꼼짝할 수가 있나, 아는 사람이 있어 말벗이 있나, 이건 사람 사는 게 아니라 고문이었다. 선금으로 금자 한 냥을 미리 받았으니 어디 내뺄 수도 없었다.

그래도 유일한 위안거리라면, 청해삼호가 학관에서 공부할 생도를 구하기 위해 먼 길을 떠났다니 조만간 돌아오면 생도들이 생기리라 했다. 공부할 학생들을 구하러 몇 달씩 걸린다는 원행을 떠난 걸 보면 대단한 물건들을 구하는 모양이었다.

청해삼호가 하나둘 돌아오며 선문학관에도 학생들이 생겼다. 그러나 막상 백문호는 환장할 지경이었다.

날마다 아무도 없는 방구석에서 '빌어먹을'을 수십 번도 더 되뇌이며 인생을 서글퍼 했었던 그때나 지금이나 나아진 게 없었고 다만 조금 덜 심심하다는 정도였다.

석 달이 다 되어가는 마당에 청해삼호가 차례차례 데려온 학생들은 어디서 데려왔는지 꼬락서니라는 게 말이 생도지 얼굴은 꾀죄죄한 데다 땟국물이 잔뜩 흐르는 옷에 신으나 마나 한 것같이, 낡은 초혜(草鞋)를 신은 것이 거지들이 세운 방파라는 개방에서 추천을 받아왔나 싶을 정도로 비렁뱅이 냄새가 물씬 풍기는 녀석들이었다.

그래도 살아 있다는 표시라도 내려는 건지 두 눈알만은 빛을 발하며 초롱초롱했다.

가만히 눈치를 보니 녀석들에게는 수업료를 받는 게 아니라 가족 수당이라는 명목으로 일·인당 은자 다섯 냥씩을 월급조로 주고 있었다.

무영의 말로는 학생들이 집에 신경을 쓰지 않고 공부에만 전념하도록 하기 위해 그렇게 했다는 것이었다.

"아니, 이건 학관이 아니라 자선사업 아닙니까?"

보다 못한 백문호가 나섰다.

"영감, 다 생각이 있으니 두고 보셔."

무영은 자신만만한 표정이었다.

"아니, 공자. 학관 운영은 자갈논 팔아서 합니까?"

"영감, 학관 전주는 나요. 내 돈 내가 쓰는데 뭐 그리 콩이요 팥이요 하는 게요?"

무영은 쓸데없는 참견은 말라는 듯이 잘라 말했다.

"답답해서 안 그럽니까."

백문호는 가슴을 쾅쾅 치면서 열을 냈다.

"일 년만 참으셔."

"……?"

"믿어주세요."

백문호가 멀뚱거리자 무영이 못을 박았다.

"지금 선거합니까?"

백문호는 돈이 들어오지 않자 흥미를 잃었는지 건성건성으로 학생들을 가르쳤다. 사실로 말하자면 어디서 배웠는지 모르지만 실력들은 대단해서 백문호가 가르칠 필요도 없었다. 그냥 시간만 때우면 됐다.

그러나 가끔 남우선이 가르치는 시간이 되면 학관의 좁은 골방은 뜨거운 토론의 장으로 변하곤 했다. 남우선과 학생들 간의 토론은 백문호도 참석했는데 그는 내심 학생들의 높은 수준에 감탄하곤 했다.

학관의 문을 연 지 어느덧 일 년이 조금 넘은 어느 날 과거시험을 알리는 방이 북경성 내의 곳곳에 나붙었다.

그날 저녁 무영은 저녁 문안을 드리러 대학사를 찾은 자리에서 은근히 과거시험에 대해 언급했다.

"과거시험 공고가 나붙었더군요."

"음, 올해도 좋은 인재들이 많이 붙어야 할 터인데……."

"아버님, 그런데 항간에 들리는 소문에 의하면 과거시험에 관직을 이용해 힘을 쓰거나 뒷돈을 써서 들어가는 사람들도 꽤 된다던데요?"

"허어, 그런 큰일 날 소리를, 과거는 항상 공평무사하게 치러진단다. 네가 잘못 들은 게지."

자신도 그런 소문이 떠돈다는 것을 듣기는 했지만 이제 열몇 살밖에 안 되는 어린 자식이 그런 소리를 하자 가슴이 철렁한 대학사였다.

"이상하네. 북경성 내 파다한 소문인데 어째 우리 아버님만 모르고 계실까?"

무영은 짐짓 딴청을 피웠다.

"험험, 그건 네가 잘못 알고 있는 거란다."

장자맹은 어린 자식이 벌써 그런 부정부패를 알고 얘기를 하니 이번 기회에 제대로 교육을 시켜야겠다고 생각했다.

"시험장에서 남의 것을 베껴 써서 붙는 놈도 있다던데요?"

무영은 자꾸 옆으로 엇나갔다.

"과거시험은 나라의 고명한 대신들이 시험관으로 나서기 때문에 그런 부정은 절대 일어날 수 없단다."

말하면서도 얼굴이 화끈해지는 대학사였다.

자신도 이런저런 문제가 있는 것은 알고 있었으나 오래된 관행이고, 손을 잘못 대면 조정 내에서 여러 가지 마찰이 생길 수도 있는 문제였기에 모른 척하고 있을 뿐이었다.

"그럼 이번에 시험 결과를 보면 알겠네요. 벌써 누가 실력이 있는지는 사람들이 다 알고 있던 걸요."

"시험 당일 운도 크게 작용을 하는 법이란다. 운칠기삼(運七技三)이라는 말도 있지 않느냐?"

"하지만 운수 소관도 정도가 있지, 과거시험 볼 때마다 비슷한 상황이 생기면 문제가 있는 게 아니겠어요?"

자꾸 딴지를 거니 대답이 곤궁해졌다.

"핫핫, 그럼 이번 시험 결과를 두고 보렴."

장자맹은 절대 그렇지 않다는 듯이 웃으며 자신있게 말했다.

내심 그는 아들에게 정도(正道)가 무엇인지 알려주어야겠다고 생각했다. 이번 시험은 자기가 창대를 매는 한이 있더라도 엄격하게 감독해야겠다고 다짐하는 장자맹이었다.

'됐다.'

무영은 쾌재를 불렀다. 노림수는 그것이었다.

자신에게 보여주기 위해서라도 시험 감독을 철저히 하려고 할 것이고, 그렇다면 이번 시험은 실력이 당락을 좌우할 가능성이 매우 높았다. 무영은 임무를 완수했다.

기실 과거시험은 그동안 학연, 지연, 뇌물 등의 정실에 치우친 경우가 많아 실력은 충분한데도 떨어지는 경우가 비일비재하였고, 그 때문에 낙방생들은 실력이 없어 떨어진 경우라도 덩달아 빽없고 돈없는 설움을 한탄했다.

선문학관의 생도들도 이제는 실력으로 말할 수 있는 기반은 준비된 것이다.

이튿날 조정에서 중신들이 모두 모인 어전회의 자리에 나선 장자맹은 이 문제를 거론했다.

"폐하, 열네 살 먹은 아이마저도 나라의 동량을 뽑는 과거시험에 부패가 있는 것으로 알고 있으니 이 어찌 나라를 짊어질 충신을 뽑는 시험이라 하겠사옵나이까?"

'음, 뭔가 또 충언을 할 모양이군.'

대학사를 잘 아는 황제였다. 그는 무슨 소리를 하나 싶어 귀를 기울였다. 국정 운영에 있어서는 대학사 말만 들으면 절대 손해날 일이 없다는 것을 그동안 경험으로 잘 알고 있었다.

"앞으로 과거시험은 자기 본연의 학문 실력만이 당락의 기준이 되어야 할 것입니다."

"……."

황제는 갑자기 과거시험이 어떻고 하며 나서는 장자맹을 보고 언뜻 대꾸할 말이 생각나지 않아 가만히 듣고 있었다. 아직은 요점이 나온 것이 아니었다.

"시험지 사전 유출은 절대 없어야 하고, 감독관의 수를 세 배로 늘려 감시를 엄격히 하고, 출제자는 시험이 끝날 때까지 일절 외부로 나갈 수 없게… 어쩌고……. 통촉하여 주시옵소서!"

장자맹이 입에 거품을 물어가며 과거시험의 문제점을 통박하고 개선안을 내놓자 모두들 뒤가 구린 구석이 있는지 찍소리도 못하고 있었다. 게거품 장자맹이 나서는 일에 잘못 끼어들면 본전도 건지기 힘들다는 것쯤은 잘 아는 대신들이었다.

그제야 장자맹이 무슨 소리를 하고 있는지 감이 온 황제는 그의 뒤를 팍팍 밀었다.

"허어, 그런 말이 시중에 떠돈다니 말이 되는 소린가? 나라의 일을 맡을 관리를 뽑는 과거시험에 그토록 부정을 저지르는 자들이 있다니 듣기 민망하구나. 이는 짐을 능멸하는 행동이 아니냐?! 이번 과거시험 감독은 공평하고 철저하게 할 것이니 철저히 준비하여 다시는 그런 소문이 나지 않도록 하시오!"

황제는 불같이 노하며 일갈했다.

"망극하옵니다, 폐하!"

속이 뜨끔해진 대신들은 이구동성으로 머리를 처박았다.

'휴우, 아들놈 교육시키기도 힘드네……'

황제에게 감사 인사를 마친 장자맹은 오랜만에 아들을 올바르게 교육시키는 아버지 역할을 제대로 한 것 같아 마음이 뿌듯했다.

'음, 그래도 믿을 사람은 역시……. 장자맹 대학사는 진정 황실의 천년대계를 위하는 충신이로고.'

영민한 황제였다.

나머지 대신들이 모두 밥버러지로 보였다.

수도 헤아릴 수조차 없는 응시생들이 모두 모여 시험을 보는 자금성 앞에서 과거시험이 치러졌다.

시험장에 입장하기 위해서는 여러 차례 몸 수색을 하는 것이 절차였는데 올해는 유난히 그 강도가 대단했다.

병졸들은 속옷은 물론이고 붓 대롱 속까지 철저히 검사하는 등 몸 수색을 하는 병졸들의 자세가 예년과 크게 달랐다.

원래 일차로 몸 수색을 당한 시험생이 이차 몸수색에서 수상한 물품이 나와 발각당하면 일차 수색을 한 병졸까지 문책을 받게 되는 것이 규정이었으나 실제로 큰 처벌을 받는 경우는 드물었다. 하지만 올해는 그 처벌이 규정대로 철저할 것이라는 상관의 엄한 질책을 받은 터라 손길에 사정을 두지 않았던 것이다.

뿐만 아니라 곳곳에 광기가 번뜩이는 눈매로 사방을 살피는 감독관들이 수시로 오가며 시험생들을 감시하였다.

그리고 시험장 앞에는 커다란 방도 붙었다.

일, 다른 사람의 것을 보는 자는 참한다(고개 돌리는 자는 퇴출한다).

이, 빽을 쓰는 자도 참한다.

삼, 조금 안다고 봐주는 자도 쌍방 모두 참한다.

사, 부정을 신고하는 자는 오 점 가점한다.

대충 요약하자면 그런 내용이었다.

돈 없고 빽없고 줄없는 가난한 시험생들은 모두 입을 모아 황제를 칭송하였다.

"만세, 만세, 만만세!"

며칠 후 과거시험의 결과를 알리는 방이 붙었다.

그날 저녁 합격생들과 무영이 모인 자리에서 선문학관의 관주 백문호는 흐르는 눈물을 주체하지 못했다.

"전원 합격!"

처음 이 허름한 집에 학관 간판이 붙었을 때 늙어서 어린애 말을 듣고 별 짓을 다 한다고 스스로를 탓하는 탄식마저 하지 않았던가?

다른 학관에서는 비싼 수업료를 받는다는데 가만히 보아하니 녀석들에게 월급까지 줘가며 공부를 시키는 것 같았다. 대충 가르쳐 보니 실력은 모두 출중하였으나 세상일이 어디 실력만으로 되는 것인가? 운도 있어야 하고 더 중요한 것은 빽에, 뇌물에, 연줄연줄로 시험관과 줄을 댄 녀석들 하며 자신이 수십 년 동안 넘지 못했던 그런 벽을 어떻게 넘는단 말인가?

기대도 하지 않았기에 가르치는 것도 건성이었는데 그래도 녀석들은 알아서 열심히 공부를 해주었다.

그런데 전원 합격이라니?

기적도 이런 기적이 없었다. 수십만에서 몇백 명만 붙을 수 있는, 그야말로 수천 대 일의 경쟁 관문을 뚫고 모두 합격한 것이다.

무영의 말을 들어보니 녀석들은 각자 한 성에서 둘째가라면 서러워할 정도의 문재(文才)는 있는 녀석들인데 집안이 어려워 공부를 포기하려는 것을 식구들 생활비까지 줘가며 데려온 것이란다.

"엉엉!"

"꺼이꺼이!"

백문호는 이런저런 생각을 하다가 마침내 북받치는 감정에 어린애 앞이라는 사실도 잊은 채 눈물만 쏟았다.

"꺼꺼!"

"허엉헝!"

울음도 사람따라 가지가지.

합격한 생도들도 덩달아 울기 시작하니 지나가던 사람들은 '저 학관엔 줄초상이라도 났나?' 할 정도였다.

동석했던 청해삼호도 눈시울을 붉혔다.

'정말 도련님은 어리지만 대단한 사람이다.'

'도련님, 정말 고맙습니다.'

모두들 경악했고, 감탄했으며 또 고마워했다.

며칠이 지나자 선문학관의 소문은 북경성을 발칵 뒤집었고 몇 달 후에는 중원 전체에서 선문학관을 모르면 달단이나 왜국에서 온 간자 정도로 취급받았다.

"선문학관은 전원 합격이래!"

"학관 생도도 아무나 뽑지 않는다며?"

"입관 시험 응시 원서 값만 해도 은자 열 냥이라지?"

"입관시험이 과거시험보다 더 어렵다고 하더군."

"월사금이 은자 이백 냥이라더군."

"급식비는 별도라지?"

…….

경향 각지의 내로라하는 명문가며 돈이 좀 있다 싶은 집안에서는 바리바리 돈 보따리를 싸 들고 선문학관으로 구름같이 모여들었다.

"제 미욱한 아들 녀석 좀 부탁드리겠습니다."

"공평무사(公平無私)가 저희 선문학관의 관훈(館訓)이니 일단 입관시험에 응시할 자격은 드리지요."

"입관시험도 있습니까?"

"워낙 응시생이 많아서요. 서류 전형이 먼저고, 그 다음이 필기시험, 그리고 마지막으로 면접입니다."

"허어, 명문학관이라 그런지 입관 절차도 까다롭군요."

"응시 원서를 일단 사시죠."

"응시 원서도 돈을 냅니까?"

"당근이죠. 원서는 거저 생깁니까?"

"남우선 선생님이 직접 가르치신다면서요?"

"명예학관주 되십니다. 며칠에 한 번은 들러 강연을 하시지요. 워낙 바쁜 분이라 시간을 내시기가 힘이 들어서요. 하지만 그 정도만 해도 모두 귀가 뚫린다고 하더군요. 워낙 격이 남다른 분이시니……. 험. 다른 학관에서는 감히 얼굴도 마주 대하기 어려운 분이시죠."

"허어, 그렇겠습니다."

"참고로 서류 전형비와 면접비는 별돕니다."

"허어, 역시 남다르군요."

"제대로 배울 학생들을 뽑기 위해 만전을 기하자니 당연히 비용이 많이 들지요. 학관을 장사꾼 정도로 우습게 알고 원서만 제출하면 알아서 해주겠지 하는 공짜 심리는 철저히 배제한다는 것이 우리 학관의 운영 방침입니다."

"허어, 배울 점이 많군요."

백문호는 무영이 준비한 응시 원서를 몇만 장이나 팔아먹었고, 그 때문에 갑자기 북경에 종이 수요가 폭발해 품귀 현상이 일며 그 값이 몇 배로 뛰기까지 했다. 물론 그걸 빌미로 응시 원서 값은 몇십 배로 뛰었음은 너무도 당연했다.

그나마 응시 원서를 사기 위해서도 밤을 새워 줄을 서야 했는데, 각 집안 종놈들은 밤이슬을 맞으며 밤을 지새야 했고 그 덕분에 대신 밤을 새워 줄을 서주는 새로운 직종인 야열자(夜列子)라는 새로운 직업도 생겨나 짧은 기간이나마 북경의 실업률을 크게 떨어뜨리기까지 했다고 전한다.

또 한동안 대학사 댁 별채인 천수원에는 장안에서 이름있는 안마사들이 몇 달을 들락거렸는데 흘러나오는 소문에 의하면 대학사 아들이 수족같이 부리는 청해삼호와 소주 수호대라는 자들이 알 수 없는 이유로 손이 마비되어 그들을 치료하기 위한 것이었다고 했다.

안마사들의 입에서 은밀히 흘러나온 얘기를 듣자니 그들은 글을 쓰다가 그렇게 됐다고 들었는데, 이제껏 글을 그렇게 열심히 써서 손이 마비된 사람들은 처음 치료해 본다고 말했다.

아무튼 무영은 수십만 냥이 넘게 들어온 원서 값으로 백문호 앞으로 천여 평이 넘는 집을 사들여 학관으로 개조하는 공사를 시작했다.

서류 전형비는 다시 닷 냥씩 받았고 서류 전형을 통과한 사람들에게는 별도로 면접비도 열 냥씩 받았다.

다시 순식간에 몇만 냥이 모였고 돈귀가 밝은 북경의 모든 전장(錢莊)에서는 장주들이 은밀히 백문호를 찾아와 최우수 고객으로 모실 테니 자신의 전장을 주거래 전장으로 하시라는 제안이 빗발쳤다.

백 명의 생도를 뽑았고 월사금은 다른 학관의 두 배인 은자 이백 냥으로 책정했으나 아무도 불만을 갖지 않았다. 월사금에 의한 월 수입이 은자 이천 냥에 육박했다.

물론 무영은 장학생이란 명목으로 가난한 집 자식 몇을 청강생 비슷하게 들이는 것도 잊지 않았다.

다분히 남우선을 의식한 행동이었다.

천문학관이 다른 학관과 구별되는 특이한 것을 꼽으라면,

첫째, 화려한 의복이 금지되었다.

모든 생도들은 무명으로 된 옷 두 벌만 허락받았다. 교육을 받으며 사치를 부리는 자는 용납할 수 없다는 취지라나.

둘째, 밥과 반찬이 형편없었다.

어려운 사정과 배고픔을 겪어야 나중에 관리가 되어서도 일반 백성들이 사는 고충을 알아 선정을 베풀 수 있다는 취지였다. 물론 식비는 별도로 받기는 했다.

셋째, 그런 이유로 기숙사가 다른 학관의 축사 정도로 시설이 열악했다. 침실 대여료도 별도였다.

넷째, 책보나 학관에서 쓰는 물품은 절대 종자에게 들게 할 수 없고 학생이 직접 들고 다녀야 했다.

물론 이유는 동일했다.

이 모든 것은 한 푼이라도 수입을 늘리고 운영비를 아끼려는 무영의 심사숙고를 거친 고뇌의 소산이었다. 종자들이 들락거리면 그런 분위기를 흐릴 우려가 있어 아예 출입을 막은 것이었다.

사정을 모르는 사람들은 모두 입을 모아 '허, 역시 선문학관은 진정한 교육기관이라 할 수 있군' 하며 찬탄을 금치 못했다.

부잣집 출신의 생도들은 오히려 새로운 경험이라며 재미있어했고 선문학관의 상징인 흰 무명옷을 입고 옆구리에 책보를 끼고 다니는 것을 긍지로 삼았다.

물론 가난한 집안의 청강생들은 그저 세 끼 식사라도 굶지 않고 먹을 수 있고 비를 피할 거처가 있는 데다 학업까지 계속할 수 있으니 당연히 불만이 있을 수 없었다.

"돈은 이렇게 버는 거야."

목과 양팔에 깁스를 한 청해삼호는 무영이 턱을 쳐들고 유세를 떠는 것을 기쁜 마음으로 감내했다.

그동안 학관 응시 원서를 수만 장이나 써대느라고 수근육(手筋肉) 마비증이라는 병까지 얻었지만 그 고통이 괴롭게 느껴지지 않았다. 게다가 별도의 수고비도 백 냥씩 받은 터였다.

"봤지?"

"네."

"믿지?"

"네."

"아저씨들, 앞으로 곤륜파 장문인 노릇 한번 해보려거든 내 말씀 잘 듣고 무공 훈련 열심히 해!"

"네."

청해삼호는 이제 무영을 완전히 믿었다.

비록 입관 원서 만드랴 서류 전형 대신하랴 정말 힘든 고생을 했지만 일 처리의 결과는 정말 믿기 어려운 것이었다.

무영의 자신감있는 말은 뒤에서 양손에 흰 천을 둘둘 감고 지켜보는 조씨 오 형제에게도 믿음직스럽게 보였다.

올해 들어온 수입만으로도 웬만한 문파 한두 개는 거뜬히 세울 돈이 되지 않는가? 자신들이 무공만 제대로 익힌다면 정말 곤륜파를 세워서 어깨에 힘주고 다니는 것쯤은 아무런 문제도 아닐 것 같았다.

다음 해에도 선문학관 출신의 합격률은 칠 할이 넘었고, 그 이후에도 계속해서 삼 할은 넘었다.

북경 최고 학관의 양대 산맥이라 불리던 종루학관과 등호문학관 학생들도 가슴에 선문이라고 쓰여진 무명옷을 입은 선문학관 생도를 만나면 길을 비키고 조용히 고개를 숙이고 지나갔다고 전한다. 한동안 무명옷이 북경의 패션을 주도했음은 물론이었다.

무영은 이후 가급적 선문학관에 얼굴을 내밀지 않았다.

소문이 잘못 나면 자칫 대학사 댁에서 선문학관 전주라는 오해를 불러올 수 있기 때문이었다.

다른 사람들에게는 자신이야 개의치 않지만 아버님의 영명에 누가 되게 할 수는 없다고 둘러댔다. 물론 진짜 걱정은 아버님이 행여 알게 되면 당장 학관 문을 닫으라고 하실 것이 뻔하기 때문이었다.

제8장 똥지게를 지자

　사업적으로는 이렇게 잘나가는 무영이지만 집안에서는 벌써 이 년 넘게 그를 괴롭히는 사람이 있었으니, 바로 그의 독서생이라고 모셔온 남우선이었다.

　처음 몇 달간은 그토록 지독한 사람인 줄 몰랐는데 무영의 몸이 완전히 회복된 기미를 보이자 본색을 드러냈다.

　남우선의 지시에 의해 무영이 외워야 하는 책의 양은 하루에 오십 쪽이었다. 그나마 글자라도 큰 것이 다행이었다.

　처음 몇 달 동안 천자문과 논어, 맹자, 소학 읽기를 겨우 마친 그에게 어느 날 갑자기 앞으로는 매일 오십 쪽씩 외우라고 하자 당연히 거절하였고, 그 결과는 무영의 종아리에 회초리 자국으로 나타났다.

　이래서는 안 되겠다 싶었던 무영은 총알같이 주설하에게 달려가 회초리 자국을 보여주며 난리를 쳤다.

"엉엉, 아직도 머리가 무지 아픈데 회초리까지 맞으니 뒷골이 흔들리고 정신이 나갈 것 같아요. 엉엉."

영악하게도 무영은 자신의 병을 교묘하게 연루시켜 가며 주설하의 모정을 자극하고 있었다.

"아, 아니, 대체 이게 무슨 날벼락이란 말이냐? 아직 몸도 성치 않은 너를 아무리 스승이라지만 그간의 사정을 다 알면서 이럴 수가 있단 말이냐?"

"지금도 머리가 아파와요. 엉엉."

"내 당장 대감께 여쭈어 학업을 그만 시키라고 해야지, 이거야 원. 자식 목숨이 먼저지……."

주설하에게는 특급 경계 경보 발동이었다.

눈에 불이 날 정도로 화가 난 그녀는 그 길로 장자맹을 찾아가 난리를 쳤다. 물론 명문가의 규수 출신답게 점잖은 표현을 썼지만 장자맹은 여태껏 같이 살면서 이토록 화내는 주설하를 본 기억이 없었다. 그동안 삼종지도를 따르며 항상 자기 말을 다소곳이 듣고 실행하던 주설하가 아니었던가?

"흠흠, 부인의 말은 잘 알았소. 하나 당장 얘기를 꺼내기는 뭣 하니 수일 내로 날을 잡아 말해 보리다."

늘그막에 하나 남은 아들마저 잡을 셈이냐는 주설하의 말에 딱히 반론을 제기할 수도 없어 헛기침을 해가며 그리 말할 수밖에 없었다.

장자맹 자신도 그야말로 눈에 넣어도 아프지 않을 자식의 종아리가 날이면 날마다 시퍼렇게 멍이 든다니 그 마음이야 오죽하겠는가만은 뾰족한 방법이 없었다.

남우선은 그로서도 함부로 대할 수 없는 사람이었다.

그의 학문은 장자맹도 스스로 아래라고 자처할 만큼 높았고, 그동안 여러 차례 조정의 부름을 받았으나 혼탁한 물에 뛰어들고 싶지 않다며 초야에 묻혀서 그야말로 맑은 날 밭 갈고 비 오는 날 책 읽는 청경우독(晴耕雨讀)의 생활만 수십 년을 해오며 천하 유람과 장자맹을 비롯한 서넛의 벗과 교류하는 것만을 가끔의 낙으로 삼는 사람이었다.

장자맹의 아들이 실어증에 걸려 말을 잃었다는 얘기를 듣고는 수천 리 길을 마다 않고 노구를 이끌고 와서 도와주고 있는 사람을 '이젠 됐으니 그만 가보게나' 할 수는 없는 것이다.

더구나 남우선은 며칠 전 그를 찾아와 아들의 말 못하는 병은 이제 다 나은 것 같아 본격적으로 학문을 가르칠 때가 되었으니 자기가 맡아보겠다고 했었다.

"허허, 노년에 손자 가르치는 셈치고 본격적으로 내가 한번 맡아봄세. 한 몇 년 경도에 와서 노는 셈치고 밥값은 해야지 않은가?"

"아니, 그게 정말인가? 허어, 불감청이언정 고소원이라, 사실 한동안 그 문제로 고민이 많았는데 자네가 이리도 내 마음을 알고 나서주니 과분한 우정을 보답할 길이 없구먼."

"과분하달 게 뭐 있는가? 나도 이제 늙으니 아이들이나 가르치는 보람이라도 느끼며 살고픈 마음이 없지 않았네."

"정말 고마우이. 내 자네를 믿고 맡김세."

"대신 내가 가르치는 방법에 대해서는 자네가 절대 나서면 안 되네. 공부는 때가 있으니 아들 귀히 여기다가 장래를 망쳐 놓는 부모도 적지 않게 보아 왔네."

"허어, 그럴 리가 있는가? 자네가 누군지 잘 아는 내가 그럴 수야 없지. 자네 생각대로 혼을 내든지 해서 잘만 가르쳐 주면 내 술 한 상 거나하게 받아 주지. 허허허."

너무 기분이 좋았던지라 아직도 그때의 대화가 한 구절 한 구절 머리에 떠오르는 장자맹이었다.

그랬는데 이제 와서 뭐라고 한단 말인가?

남우선이 가르치는 법이 그토록 엄격하다니 자신도 가슴만 졸일 뿐 감히 말을 꺼낼 엄두는 못 내는 상황이었다.

그렇게 며칠며칠하며 넘기다가 달이 가고 해가 가자 그의 처지를 아는 주설하도 더는 채근을 못하고 무영도 그런대로 지내는 것 같아 흐지부지되고 말았다.

작전이 충분히 먹혀들 것으로 생각했던 무영은 그야말로 예상치 못한 복병을 만난 격이었다. 정신 연령 스물이 넘어서도 회초리에 종아리가 성할 날이 없으니 그야말로 죽을 맛이었다. 나중에는 스스로 자포자기하게 되어 '나 죽었소' 하고 따르는 수밖에 없었다.

남우선의 학문은 대단했다.

유학, 도학, 천문, 지리, 풍물, 기문둔갑, 병법하며 도무지 생기기는 얌생이 사촌같이 생긴 노인네가 머리 속에 든 건 어쩌나 많은지 그토록 담아두고도 미치지 않은 게 의심스러울 지경이었다.

'제발 삼 년만 후딱 지나가라.'

무영은 책자 외는 데 진력이 나 날마다 기도하는 심정이었다.

삼 년 후에 간다는 남우선의 말이 작은 위안이라고나 할까.

그런데 어느 날 남우선이 무영을 진짜 놀라게 하는 일이 일어났다.

날마다 일과의 마지막으로 태청심법을 익히고 있는데 언젠가부터 영 진전이 없었다.

평소에는 부하지만 무공을 가르칠 때는 사부 격이 되는 청해삼호도 태청심법에 관한 한 사부가 아니라 동문수학하는 사형제 같은 수준인지라 함께 연구를 해도 이해하지 못하는 부분이 너무 많아 전혀 도움이 되지 않았다. 혹시 계속 읽다 보면 무슨 진전이 없을까 해서 옆구리에 끼고 다니다시피 했는데 어느 날 우연히 남우선이 그걸 보았다.

"그게 무슨 책이냐?"

"숨 쉬는 법이 써 있는 책인데요."

"도가의 양생법 말이냐?"

"글쎄… 그게 조금 익히기는 했지만 저도 어려워서……."

"흠, 어디 한번 보자꾸나."

무영은 태청심법을 건넸다.

남우선은 책자를 받아 들더니 그 자리에 서서 한 장 한 장 뒤로 넘겨 가며 읽었다. 그런데 책을 읽는 남우선의 표정이 점점 심각해지고 있었다. 때로는 고개를 끄덕이다가 때로는 인상을 찡그리기도 하고, 또 어떤 때는 '허어!' 하며 감탄하기를 여러 차례 계속해 가며 점점 책에 빠져들고 있었다.

"음, 음."

너무 책을 오래 보고 있는지라 서재도 아니고 그냥 가기도 뭣하고 해서 지루하게 서 있던 무영이 가볍게 기침을 했다.

남우선은 퍼뜩 정신을 차린 듯하더니 무영에게 물었다.

"흠, 이 책을 다 이해하고 있느냐?"

"이해가 안 되는 게 너무 많아요."

"그럴 테지."

당연하다는 태도다.

"왜요?"

"이 책은 현문(玄門)의 내공비급으로 일반 사람이 익히면 장수할 수 있고 무림인이 익히면 내공이 크게 늘어나 높은 경지에 이를 수 있는 비급이란다."

"청해삼호 아저씨들은 이 책이 원래 삼류무공 책자와 함께 있던 거라 그렇게 수준이 높은 건 아닐 거라고 하던데요."

"다른 책도 있단 말이냐?"

"다 합해서 네 권인데요."

"그 책을 내가 다 볼 수 있겠느냐?"

무영은 다른 책자들을 모두 남우선에게 갖다 주었다.

남우선은 그 비급들을 읽는 며칠 동안 방 안에서 두문불출했기에 무척 편해진 무영은 어디 그런 비급이 더 없나 찾아보고 싶은 생각까지 간절히 들 정도였다.

삼 일 후 모습을 드러낸 남우선은 무영을 찾았다.

"너, 이거 무슨 책인지 아느냐?"

"몇 년을 읽은 책인데 그것도 모르겠어요?"

"뭔데?"

"그거 마음을 수양하는 호흡법 아네요?"

"흐음, 틀린 말은 아니지."

"그럼 무슨 달리 쓰는 데가 있나요?"

"내가 수일간 연구해 보니 이 태청심법이란 책은 만금을 주고도 구하기 어려운 현문(玄門:도가)의 상승 내공심법이더구나. 더구나 이 책은 다른 세 권의 책자에 써 있는 무공을 상승 경지에 이르도록 익히기 위해서 반드시 연마해야 하는 심법이란다."

"청해삼호 얘기로는 자신들이 익힌 무공이 삼류라던데요."

"무식이 병이지."

"사부님은 글만 읽으시면서 무림 얘기는 어떻게 아세요?"

무영은 그가 무공 서적에 무림까지 알고 있자 신기한 생각이 들었다.

"하하하, 내가 젊었을 때 괴나리봇짐 하나만 달랑 메고 천하를 유람한 적이 여러 번 있었지."

남우선은 자신의 젊은 날들을 회상하듯 아련한 표정을 짓더니 말이었다.

"남아로서 반드시 한번 해볼 만한 일이라고 여겼지. 천하를 주유해보지 않고서야 어찌 천지만물의 원리를 논하랴 싶었던 게야."

"그때 무공을 배웠나요?"

"몸으로 때웠지. 그때 주위들은 강호 얘기에 의하면 곤륜이라는 문파는 지금부터 한 백여 년쯤 전에 마교에 멸문을 당한 문파로 기억한다."

"와, 별걸 다 아시네요."

'노인장, 도대체 모르는 게 뭐유?

무영은 마음속 깊이 진심으로 감탄했다.

"기본이지."

장난기에 으쓱하던 남우선은 흥미있는 눈초리로 무영을 보며 물었다.

"네가 한번 익혀보지 않으련?"

"스승님은 무공을 전혀 모르신다면서요?"

"만류귀종이라, 만물의 모든 이치는 하나에서 출발해서 수천, 수만의 갈래로 나뉘었다가 궁극에 이르면 다시 하나로 통하는 법이다. 내가 비록 무공을 시전할 줄은 몰라도 비급을 네게 설명하는 데는 무리가 없을 게다."

남우선은 미리 몇 번 읽어본지라 자신있게 말했다.

"사실은 제가 몇 년째 배우고 있는데… 제 생각에는 오성의 경지는 넘어선 것 같은데 그 이상은 진도가 나가지 않아요."

무영은 사실을 실토했다.

"흠, 그래? 하긴 나도 네 녀석이 무슨 호신술과 양생법쯤은 익히고 있다는 얘기를 들었다. 그게 바로 이 책자들이었군."

남우선은 알고 있었다는 듯이 말했다.

"스승님이 가르쳐 주신다면 금방 배울 수 있을 거예요."

말로만 듣던 상승의 무공 비급이라는 말에 신이 난 무영은 '교습 방법이 지독한 사부'라는 생각도 잊은 채 대답부터 했다.

"그럼 오늘 나가서 책방에 들러 무공 기초에 관한 책자를 같이 보러 가자꾸나. 아무래도 기초 무공 수련법은 나도 문외한이니 책을 좀 읽어봐야겠다."

책이면 다 되는 줄 아는 스승이었다.

그렇게 둘은 만총서림으로 갔는데 아무리 봐도 무슨 책이 좋은지 알수가 없었다.

"흠, 좋은 책은 여러 사람이 보게 마련이고, 그럼 잘 나가는 책이란 얘기이니 주인장에게 물어보자꾸나."

남우선의 말이 그럴듯하게 느껴진 무영은 주인을 불러 제일 잘 나가는 책을 물었다.

"요새 제일 잘 나가는 무공 관련서를 꼽으라면 '달마야, 붙자'라고 있습니다."

주인은 선반에서 책 한 권을 골라왔다.

"이 책은 소림사 주방에서만 이십 년을 생활했던 당초라는 스님이 쓰신 건데 요새 시중에서 가장 잘 나가는 무공 서적이지요."

"흠, 제목이 좀 광오하기는 하지만 괜찮아 보이는군."

남우선과 무영은 '달마야, 붙자'를 사서 집으로 돌아왔다.

그런데 책에 써 있는 무공 배우는 그 방법도 정말 광오했다.

일 장, 족근 강화 수련법:하루에 물지게 오십 번, 똥지게 오십 번 져 나르기, 나무에 거꾸로 매달려 일각 이상 버티기, 납환 매달고 다니기.

이 장, 장공 연마법:주먹으로 나무 치기, 주먹으로 바위 치기.

경공술 연마법:옥수수 심어놓고 매일 백 번씩 뛰어넘기, 발에 쇠뭉치 달고 삼십 리 구보하기, 말뚝 박아놓고 위에서 건너뛰기.

삼 장, 긴급 상황 대처 능력 연마법:매일 쌀알 만 개 세기, 매일 구르기 오백 회.

사 장, 검술 연마법:좁쌀 동시에 백 개 베기, 혈도 그려놓고 검으로 동시에 여러 군데 찌르기.

그리고 마지막에 써 있는 것은 전체 일곱 권 중 첫 권을 펴내게 된 소감을 써놓았고 이 권은 근간 예정으로 기대하시라고 써 있었다.

무영이 보니 그야말로 사이비 중이 쓴 잡서 그 이상은 아니었는데 문제는 남우선이 그 책을 보는 시각이 전혀 달랐다는 데 있었다.

"오호라, 무공은 이렇게 시작하는 거로구만."

그 한마디를 듣는 순간 무영은 갑자기 뒷골이 땡기더니 하늘이 노래지며 머리가 지끈거렸다.

'허걱! 저 영감탱이가 미쳤나?'

"스, 스승님, 아무래도 이 책은 사이비 같은데요."

상황이 이상하게 돌아간다고 느낀 무영이 얼른 말을 받았다.

"일단 한 권을 완전히 익혀보면 알겠지. 쇠뿔도 단김에 빼랬다고 오늘부터 당장 시작하자."

무영의 말은 들을 가치도 없다는 듯이 대꾸도 않고 자기 할 말만 하는 남우선이었다.

그날부터 무영의 악몽은 시작되었다.

날마다 아침부터 물지게, 똥지게를 지고 다니는 것으로 일과를 시작해서 발에 납환 뭉치를 달고 하루에 몇십 리를 뛰어다녀야 하는 것은 물론이고, 좁쌀을 몇 되씩 방에 뿌려놓고는 언제까지 다 세라는 식으로 하고 남우선 자신은 옆에서 책을 읽으며 감시를 하니 요령도 피울 수 없는 형편이라 몸이 성할 리 없었다. 그렇다고 학문을 배우는 일이 줄지도 않았다.

수련(?)을 마친 매일 밤이면 끙끙 앓는 소리를 내며 방으로 돌아가야 했고 그 몸으로 다시 태청심법을 연마해야 했다.

그런데 정작 신기한 것은, 심법의 구결을 따라 운공을 한 연후에는 몸이 다시 정상적으로 돌아와 아프지도 않고 오히려 개운하기까지 해 장자맹 부부가 보기에도 멀쩡한지라 무영이 아무리 하소연을 해도 별 문제 삼지 않았다.

아들이 똥지게를 져 나른다는 소문에 별채를 찾은 장자맹도 남우선 앞인지라 속으로야 어떨지 몰라도 겉으로는 아들이 민초들이 겪는 삶의 고통을 알 수 있는 가장 좋은 방법이라며 추켜세우기까지 하는 판국이었다.

이 소식은 귀와 입을 건너 황궁까지 전해져 영민한 황제 폐하의 귀에까지 들어갔다.

"허어, 하나밖에 없는 아들에게 똥지게를 지게 하다니, 역시 청렴한 선비 집안이라 자식 교육도 남다른 데가 있구려. 이 어찌 타산지석의 사례라 아니 하리오. 경들도 당장 본받도록 하시오."

황제는 또 '본' 을 받으라고 했다.

지엄하신 황제 폐하의 권고가 계신지라 한동안 북경성에는 양반집 자제들의 똥지게 져 나르는 모습이 고개만 돌리면 눈에 띄었다. 또한 과중한 육체 노동을 견디지 못하여 쓰러지는 귀한 자제도 잇따라 속출하자 자식이 죽어나는 것을 보다 못한 부모들이 집안에 대가 끊길 지경이라며 황제께 상소를 올리는 일도 있었다.

아무튼 그 덕분에 똥지게 교본이 된 '달마야, 붙자' 는 한동안 웃돈을 주고도 구하기가 힘들 정도로 날개 돋친 듯이 팔렸고, 다른 사이비 책들도 마구 쏟아졌는데 그 종류만도 수십 종에 이르렀다.

소문에 의하면 '달마야, 해볼래' , '달마와 동귀어진' , '장삼풍과 한판' 등은 그래도 꽤 팔렸다고 하는데 사이비 교본의 공통점은 기초 수련의 하나로 '똥지게 지기' 를 필수 과정으로 채택하였다는 것이었다.

명서의 별전에 의하면 '똥사모' 라는 비밀 결사까지 조직됐다고 하는데 가입 조건이 똥지게를 진 적이 있는 하인들만으로 엄격히 제한되어 있고, 그 실체가 신비에 싸여 있다는 외에 자세한 것은 세인들이 알 수가 없었다고 전했다.

아무튼 북경성은 초짜들이 똥지게를 지는 통에 똥을 쏟거나 흘리기 일쑤여서 성 전체가 한동안 똥 냄새로 진동을 했다.

그 냄새는 황궁도 예외는 아니어서 견디다 못한 황제는 '그만하면 되었다' 하고 권고안 철회를 명해서 북경성을 뒤흔들던 똥지게 소동은 그렇게 가라앉았다.

"이건 이제 그만 배우도록 하자."

'휴, 다행이다.'

'달마야, 붙자' 란 무공 책자는 남우선이 보기에도 의심스러웠는지 똥지게 지기와 팔다리에 납환 매달고 다니기만 시키고 그만 덮으라니 무영에게 그 이상 기쁜 일은 없었다. 아마 온 집 안에 진동했던 똥 냄새도 한몫하지 않았나 하는 것이 무영의 생각이었다.

계속했다가는 다음에 무슨 소동이 벌어질지 모를 일이었다.

"대신 내가 무공을 좀 하는 여러 사람들의 자문을 구해 이 책을 교본으로 삼기로 했다."

남우선은 품속에서 또 한 권의 책자를 꺼내 들었다.

"허걱! 또?"

남우선이 또 한 권의 책을 꺼내 들자 순간적으로 무영은 쿵 하고 심장이 떨어지는 기분이었다.

그럭저럭 '달마야, 붙자' 를 몇 달 연마하고 이제 끝났나 싶어 겨우 숨을 돌리려는 순간이었는데 또 한 권의 다른 교본이라니……

"이 책자는 내가 북경성 내 여러 도관의 관주들을 만나 자문을 구한 끝에 구입한 것이니 내용을 완전히 익혀 익숙해질 때까지 절대 한눈을 팔아서는 안 된다."

다짐을 하는 남우선이었다. 아예 사람을 삶아라 삶아.

한다면 하는 남우선의 성격을 누구보다도 잘 아는지라 까마득한 앞길이 훤히 보이는 듯했다.

제목을 보니 '누구나 할 수 있는 무공 입문서'라고 되어 있었는데 그 제목과 달리 실제 내용은 절대 그렇지 않다는 것을 그동안의 경험으로 잘 알고 있었다.

정말 남우선은 사람을 볶는 데 묘한 재주가 있는 인간이었다.

신기한 것은 무엇을 가르치는 사람의 실력을 배우는 사람이 의심하지 않게 만드는 능력이었다. 학자가 무공을 가르치면 모두들 말도 안 된다고 생각하겠지만 무영 자신도 남우선의 무술 스승으로서의 능력을 의심한 적은 한 번도 없었다.

"옳지, 여기 있군. 무술의 기본은 수법(手法), 안법(眼法), 신법(身法), 보법(步法), 퇴법(腿法:하체를 이용한 공격)이라고 쓰여 있군. 흠, 아니야. 심법(心法)이 빠져 있어. 상대를 만났을 때 마음을 어떻게 가지고 싸움에 임하느냐가 가장 중요하지. 술(術)만 중하게 여기고 기(氣)를 생각지 않는 것은 큰 잘못이야."

정말 모르는 게 없는 사부였다. 남우선이 새로운 무공 비급을 하나 만들어냈다고 해도 전혀 이상할 것이 없어 보였다.

"시작하지."

남우선은 책자를 펴 들고 무영 앞에 섰다.

"벌써요?"

그래도 오늘 하루는 좀 쉬나 싶었는데 책을 들고 오자마자 당장 시작하자니 미칠 노릇이었다.

'딱' 소리와 함께 머리통에서 불꽃이 튀었다.

몇 달 전에 박달나무 작대기가 필요하다고 하길래 허리가 아파서 지팡이로라도 쓰려나 하여 진심으로 스승을 존경하는(?) 마음에서 굵은 놈으로 갖다 바친 것이 화근이었다.

모진 돌 옆에 있으면 정에 맞는다고 했던가?

불행하게도 청해삼호와 조씨 형제들도 남우선의 마수를 벗어나지는 못했다.

"너희들도 나중에 강호에서 행세하려면 꼭 필요한 것들이니 함께 배워둬."

그 한마디로 그들의 운명은 결정됐다.

물론 청해삼호는 하루 해보더니 못하겠다고 버텨보기는 했지만 그들의 고집은 반각(半刻:7~8분 정도)도 지나기 전에 박달나무 지팡이 아래서 조용히 고개를 숙였다.

"고맙게 배울게요."

"암, 그래야지."

"네가 전개한 초식은 강함은 넘치되 그 속에 유함을 찾기 어려우니 유가 강을 제압한다는 초식의 이치하고는 맞지 않는 것 같구나."

무영이 전개한 운룡대팔식의 회풍선류(廻風旋流) 초식을 보던 남우선이 한마디 했다.

"사부님이 직접 해보세요. 맘대로 되나."

벌써 수십 번을 펼쳐도 마지막 단계에서 자꾸 걸리자 열이 난 무영이 참지 못하고 겁없이 한마디 했다.

딱!

"어이쿠!"

박달나무가 골통을 뒤흔들었다.

"미쳤냐? 내가 귀찮게 이 나이에 무공을 배우게? 너나 열심히 해. 처음부터 다시 해봐."

계속 떠들어봐야 마빡에 혹만 늘어갈 게 틀림이 없는지라 시키는 대로 할 수밖에 없었다.

무슨 노인네가 비급의 초식 이름과 주석만 보고도 무공을 가르치는데 무영 자신이 생각하기에도 그의 설명이 그럴듯했고, 여태 삼 년을 넘게 따라해 보니 자신이 생각하기에도 실력이 부쩍 는 것 같았다.

참으로 박학다식한 사부였다.

남우선에 의해 모처럼 무학의 깊은 이론이 뒷받침된 설명을 들을 수 있는 제대로 된 가르침을 받으니 모두는 그 실력이 하루가 다르게 늘어나고 있었다.

게다가 손발을 놀리는 재간들을 매일 끊임없이 반복하여 훈련하다 보니 꽤 재미있게 느껴졌고, 그 변화를 남우선의 가르침에 따라 마음으로 하나하나 깨우쳐 가니 뿌듯한 마음까지 드는 것이 이제는 손발을 가만히 두면 오히려 좀이 쑤셔왔다.

머리뿐 아니라 이제는 손발도 세뇌(洗腦), 아니, 세수족(洗手足)당하고 있다는 증거였다.

어쨌거나 그의 개세적인 '학문적 무공 지도'는 비가 오나 눈이 오나 쉬지 않고 행해졌는데 그 무식 혹독함은 청해삼호가 '옛날 모시던 못된 사부 밑에서 일 년 있는 게 남우선 밑에서 한 달 있는 것보다 낫다'라고 할 정도였다.

제9장 병영 유람을 가다

남우선으로부터 풀려나는 시간은 대충 저녁이 되어야 했다.

청해삼호 중에서 무영과 가장 가까운 사람은 달뢰였는데 무영이 그를 좋아하는 이유는 달뢰의 성격이 매우 정이 많은지라 그와 함께 있으면 항상 마음이 편했기 때문이었다. 달뢰가 말해 주는 시골에서의 목축법이나 약초에 관한 지식이며 야외 생활 경험 등은 무영이 가장 흥미있게 듣는 이야기였다.

달뢰는 한가한 시간이면 풀잎을 입에 물고 마치 피리처럼 불었는데 그 소리가 얼마나 처연한지 집안 식구들이 초저녁이 되면 달뢰의 풀피리 소리를 듣기 위해 모두 조용히 귀를 기울였다.

무영도 그와 함께 옛날 어릴 적에 홀로 배운 풀피리 실력을 발휘하곤 했는데 달뢰로부터 이젠 제법 경지에 올랐다는 평을 듣고 있었다.

특히 연화는 달뢰의 풀피리 소리에 흠뻑 맛이 가 괜스레 달뢰 주변을 오가며 눈길을 끌려고 애쓰는 것이 다른 사람들의 눈에 띌 정도였다. 달뢰도 연화가 오면 말을 더듬고 하는 게 아무래도 둘 사이가 범상치 않다는 것을 집안 사람들 모두 눈치 채고 있었다.

그날도 남우선과의 일과를 끝내고 달뢰를 찾던 무영은 정원 한구석에서 무슨 소리가 들려 도둑이라도 왔나 싶어 조용히 다가갔다.

'연화 낭자' 하는 달뢰의 말소리가 들리더니 그 다음은 이상한 신음성 같은 것이 들리는 게 아닌가?

무영이 신법을 전개해 최대한 소리를 죽여가며 몰래 다가가서 보니 두 남녀가 서로 끌어안은 상태에서 입을 맞추고 있었다.

'하, 요것들 봐라. 내 허락도 안 받고 벌써 그렇고 그런 사이가 됐단 말이지?'

무영이 기도 안 찬다는 듯 속으로 혀를 차며 몰래 훔쳐보고 있으려니 달뢰의 손이 슬슬 연화의 앞가슴으로 다가가는데 연화는 그에게 완전히 몸을 맡긴 듯 전혀 반항할 생각도 하지 않고 있었다.

"음… 음……."

달뢰의 손이 연화의 가슴 어딘가를 만진 것 같더니 가느다란 신음성이 연화의 입에서 흘러나왔다.

보고 있던 무영은 저도 모르게 아랫도리에서 무언가 불끈하는 것이 느껴졌다. 더 있다가는 아무래도 방해가 될 것 같기에 소리를 죽여 조용히 물러 나왔다.

'음, 그러고 보니 내 청춘 사업은 통 진도가 없었군.'

그렇지 않아도 요새 자고 일어나면 아침마다 몸 어딘가가 불편한 것이 느껴지는 무영이었다.

공연히 지나가는 시비들의 젖가슴이 눈에 들어오고 하는 게 아무래도 뭔가 해결책을 세워야 할 때가 된 것 같았다.

벌써 사춘기가 아닌가?

정신 연령까지 따지자면 스물다섯이었다.

하지만 어디 마땅한 상대가 눈에 띄어야 집적거려 보기라도 하지 주변에 여자라고는 유모하고 시비들밖에 없는 형편이니 대책이 없었다. 게다가 남우선이 워낙 시간표를 빡빡하게 짜놓았기 때문에 가끔씩 선문학관에 들르는 것도 힘이 들 지경이었다.

'이대로 있다가는 연애 한번 못해보고 부모님이 보내주는 대로 장가나 가는 것이 고작일 게다.'

무영의 머리 속이 바쁘게 움직였다.

'옳지, 강호로 나가자!'

무협지에서 읽은 여걸들의 활약상이 퍼뜩 머리를 스친 그는 강호로 나가면 젊은 영계들을 많이 만날 수 있고, 그러다 보면 뭔가 한 건 올리겠지 하는 생각이 들었다. 남우선의 얼굴을 그만 봐도 되는 것도 중요한 이유 중의 하나였다.

일단 결정하고 나니 준비를 해야 했다.

'흠, 우선 청해삼호는 졸자 겸 호위무사로 쓰고… 여비는 선문학관에 모아둔 돈을 좀 헐어가고……. 그런데 허락을 받아야 하는데…….'

뻔하게 예상되는 대학사 부부의 반대에 대한 충분한 대책을 세울 필요가 있었다.

"소자, 천하를 주유하며 민초들의 삶을 피부로 느껴보고 싶습니다."

"아니, 그게 무슨 날벼락 같은 소리냐? 천하 주유라니?"

"허어, 네가 제정신이 아닌 게로구나."

깜짝 놀란 두 부부는 얘가 지금 무슨 말도 안 되는 소리를 하고 있느냐는 듯이 나섰다.

"제가 후일 과거에 합격하고도 백성들의 삶을 제대로 알지 못하면 어찌 올바른 목민관이 되어 그들을 제대로 위할 수 있겠으며, 체험으로 그 실상을 알지 못하고 입으로만 떠들며 정책을 마련한다면 어찌 탁상공론이라 아니할 수 있겠습니까?'

무영은 온갖 점잖을 있는 대로 떨어가며 준비한 어느 책에서 읽은 것을 그대로 읊어댔다.

"너는 아직 어리니 몇 년 후에 떠나는 게 어떠냐?"

평소 아들의 고집을 알고 있는 주설하가 시간이라도 벌어볼 요량으로 타협안을 제시했다.

일단 못 가게 해놓고 어디 명문가 규수를 골라 짝이라도 지어놓으면 신혼 재미에 천하 주유니 하는 헛소리가 쏙 들어갈 것이라는 게 그녀의 생각이었다.

"그래그래, 그게 좋겠구나."

아내의 속셈을 눈치 챈 장자맹이 맞장구를 쳤다.

"지금 가지 못한다면 곧 나이가 차서 성혼을 해야 하니 더욱더 기회가 없는 게 아니겠습니까? 그러니 이번에 한 석 달 유람을 하고 다녀와서 과거시험 공부도 하고 가정을 꾸릴 준비도 하는 데 가장 적절한 시간이라고 사료되어 소자 삼가 아룁니다."

평소에는 아버지, 엄마 하고 나이에 맞지 않게 어리광이나 피우더니 갑자기 소자니, 삼가 아뢰니 하는 문자까지 써가며 점잖게 의견을 고집해 막무가내로 안 된다고 할 수도 없어 두 부부는 난감한 처지에 빠졌다.

"그래도 아직은 너무 어리니 시간을 가지고 생각해 보자."

"충분히 생각하고 말씀드리는 겁니다."

"강호에는 온갖 흉악범들이 들끓는 것은 물론이고 자다가도 목이 떨어지는 곳이 강호라 들었다. 어찌 그런 험한 곳으로 간다고 하느냐?"

"그곳도 대명의 강토이고 그들 모두 폐하의 백성들이니 그들을 모르고서야 어찌 충신이 되어 폐하를 보필하는 나라의 기둥이 되겠다 할 수 있겠습니까?"

미리 대사를 잔뜩 준비해 두었으니 막힘이 없어 오히려 얼떨결에 당하는 두 부부는 할 말을 찾지 못해 말싸움의 상대가 되지 않았다.

"그리고 저의 안전은 강호를 십 년간 유람한 적이 있는 청해삼호와 같이 간다면 별문제가 없을 것입니다."

대화는 이제 무영이 주도권을 쥐고 있었다.

"음, 그럼 네 스승님의 의견을 한번 들어보자꾸나."

"그럼 스승님이 허락하신다면 아버님께서 허락하시는 것으로 알아도 되겠습니까?"

무영이 다짐하듯이 물었다.

"험험, 네 스승이 허락한다면 그리 하마."

대답은 이렇게 하면서도 설마 남우선이 허락하랴 싶은 장자맹이었다. 그가 오면 눈치껏 슬쩍 유도 질문을 던져 알아서 적당히 대답하도록 하겠다는 것이 그의 계산이었다.

잠시 후 주설하의 분부를 받은 연화의 전갈을 받고 남우선이 거실로 들어서자 무영이 미처 인사도 하기 전에 장자맹이 나섰다.

"우선, 아, 글쎄 아들 녀석이 나이도 어린것이 벌써 위험한 강호를 유람하겠다고 하는데 강호가 얼마나 험한 곳인지 몰라서 그러는 것 같으니 경험이 있는 자네 의견을 좀 말해 주게나."

이 정도면 알아서 대답해 주겠지 하는 것이 장자맹의 생각이었다.

"허허허, 갈 수 있다면 한번 나가보는 것도 좋은 생각이지. 하지만 자네가 허락을 하겠는가?"

'허걱!'

장자맹은 배신을 때리는 남우선의 예기치 못한 대답에 기겁해 헛바람이 나올 지경이었다.

"아, 아니, 내 말은 그게 아니라 나이도 어린데 험한 강호로 나가서는 안 된다고⋯ 그렇게 자네가 의견을 좀 말해 주는 것이⋯⋯."

장자맹은 믿었던 남우선이 뒤통수를 때리자 정신이 없어 횡설수설하며 자기가 무슨 말을 하는지도 몰랐다.

"저희 부부가 지금 영아의 철없는 강호행 요청을 나무라고 있던 중이랍니다."

남자끼리 얘기를 하는데 갑자기 여자가 나서는 것은 예의에 어긋난다고 생각하는 대부인이었지만 남우선의 헛소리에 남편이 정신을 못 차리고 있자 보다못해 나섰다. 그녀는 남우선이 남편의 신호를 제대로 받지 못해 엉뚱한 대답을 했다고 생각했다.

그러나 남우선으로서도 무턱대고 장자맹의 말에 맞장구칠 수도 없는 사연이 있었다.

무영은 두 부부를 말로 궁지에 몰아넣으면 틀림없이 남우선을 끌어들여 말리려고 할 것이라는 분석 결과를 토대로 어젯밤에 전격적으로 남우선을 찾았다.

"스승님, 저는 강호에 나가는 게 겁나요. 납치니 살인 방화가 밥 먹

듯이 일어나는 곳이라면서요?"

"사내놈이 그리 겁이 많아서야 어떻게 큰 뜻을 편다는 게야?"

"아직은 제가 어려서 그런가 봐요."

"멱! 열여덟이면 일가를 이루고 자식을 낳아도 뭐랄 사람이 없는데 어리다니……. 허어, 사내놈이 그토록 심기가 약해서야. 쯧쯧."

"그럼 이 나이면 중원 유람을 해도 되는 나인가요?"

"너보다 어린놈들도 숱하게 한다."

"간이 큰 놈들인 게지요?"

딱!

"아이쿠!"

남우선의 박달나무 지팡이가 허공을 갈랐다.

"겁쟁이 녀석, 중원이 사람 사는 곳이지 강도하고 살인범만 있는 동 넨 줄 아느냐?"

무영은 이렇게 박달나무로 맞기까지 해가며 부모님 앞에서 두말 못하도록 미리 남우선을 옭아맸다. 그러니 남우선이 할 수 있는 대답은 뻔했고, 그간의 사정을 모르는 대학사 부부로서는 그의 대답이 황당할 따름이었다.

남우선은 장자맹 부부와 무영 간의 대화를 알지 못했으므로 자기가 그렇게 대답을 하더라도 장자맹이 '안 돼' 할 것이 틀림없다고 생각해 가벼이 대답한 것이었는데…….

"험험, 일단 네 뜻을 알았으니 며칠만 더 기다려 보거라."

대답이 궁해진 장자맹이 일단 자리부터 수습하려고 했다.

"그럼 승락하신 것으로 알고 소자 이만 물러가옵니다."

"……."

"……."

두 부부는 할 말이 없어 멀거니 서 있고,

"……?"

정황을 모르는 남우선은 그런 중요한 얘기가 벌써 끝났나 하고 세 사람을 번갈아 볼 뿐이었다.

'막아야 해.'

장자맹은 오직 아들의 가출을 저지해야 한다는 생각밖에 없었다.

"대감, 어쩌면 좋아요?"

주설하도 발을 구르며 그에게 매달렸다.

"내가 말릴 방도를 생각해 보리다."

"꼭 막아야 해요. 흑흑. 영아를 그 험하다는 강호로 떠나보내면 저는 아마 죽어버릴 거예요. 흑흑."

무영의 고집을 아는 대부인은 눈물부터 쏟아냈다.

그녀가 아는 아들은 한번 말을 꺼내면 담을 넘어서라도 갈 녀석이었다.

"끙……."

장자맹은 머리를 감싸 쥐었다.

"폐하, 고관의 자제들이 군(軍)의 실상을 체험하도록 하는 것은 후일 그들이 나라의 관리가 되어 국가안보에 관한 정책을 세울 때 제대로 된 논의를 할 수 있는 바탕이 될 것입니다."

장자맹은 황제에게 고관 자제들을 육 개월간 입소시켜 병영 훈련을 받게 할 것을 주청하고 있었다.

그는 아들의 중원 유람을 막을 방편으로 군대에 집어넣어 북경 근처의 부대에 배속시켜 한 육 개월 근무하게 하고 그동안 혼처를 주선하여 장가를 보내 버리면 아들이 강호 유람의 꿈을 접을 거라고 생각했다.

지금은 평화로운 시기니 군대에서도 별반 위험한 일이 없을 터였다.

자신이 생각해도 기가 막힌 해법이었다.

어제 하루 종일 해결책을 찾아 끙끙거리며 골몰하다가 퍼뜩 떠오른 생각이었는데 덕분에 어젯밤은 아주 편안한 마음으로 잠을 이룰 수 있었다.

"나도 고관의 자제들이 병역을 기피하는 바람에 너무 군대에 대해 무관심한 것이 아닌가 하여 심히 우려하던 차요."

갑자기 아침부터 아뢸 것이 있다고 입궐한 장자맹이 뚱딴지 같은 '고관 자제 병영 체험'이라는 안건을 들고 나오자 처음에는 이게 뭔 소린가 했지만 막상 자세히 들어보니 귀가 솔깃해지는 황제였다.

그렇지 않아도 늘 관리들이 일은 제대로 안 하고 공밥만 축내고 있다고 생각하던 황제였다.

"그럼 중신회의를 소집해서 정식 안건으로 다루도록 하는 것이 좋겠습니다."

"그럼 수일 내로 그렇게 처리하도록 하오."

"폐하, 만일 이 안건이 사전에 누출된다면 자식을 위하는 중신들이 온갖 다른 명목을 들어 반대할 우려가 높습니다. 쇠뿔도 단김에 빼랬다고 당장 오늘 중으로 처리하는 것이 가한 줄 아뢰오."

장자맹은 아들을 생각하니 한시도 지체할 시간이 없었다. 계속 말릴 명분도 없고 잘못해서 가출이라도 하면 더 큰일이 아닌가?

"흠, 듣고 보니 경의 말이 일리가 있소. 오늘 처리토록 합시다."

영문을 모르는 황제는 나라를 위하는 장자맹의 충심을 더욱 가슴 깊이 느끼고 있었다.

'역시 대학사는 충성스러워……'

황제는 충신을 알아보았다.

황제는 오랜만에 어전회의를 소집해서 문무백관에 권위를 과시할 생각을 했다. 하기는 공식적인 어전회의를 가진 지도 벌써 상당한 시일이 흘렀다.

'음, 한동안 쉬었으니 위엄을 보여줄 때도 되었군.'

"나라의 국방에 관련된 이런 중요한 일은 문무백관이 모두 모인 자리에서 엄숙하게 발표해야만 격이 맞는다고 생각하는데 경의 생각은 어떻소?"

"지극히 타당하신 말씀인 줄 아뢰오."

장자맹은 황제의 의중을 눈치 챘다.

오랜만에 어깨에 힘 한번 주고 싶다는 얘기였다.

전후 사정을 따지자면야 이게 다 아들놈 때문에 들고 나선 일이기는 했지만 말릴 이유도 없었다. 하기는 그의 생각으로도 관리들의 기강이 예전같지 않아 한번 기합을 줄 필요가 있다는 생각은 하고 있었다.

황제의 성지는 태감의 손에 의해 빠르게 전달되었다.

어전회의를 소집하는 타종(打鐘)이 퍼져 나갔고 점심때가 가까워지는 시각에 문무백관들은 난데없는 어전회의라는 급보를 받고 근무지에서 나와 황궁으로 내달렸다.

고급 관리들의 가마를 멘 교군들이 콧김을 내뿜으며 걸음을 재촉했고 하급 관리들도 이에 뒤질세라 양손을 힘차게 내저어 행보를 빨리해가며 오문(午門)을 향했다.

오문에서도 어전회의 준비로 바쁘게 움직이고 있었다.

의식을 주재하는 어사(御使)가 어전수비대의 대오를 뒤로하고 근엄하게 자리를 지켰다. 환관과 궁인들은 급박한 걸음걸이로 오문 주위를 오가며 용상을 준비하고 붉은 비단을 바닥에 까는 등 분주하였고, 황제의 위엄을 만천하에 보이기 위한 말과 코끼리도 조련사의 채찍질에 황급히 끌려 나왔다.

황제가 제위에 오른 후로 이런 정식 어전회의를 거친 적은 손으로 꼽을 정도였는데 대부분의 경우 주위가 차분하다는 애매한 이유로 명정문(明政門)에서 축소해서 개최되었다.

갑자기 불려 나온 문무백관들은 엄숙하고 정상적인 어전회의의 형식에 놀랐고, 뜬금없이 고관 자제들에게 병영 체험을 시키자는 대학사의 제안에 중신들은 또 놀랐다.

'또 쟤야?'

마음속으로야 말썽(?)만 일으키는 대학사에 대해 불만이 많았지만 호국 충정을 강조하는 대목에서는 할 말이 없었다.

'똥지게로는 양이 안 차서 이번에는 병영 훈련이냐?'

'그렇게 보내고 싶으면 니 자식이나 보내면 되지.'

'언제 한번 단단히 손을 봐줘야 앞으로 또 뭔 소리를 할지 겁난다, 겁나.'

'바쁘게 일하는 사람들 불러 모아놓고 기껏 하는 말이 그거냐?'

목구멍까지 치밀어 오르는 불만의 말들이 산처럼 가득했지만 '경들은 입이 없소?' 하는 황제의 위엄에 찬 일갈에 겉으로는 모두 충심이 어떻고 하며 훌륭한 제안이라고 치켜세우기 바빴다.

"진정 천 년 사직을 지키려는 고뇌에 찬 제안이라 아니할 수 없습니다."

"어찌 고관의 자제라 하여 국방의 의무를 소홀히 할 수 있겠습니까? 성지만 내리시면 모두 앞 다투어 달려갈 것입니다."

대신들은 연신 입가에 침을 발라가며 황제의 결단을 촉구했다.

제안을 했던 장자맹조차 미안스러워서 얼굴이 뜨거울 지경이었다.

"허어, 경들의 애국 충절이 이 정도인 줄은 꿈에도 몰랐소. 짐의 크나큰 홍복이오."

"망극하옵니다, 폐하."

황제까지 애국 충절 운운하니 감히 반대했다가는 졸지에 애국심과 충성심이 전혀 없는 놈이 되는지라 반대 하나 없이 전원 찬성의 표지를 달고 전격적으로 법안이 통과되었다.

그날로 황제 폐하의 칙령이 고시됐다.

"육품 이상의 관리 자제로서 결혼을 하지 않은 십칠 세 이상의 남자는 황제 폐하의 성지에 따라 의무적으로 육 개월간 병영 생활을 할 것, 직위는 천호소 감관(監官)에 명함."

요약하면 대충 그런 내용이었다. 그들을 위해 감관이라는 새로운 직책을 만든 것이다.

참고로 감관제도는 너무나 단기간에 실시되었다가 사라졌기에 명사(明史)를 편찬하는 사관이 깜빡하고 빠뜨려 명사에는 기록되지 않았다는 얘기가 북경 어디선가 구전되어 전해온다.

중신회의가 끝나자마자 한달음에 집으로 달려온 대학사는 무영을 불러 폐하의 어명을 전했다.

'만만치가 않아. 역시 대학사 자리를 오래 지키는 것에는 다 이유가 있었군.'

이 모든 것이 아버님의 고민에 의한 작품이라는 것은 묻지 않아도 짐작하고 남았다. 황명까지 걸고 나오니 어쩔 수 없었다.

무영은 눈물을 삼켜야 했다.

하지만 자식을 오죽 아끼면 그런 생각을 다 했을까 하고 생각하니 가슴이 뭉클하기까지 했다.

아무튼 그렇게 해서 그는 강호 유람 대신에 군대 유람(?)을 하러 가게 되었다. 뒤에서 대학사 부부는 남몰래 가슴을 쓸어 내렸다.

'허, 이 사람, 왜 이리 늦어?

장자맹은 지금 대신들이 자주 지나다니는 황궁의 길목에서 반 시진이 넘게 병부시랑을 기다리고 있었다. 이번에 감관들의 부대 배치는 병부시랑이 한다고 해서 그를 만나 무영을 후방에 보내려는 청탁을 하려는 것이었다. 물론 장자맹의 뜻이 아니라 주설하가 들볶아서 하는 수 없이 나섰다.

"오, 병부시랑 아닌가? 퇴궐하는 모양인데 같이 갑시다."

장자맹은 정말 어색한 우연을 가장해 병부시랑의 퇴궐 길에 나서서 인사를 하며 얼른 옆에 붙었다.

"아이구, 대학사어른 아니십니까? 그러시지요."

"허허허, 이번 감관들 배치는 대충 끝냈습니까?"

"아이구, 말도 마십시오. 여기저기서 제 자식 후방으로 빼달라고 청탁이 들어오니 이 짓거리도 못해먹겠습니다."

워낙 성품이 곧기로 소문난 장자맹인지라 설마 그가 청탁을 하리라고는 생각도 못하고 바른대로 말했다.

"허어, 그래서는 안 되지요. 나라를 위하는 일인데 모두들 애국 충정을 갖고 전방 근무 자원은 못할망정……. 쯧쯧쯧."

또 버릇이 나왔다.

오늘은 단단히 마음먹고 나왔건만 입은 마음과 달리 엉뚱한 소리를 내뱉았고 입 안에 있던 혀까지 쯧쯧거리며 제멋대로 놀았다.

'음, 대학사님은 역시 충신이서. 웬만하면 대학사님 자제 분은 후방으로 보내려고 했는데 큰일 날 뻔했군.'

병부시랑은 대학사의 우국충정에 감읍했다. 그 깊은 충정을 모르고 후방 부대로 보냈다면 원망을 들었을 게 틀림없었다는 것이 그의 지레 짐작이었다.

"모두가 대학사님 같다면 나라에 무슨 근심이 있겠습니까?"

"제가 무슨……. 허허허, 저도 자식을 키우지만, 허허허… 자식이 걱정되는 부모 마음이야 다 같은 게 아니겠소? 허허허, 제 자식놈이 어릴 때 큰 병을 앓고 난 후로 몸이 허약해서… 허허허, 최전방은 좀 무리지만… 아무튼 알아서 잘 하고 계시리라 믿습니다."

'이만하면 알아들었겠지.'

대놓고 자식을 후방 부대로 빼달라고 말하기가 거북했던 대학사는 딴에는 말을 돌리고 또 돌려 청탁이란 것을 했다.

'음, 대학사님은 자식 몸에 무리가 가더라도 최전방에서 근무하게 해 다른 이들의 모범이 되기를 원하시는군.'

병무시랑은 이날을 기해 확실하게 대학사님을 존경하기로 했다.

"우리 영아는 어떻게 잘 부탁해 두셨나요?"

집으로 돌아온 대학사에게 주설하가 가장 먼저 아들에 관련된 감관 인사 발령에 대해 물었다.

"험험, 내가 오늘 병부시랑을 만나 손을 써두었으니 큰 문제는 없을 게요."

대학사에게 있어 오늘 하루는 정말 힘든 날이었다. 난생처음으로 아들 녀석 때문에 청탁이란 걸 다 해보았다.

무영은 대학사가 그렇게 미리 손을 써둔 덕(?)으로 그나마 북경성에서 가까운 최전방인 거용관(居庸關)의 수비를 담당하는 총병(總兵) 휘하에서 근무하게 되었다. 거용관은 명나라 북방의 관성(關城)으로 명의 북방 경계선이기는 하지만 북경에서 일백여 리 남짓 떨어져 있어 말을 타면 한나절이면 당도할 수 있는 가까운 곳이었다.

미리 확실하게 손을 쓴 고관의 자제들은 대개 낙양이니 제남이니 하여 주로 후방에 배치를 받았는데 최전방인 거용관에 발령이 난 감관들은 크게 두 부류였다.

하나는 놀기 좋아하는 한량패인데 그들은 거용관이 수시로 북경을 오갈 만한 거리인 점을 선호했고, 다른 한 부류는 그저 그런 자리에 있는 관리의 자제였다. 무영이 이곳에 발령이 난 것은 병부시랑의 노력 때문이었는데 대학사의 소원대로 최전방으로 보내되 안면을 고려하여 그나마 가장 가까운 곳으로 배치한 것이었다.

그들은 대부분 집에서 몸종 서넛은 딸려 보냈는데 무영도 예외는 아니었다. 주야로 아들의 안위를 염려하는 주설하가 청해삼호를 딸려 보냈고, 그들은 병영 내에서 무영의 호위병사로 임명됐다.

물론 청해삼호가 원해서 그리 된 것은 아니었다.

"내 인생에 봄날은 갔다."

달뢰는 연화와의 이별을 아쉬워하며 길을 떠났다.

거용관은 하나의 거대한 방어용 성이었다.

남문 입구 둥근 천장의 문 정면에는 대붕금시조(大鵬金翅鳥)가 금방이라도 하늘을 박차 오를 듯 조각되어 있고 안쪽 벽면에는 사천왕상이 무시무시하게 새겨져 있었다.

"찔러! 찔러! 길게 찔러!"

관성 안 연병장에는 오늘도 수백의 병사들이 구슬땀을 흘리며 훈련에 열중하고 있었다.

장교의 구령에 따라 일반 병졸들이 질서 정연하게 열과 오를 맞추어 새로 제정된 창술 삼십육 개 동작을 연마하는 소리를 들으며 숙사에서 머리를 싸매고 있는 사람이 있으니 바로 총병 이학량 장군이었다.

"끙!"

거용관 총병(總兵)인 그는 난데없이 감관이라는 직위가 생기더니 중앙 관직에서 한자리 한다는 고관들의 자제가 자기 휘하로 이십 명이나 들어와 골머리를 앓고 있었다.

감관들을 규정상 모두 각자 임명된 천호소로 나누어 보내야 했지만 일선에 따로 보냈다가는 무슨 일이 벌어질지 몰라 모두 본영에 모아둘 수밖에 없었다.

죄다 고관들 자제이다 보니 다른 부하들 대하듯이 할 수는 없었다. 아차 하면 중앙 정치 무대로 진출하려는 자신의 야심이 하루아침에 물거품이 될 수도 있는 것이다. 듣자 하니 대학사 장자맹이 제안하여 생긴 제도라는데 이학량이 보기에는 최전방의 실정을 몰라도 너무 모르는 엿 같은 제안이 틀림없었다.

그놈들이야 육 개월 어영부영 놀며, 자며 때우다가 가면 그뿐이지만 행여 돌아가서 '이학량 장군이 자신 대하기를 어떻고 저떻고 하며 씨 부린다면 그런 얘기를 듣고 좋아할 부모도 없을 것이고, 그건 곧 자신의 장래와 직결되었다.

더 신경 쓰이는 것은 안전사고였다.

군대라는 곳이 각종 위험한 화기며 창검이 주변에 널려 있는 곳인데 자기 부하들이야 철저히 명을 내려 단속해 놨지만 혹시라도 술 처먹고 지들끼리 도검이며 화기류 같은 무기를 꺼내 들고 싸우다가 상처가 나거나 죽기라도 한다면 어떡하냔 말이다. 그 철없는 놈들이 오기 전부터 계속 잠을 이루지 못했던 이학량이었다.

입소하던 날부터 이부상서의 아들놈이 술이 취해 지랄하다가 다른 놈한테 쥐어 터지고 있는 것을 부하들은 감히 말리지도 못하고 그에게 보고해 왔는데 허둥지둥 가보니 한 녀석이 술 냄새를 펄펄 풍기며 피떡이 되어 누워 있고 다른 녀석은 허리에 손을 얹고 으쓱거리고 있었다.

시시비비를 가려 뭣 하겠는가?

술 처먹고 지랄하다 맞고 뻗은 놈도, 무슨 큰 전공(戰功)이나 세운 듯이 허리는 손에 얹고 까부는 놈도 모두가 야속할 뿐이었다.

괜히 잘잘못 가리겠다고 나섰다가는 골치 아픈 일만 더 생기리라 싶어 쉬쉬하고 덮어둔 게 며칠이나 됐다고 오늘 어떤 놈이 또 술을 처먹고 막사에 불을 질렀다고 한다. 자신의 부하 같으면 지엄한 군법에 따라 그 즉시 참수형을 시킬 중죄에 해당하지만 군법도 사람 봐가며 집행해야 하는 법이었다.

자려고 누웠다가 보고를 받고 미처 의관도 갖추지 못하고 한달음에 달려가 보니,

'병영 생활 힘들어 못해먹겠으니 집으로 보내달라' 며 혀 꼬부라진

소리로 씨부리고 있는데 보고 있자니 미치고 환장할 지경이었다.

'이 빌어먹을 놈들아, 나도 니놈들 하루빨리 돌려보내고 잠 좀 제대로 자보고 싶지만 그게 내 맘대로 되냐? 니 아비한테나 그렇게 해달라고 해라.'

하는 말이 목구멍까지 올라왔지만 정말 젖 먹던 힘까지 다해서 눌렀다. 이학량은 한숨만 푹푹 내쉬다가 '다른 막사로 편히 모셔라' 지시하고는 막사로 와서 드러누웠다.

머리도 아프고 심장은 벌렁거리는데다가 가슴에 뭐가 꼭 맺힌 게 며칠 전부터는 식사도 제대로 못하고 있었다.

'화병이 난 게야.'

의원의 진맥이 필요없었다.

원래 거용관의 수장은 총병이 지킬 자리는 아니었지만 그나마 북경 근처에 있어야 여러모로 낫겠다는 생각에 어렵게 모은 금은보화를 싸들고 다니며 자청해서 나선 자리였다.

변방 중의 변방 운남(雲南)에 있다가 이리저리 줄을 대고 뇌물을 쓰고 해서 겨우 중앙 무대에서 가까운 거용관에 자리를 받아 이리로 온 게 얼마나 됐다고 이제는 모가지가 겨우 매달려 달랑거리는 것 같은 느낌이 날마다 드는 것이 정말 본전 생각이 부쩍 났다.

차라리 그 돈으로 거기서 편하게 지낼걸…….

고민하는 사람은 그뿐이 아니었다.

무영도 군대라는 곳에 난생처음 와봤는데 감관들의 출현으로 인해 문제가 한둘이 아니었다. 이건 기강은커녕 위아래도 없는 집단이 되어가고 있었다.

모든 것이 자신의 책임 같았다.

미안한 마음에 뭔가 보탬이 되는 일이라도 하고 싶어진 그는 자리에 들어 뒤척이며 이리저리 해결 방안을 궁리했다.

"에, 그럼 제 위관들은 가급적 질서를 지켜 군대의 기강이 흐트러지는……."

"웅성웅성……."

"병영 옆에 주막집 주인이 과수댁이 어쩌고……."

도무지 싸가지라고는 개미 오줌만큼도 없는 놈들이었다. 그래도 총병이 모처럼 훈시랍시고 하면 듣는 척이라도 해야지 너는 해라 하며 자기들끼리 떠들어대니 도무지 흥이 나지 않았다.

"그럼 본관의 말에 대해 의견이 있는 사람은 이 자리에서 기탄없이 말해 보도록."

듣지도 않았는데 무슨 의견이 있겠는가? 모두들 어서 조회를 끝내는 말이 나오기만을 기다리고 있었다.

"감관 장무영, 할 말이 있습니다."

"오! 장 감관, 그래, 말해 보게나."

며칠 밤을 새워가며 열심히 외워둔 인사발령서의 기록이 맞는다면 놈은 이번 소동의 원인 제공자 내지는 주모자라고 할 수 있는 대학사의 아들놈이 분명했다. 명색이 대명 최고의 실권자로 일인지하 만인지상이라는 표현이 조금도 어색하지 않은 대학사 장자맹의 아들놈이었다.

이학량은 마치 반가운 소식을 기다렸던 사람처럼 밝은 미소를 띠며 얼른 대답했다. 장무영은 그에게 있어 요보호(要保護) 내지 요주의 인물 특일호였다.

다른 감관들은 이학량의 지루한 말이 끝나가는 마당에 무영이 나서 조회 시간이 길어지자 '웬 놈이 나서 시간을 끌어? 조회나 빨리 끝나게 주둥이나 닥치고 있지' 하는 표정이었다.

"저는 장무영이라고 합니다. 폐하의 성은을 하해와 같이 입고 어쩌고저쩌고 ……."

"성은을 안 입고 사는 놈도 있나?"

"하고 싶은 말이 뭔데?"

"아침이나 먹으러 가자고."

"제기랄 ……."

무영은 황제 폐하의 은혜니 변방의 중요성이 어떻니 군율의 중요성은 또 어떻고 하며 상투적인 말만 길게 늘어놓자 모두들 나서서 한마디씩 씨부렸다. 슬슬 찢어지는 분위기였으나 이학량 총병의 체면을 보아 겨우 자리나 지키고 있는 형편이었다.

'떠들 기회는 줬으니 내 할 일은 한 셈이고…….'

이학량은 무영의 뻔한 얘기에 기대도 없고 실망도 없다는 식이었는지라 녀석에게 나설 기회를 주었으니 그만이라고 생각했다.

그런데 무영의 목소리가 갑자기 올라갔다.

"…그래서 저는 이곳 병영 생활 경험을 한 자도 빼지 않고 소상히 적어 후임자들의 병영 생활 교범으로 삼을 수 있게 하고 폐하께도 한 부 올려 우리가 맡은 소임을 다하고 있음을 보고드리려고 합니다."

"……."

갑자기 조회장은 찬물을 끼얹은 듯 썰렁한 분위기로 바뀌었다.

자신들이 술 처먹고 싸움질하고 막사나 불태우고 하는 것들이 모두 기록으로 남겨지고, 게다가 폐하께 보고까지 드린다니 저놈이 제 정신인가 싶었다.

"그게 무슨 소리야? 폐하께서 언제 당신한테 그런 보고를 받으시겠다고 하셨어?"

며칠 전에 막사에 불을 지른 녀석이었는데 열이 받았는지 반말 투였다.

"니가 뭐가 잘났다고."

속이 뜨끔한 녀석들은 모두 딴죽을 걸고 나섰다.

하지만 그동안 말은 하지 않았지만 미꾸라지 몇 마리 때문에 눈꼴시었던 사람들도 꽤 여럿 있었다. 그런 사람들은 마치 때를 만난 듯 무영을 지지했다.

"좋습니다. 기록에 남겨 후임자들의 참고로 삼게 한다는 건 정말 좋은 생각 같군요. 저는 지지합니다."

"저도 지지합니다."

삽시간에 패거리는 둘로 나뉘었다.

술 처먹고 싸우거나 막사에 불 지른 녀석을 위시해 여섯이 한편으로 섰고 무영 쪽은 그를 포함해 네 명이었다. 나머지는 알아서들 해라 하는 식으로 구경만 하고 있었다.

두 패는 서로 나뉘어 노려보았다.

마치 주먹다짐이라도 벌일 듯한 살벌한 분위기가 연출되었다.

"험험, 아침부터 이게 무슨 짓들인가? 이만하면 대충 서로의 의견을 알았으니 가서 조식이나 들고 업무를 시작하세나."

주먹다짐이라도 날까 싶어 깜짝 놀란 이학량이 얼른 나서며 두 패를 갈라놓았다.

'망할 놈들, 누구 죽는 꼴을 보려고……. 니놈들 팔이 부러지면 나

는 목이 부러진다, 이 개자슥들아!'

아비나 자식이나 똑같았다. 사단의 빌미를 만든 무영이 죽이고 싶도록 미웠다.

'말썽 만드는 건 그 아비에 그 새끼구나. 제기랄.'

속으로는 욕이 한 바가지는 나왔지만 겉으로는 아주 훌륭한 연설이었다는 듯이 미소를 끄덕여 주었다.

정말 이래서 지휘관 노릇은 힘들다고 생각하는 이학량이었다.

팽팽한 긴장감 속에 하루가 가고 밤이 깊어 모두 취침에 들어갔는데 감관 처소 중 두 곳에만 불이 밝았다.

하나는 무영의 막사로 그를 위시한 네 명의 감관이 모였다.

"장 형, 오늘 장 형의 그 기개에 탄복했소."

"과찬의 말씀입니다. 한데 저쪽 놈들은 뒤가 구리니 수일 내로 무슨 일을 벌일 게 틀림없습니다."

축계명이 걱정스러운 투로 거들었다.

"본인도 그리 생각되오. 어떤 식으로 나올지 은근히 걱정되는구려."

상관우였다.

"아무래도 저쪽 숫자가 둘이나 많으니……."

옆에 앉은 황학모란 자도 고개를 끄덕이며 동감을 표시했다.

"하하하, 걱정하지 마십시오. 제놈들이 설마 나를 죽이겠다고 나서기야 하겠습니까? 무슨 일이 생기면 제가 앞장설 것입니다."

무영이 자신감있게 나서자 모두들 적이 안심하는 표정을 지었다. 나이는 제일 어려 보이지만 오늘 그의 기개를 본 까닭이었다.

술 먹고 막사에 불까지 지르며 소동을 피웠던 제심보는 아비의 벼슬을 앞세워 북경에 있을 때에도 온갖 말썽을 피웠는데 심한 예로는 성 밖에 사는 김 모라는 농사꾼의 아내를 백주에 겁간한 일까지 있을 정도로 성품이 지저분하고 막돼먹은 자였다. 그때도 아비가 나서서 쉬쉬해 가며 찍어 누르고 돈을 쓰고 해서 겨우 막았었다.

그도 무영이란 자가 대학사의 아들임을 알고 있었는데 그놈 아비 때문에 자기가 팔자에 없는 병영까지 끌려왔다고 생각하는 터에 자기 비행을 황제께 고자질까지 하겠다니 본인 행실은 생각지 않고 괘씸한 생각에 이를 박박 가는 제심보였다.

그의 곁에 모인 녀석들도 대충 그와 비슷한 부류의 놈들로 주로 아비의 위세를 믿고 까부는 족속들이었다.

"그놈을 죽여 버리자."

제심보는 눈가에 살기를 띠고 말했다.

"하지만 아비가 가만있지 않을 텐데."

제심보와 싸운 적이 있는 하경운이었다. 어제의 적이 오늘은 동지가 될 수밖에 없는 처지라는 것은 여기 모인 모두가 공감하는 바였다.

"하지만 폐하께 고자질하게 두고 볼 수만은 없지 않은가? 내게 맡기게, 좋은 계책이 있으니까."

제심보가 자신있다는 듯이 말했다.

"계책이라면……?"

"군대는 항상 사고가 많은 곳이지. 훈련 중 무예를 겨루며 연습하다가 실수로 칼에 맞아 죽기도 하고 산악 훈련 도중 가끔 절벽에 떨어져 죽는 놈도 있다고 들었네. 뿐만 아니라 가끔은 오랑캐 세작들의 칼에 맞아 죽기도 하지."

제심보는 좌중을 한번 둘러본 뒤 말을 이었다.

"놈이라고 그런 불행을 당하지 말라는 법이 있는가? 가능하면 네 놈 모두 한꺼번에 보내면 더 좋겠지?"

"그런 수가 있었군."

"묘책일세."

모두들 뒤가 구린지라 무영 일당을 없앨 수 있다는 말에 저마다 찬동을 표하며 고개를 끄덕였다.

"대신 여기 모인 사람들은 모두 입을 맞춰야 함은 물론 비밀을 무덤까지 가져가야 한다는 거네. 발설되면 모두 작당을 한 거니 살아남기 어려울 걸세."

제심보는 째진 눈으로 모두를 둘러보며 동의를 구했다.

모두 결연한 표정을 지으며 말없이 고개를 끄덕였다.

"우선 놈의 실력을 알아봐야 하니까 미리 한번 건드려 보자구."

제심보의 말에 학예춘이 나섰다. 병영 훈련 첫날부터 주먹다짐을 벌였던 자였다.

"그리고 그건 내게 맡기라구."

도화선에 불만 당기면 대폭발이 일어날 듯한 분위기가 보름 넘게 지속되고 있던 어느 날 오후였다.

그날도 무사히 지나간 것을 자축하며 이학량은 마음 놓고 잠자리에 들었다.

그러나 병영의 한구석에서는 제심보 일당들의 조용한 음모가 시작되고 있었다.

무영은 오늘도 이렇게 젊은 날의 하루가 썩어가는구나 하며 혼자서 하릴없이 관성 안을 거닐고 있는데 학예춘을 위시한 감관 셋이 그에게 다가왔다.

"어이, 충절공께서 납시셨구만."

은근히 무영을 비꼬며 시비를 걸어왔다. 무영은 대꾸도 하기 귀찮은 놈들이라 생각하고는 아무 말도 하지 않았다.

"어라, 나 같은 놈은 상대도 하기 싫다 이거지?"

"황제께 올릴 보고서를 써야 하는 귀한 분이니 오죽하겠어."

학예춘의 말을 다른 일행이 받아 맞장구쳤다.

"괜히 시비 걸지 맙시다."

한바탕하려는지 슬슬 건드려 보는 것이 뻔했지만 무영은 충돌을 피해보려고 가급적 점잖게 말했다.

"이놈 보게? 인사를 받지 않은 게 누군데 시비를 걸었다고 뒤집어씌우는 거야?"

"놈이라니? 이 자식이!"

무영이 참지 못하고 강하게 나갔다.

"이 시건방진 자식, 맛 좀 봐라."

기다렸다는 듯이 학예춘이 무영에게 뛰어오르며 발길질을 했다. 등공단각의 수법이었다. 그는 여러 명의 무술 사범을 집안에 모셔놓고 몇 해 동안 가르침을 받아온 처지라 자신이 있었다.

그러자 그의 좌우에 서 있던 다른 놈들도 기다렸다는 듯이 모두 합세하여 주먹질과 발길질을 하며 덤벼들었다.

무영은 갑작스러운 공격에 연신 뒤로 물러났다. 하지만 이내 자세를 잡고 반격에 들어갔다. 학예춘을 제외한 다른 두 명의 공격은 별로 대단한 것이 없었는지라 무영은 가볍게 그들의 공격을 피하고는 발을 돌려 학예춘의 낭심을 후려 찼다.

그러나 학예춘은 그리 만만치 않았다. 이미 무영이 여러 사람 앞에서 큰소리칠 때부터 무언가 한 수가 있는 놈으로 여겼던지 단단히 조심하고 있었다. 그는 한 손을 들어 무영의 발차기를 막으며 다른 발로 무영의 등을 찍어 돌려 찼다.

무영은 발차기에는 자신이 있었다. 몇 달 기초로 배운 남들과 달리 남우선의 등쌀에 밤낮없이 수년간 연마했던 그였다. 그는 재빨리 고개를 비스듬히 숙여 학예춘의 발을 피하고는 그 발을 그대로 당겨 다른 방향에서 달려드는 놈의 면상으로 흘려 보냈다.

"어이쿠!"

학예춘의 발이 자신에게 날아오리라고는 예상도 못하고 있던 놈은 그대로 면상을 찍혀 저만큼 나동그라졌다.

무영은 기회를 주지 않고 재빨리 몸을 돌려서 남은 한 녀석의 배를 걷어찼다.

"헉!"

급소를 맞았는지 놈은 무너지듯 그대로 주저앉았다.

학예춘은 충격을 받았다.

자신도 알고 있는 기본적인 퇴법인 외괘태와 회신단각이 어우러진 무영의 단순한 수법에 동시에 두 명이 나가떨어진 것이었다. 그 수법들은 웬만한 무공 입문서에 기본으로 나와 있는 것들로써 모두들 몇 번 흉내만 대충 내보다가 다음 단계로 넘어가는 초식들이었다. 하지만 그 하찮은 시정잡배들이나 쓰는 무공에 단숨에 둘이 나가떨어지자 학예춘은 놀라고 있었다.

그도 보통 수준은 넘는지라 자신이 그 수를 당했어도 피하기가 쉽지 않았다는 것쯤은 느끼고 있었다. 그런 기본적인 수를 저토록 엄청난 위력이 있는 수법으로 써먹을 수 있는 장무영이 다시 보였다. 그동안 문관의 자제라 입만 나불거린다며 내심 비웃어왔던 것이 사실이었다.

그는 자신의 무공과 숫자만 믿고 시비를 걸었던 것을 크게 후회했다. 이미 무영의 실력을 알아본 것이다. 하지만 그대로 물러서기에는 이미 때가 늦었다. 학예춘은 무영의 좌우로 잇따라 발을 날린 후 다시 뛰어오르며 얼굴을 찍어갔다.

학예춘의 수법은 상당한 고난이도의 연환비각으로 또래들에게 제법 알려진 그가 자랑하는 수법이었다. 그러나 오늘 그는 임자를 만났다.

무영은 가볍게 왼쪽으로 한 발 물러서며 팔짱을 끼고는 구경하듯 섰다. 한마디로 너는 내 상대가 아니다 하는 무언의 표시였다.

학예춘은 자신의 연이은 발길질이 무영의 가벼운 움직임에 의해 무위로 돌아가자 더 이상 공격은 무의미하다고 생각했다. 놈은 예상대로 한 수가 있는 놈이었다.

"당신, 제법이군. 감탄했어."

학예춘은 별일 아니었다는 듯이 옷을 툭툭 털며 말투를 바꾸어 말했다. 비록 천방지축 나대기는 했지만 그런대로 사내다운 기백이 있는 자였다.

그는 아무 일 없었다는 듯이 쓰러져 낑낑대는 동료들을 수습하더니 무영을 향해 씽긋 웃어 보이고는 자리를 떴다.

'참 성격 좋은 놈이구만.'

무영은 그의 넉살에 어이가 없었다.

그날 아침 총병 이학량은 공무가 있어 병권을 이틀간 위지휘사인 능운필에게 맡기고 북경으로 떠났다. 불안하기는 했지만 병부상서를 만나 그간 업무에 대해 보고도 해야 하고 그보다 뇌물을 바칠 때가 되어 더 이상 일정을 미루기가 어려웠다.

능운필에게 자기가 자리를 비운 동안에는 그저 훈련 계획표대로 진행할 것을 신신당부했다.

이학량의 걱정은 기우가 아니었다.

제심보를 위시한 여섯이 이학량이 떠나기 무섭게 능운필을 찾았다.

"능 장군님, 일반 병사들에게 상급자들의 검술 시범을 보고 배우게 하는 것도 좋은 경험이 될 것입니다. 한번 자리를 마련해 주시면 고맙겠습니다."

제심보가 나서더니 엉뚱한 제안을 했다.

"누가 시범을 보인단 말인가?"

능운필은 문관 자격으로 병영에 와 있는 그들이 이런 이상한 제안을 하자 무슨 소린가 싶어 되물었다.

"저희 감관들이 할 것입니다. 그렇지 않은가, 자네들?"

"한번 시범을 보여주고 싶습니다."

"하게 해주십시오."

제심보를 따르는 감관 무리들은 이구동성으로 나서며 한마디씩 했다. 그들은 대개 무관의 자식들이었기에 일찍부터 집안에 유명한 검술 선생을 모셔놓고 비싸게 배운 한 수씩은 다들 익히고 있었다.

여섯이 모두 나서서 청하니 능운필은 그들의 뒷배경을 생각해서라도 무시할 수 없었다.

"……"

능운필은 그래도 상관의 지시를 받은 것이 있어 확답을 주지 못하고 주저했다.

"부탁드립니다."

능운필이 머뭇거리자 제심보가 다시 재촉했다.

"알았네. 대신 서로 상하는 일이 있어서는 안 되네."

능운필은 마지못해 수락했다.

"당연하지요."

제심보는 별걱정을 다한다는 투로 말했다.

훈련 참관을 위해 연병장으로 나오던 무영 일행은 연병장의 중앙이 치워지고 비무대가 설치되어 있자 무슨 일인가 싶었다.

그런데 능운필이 단상에 올라서더니 잠시 후 감관들의 검술 대련 시범이 있을 것이라고 알렸다.

"감관들의 검술 대련 시범?"

무영이 제심보 쪽을 돌아보니 그들은 음흉한 미소를 지으며 무영 일행을 보고 있었다.

그제야 무영 일행은 일이 어떻게 돌아가는 것인지 눈치 챘다. 병사들이 환호하며 자리를 잡고 앉으니 이미 다른 말을 할 계제가 아니었다. 워낙 갑작스레 당해서 꼼짝 못하고 한 방 먹은 격이었다.

이쪽은 모두 문신들의 자제였다.

물론 웬만한 집안에서는 검술 선생을 모셔놓고 호신용 정도의 기량은 가르치는 것이 일반적이지만 그렇다고 어디 나가서 시범을 보일 만한 경지는 아니었다.

무영이 알아보니 시범 대상자는 모두 열 명이었는데 그 명단을 제출한 것이 제심보였다. 이쪽에는 물어보지도 않고 제멋대로 정한 것이지만 지금 나서서 아니라고 할 수도 없었다.

곧 조를 짜고 준비에 들어갔다.

모두 열 명이므로 두 명씩 대련을 해야 하니 다섯 개 조가 되었다. 분위기상 제심보가 주동이 되어 진행했는데 제심보는 대련 상대로 무영을 지목했다.

그는 무영을 향해 음침한 미소를 짓더니 옆에 나란히 섰다.

무영은 제심보의 속셈을 눈치 챘다.

그동안 정말 열심히 연습했지만 청해삼호나 조씨 오 형제만이 대련 상대였을 뿐 누구와도 실전을 벌인 경험이 전혀 없는지라 은근히 걱정도 됐다.

"자, 단순히 대련 시범이므로 사람을 상하게 해서는 절대 안 되니 이 점 명심하기 바라네."

"흐흐흐, 장군님, 우리가 어린앱니까? 그 정도는 숙지하고 있으니 마음 푹 놓으십시오."

제심보가 능글맞은 웃음을 날리며 대꾸했다.

능운필이 혹시라도 모를 사고를 걱정하며 다시 주의 사항을 일러주는 것으로 대련이 시작되었다.

무영과 제심보는 마지막에 붙게 되었는데 그것도 무영이 보기에는 사전 각본에 따른 것 같았다.

막상 대련이 시작되고 보니 상관우를 비롯한 무영 일파의 감관들은 거의 놀림감 수준이 되고 있었다. 그나마 다행인 것은 다친 사람이 없다는 것인데 그들을 노려온 제심보 일당이 이토록 선선히 시합을 끝고 가는 것이 아무래도 이상했다.

드디어 무영과 제심보의 차례가 됐다.

무영은 단상에 올라 서로 마주한 순간부터 제심보에게서 풍기는 은밀한 살기를 감지했다.

'역시 나를 노렸구나.'

제심보는 무영을 제외한 나머지 사람들에 대해서는 순순히 시합을 끝내놓고 자신의 차례가 오면 무영이 방심한 틈을 타 치명적인 일격을 가할 속셈이 틀림없었다.

능운필의 신호에 대련을 시작하는 징이 울렸다.

제심보는 삼재검법의 기수식을 취하고 있었고 무영은 가슴에 검을 모으고 마주 보고 섰다.

그는 학예춘으로부터 놈이 결코 섣불리 다룰 놈이 아니라는 얘기를 들은 터라 동작이 사뭇 조심스러웠다. 하지만 기회는 자주 오는 것이 아니었다. 제심보가 이학량이 하루이틀 자리를 비울 거라는 정보를 입수하고는 며칠 전부터 머리를 굴려 겨우 마련한 기회였다.

먼저 제심보의 검이 무영의 요혈을 노리고 찔러들었다.

제심보는 가볍게 한 수 시전하여 무영의 기량을 염탐하려는 것이었다. 그러나 정작 당사자인 무영은 당황해서 허둥거리고 있었다. 그가 아는 검법이라고는 곤륜파의 금룡검법뿐인데 갑자기 생판 처음 보는 수법으로 제심보가 급소를 벨 듯이 들어오니 당황할 수밖에 없었다.

"억!"

어이없게도 무영은 제심보의 첫 수에 어깨를 베이고 말았다.

다행히 무영이 재빨리 몸을 뺐기에 망정이지 아니면 중상을 면치 못했을 것이었다. 베어진 옷깃 사이로 피가 배어 나왔다.

'별것 아니군.'

놀라긴 제심보도 마찬가지였다.

평소 큰소리치기에 어느 정도 한수하는 녀석인 줄 알고 경계했는데 첫 수에 성공하자 그동안 상대의 허풍에 당한 격이었다.

검술에는 자신이 있었다.

강호에서 검법 하면 무당인데 그 무당검법을 배운 자신이었다.

상관우를 비롯한 사람들은 평소 무영의 기백을 높이 샀는데 단 한 수에 우열이 판가름나자 실망하는 기색이 역력했다.

"중지!"

능운필은 무영이 피를 보자 일이 커질까 싶어 얼른 시합을 중지시키려고 일어섰다.

순간 제심보의 두 번째 검이 날카로운 파공음과 함께 허공을 갈랐다. 상대의 실력을 알았으니 이제 원래의 목적대로 비무 중 단숨에 죽여 버리려는 것이었다. 그는 능운필이 만류하기 전에 어서 일을 끝내 버리려고 서둘렀다.

그것을 본 능운필은 아차 했으나 백전노장의 장수였다.

자신의 말이 끝나기 무섭게 그는 비호같이 비무대의 중앙으로 몸을 날렸다. 그러나 그의 행동은 이미 늦은 감이 있었다.

무영은 놈이 실수를 썼다는 것을 알고는 있었지만 실전 경험이 부족해 마땅히 대처할 초식이 생각나지 않았다. 무영은 자신도 모르게 순간적으로 운룡대팔식의 황룡파미(黃龍波尾)를 전개했다. 원래 이 초식은 상대방과 충분한 거리를 두고 인중을 위에서 아래로 내려쳐 가는 것이어서 지금 상황에 적절한 초식은 아니었다.

다급한 무영이 수비는 도외시하고 상대의 목과 얼굴 부위를 노리고 들어가자 제심보는 같이 죽자는 동귀어진 수법인 것을 알았다. 빨리 물러서지 않는다면 양패구상을 면하기 어려울 터였다.

'어이쿠!'

순간적으로 제심보는 초식을 거두고 옆으로 반 걸음 비켜섰다. 하지만 무영은 그대로 몸을 비틀며 재차 덮쳐 들었다. 무영의 발놀림은 여간 신속하지 않았다. 남우선의 지시에 의해 마보세, 등각세, 쌍봉세 등 기본이 되는 자세와 동작을 매일 한 시진 이상 연습하고 일과를 시작해야 했는데 그러다 보니 그의 손재간, 발재간은 귀신같이 빨라졌다.

제심보는 피하고말고 할 경황도 없어 급히 검을 들어 막는 순간 어느 결에 무영이 다시 옆으로 비껴나 검을 날리자 피할 길이 없었다.

싸악!

어깨를 스치는 기이한 느낌과 함께 제심보는 검을 떨어뜨렸다.

"으악!"

제심보의 오른쪽 어깨가 처지며 지독한 통증이 몰려왔다.

"그만!"

한발 늦게 당도한 능운필이 재빨리 나서며 대련을 중시시켰다.

이미 일은 벌어져 있었다.

다가올 환난에 머리가 아득해진 능운필은 머리를 싸맸다.

제심보가 팔을 내려다보니 자신의 어깨가 반쯤 베어진 채 너덜거리고 있었고 피가 폭포수같이 겨드랑이를 타고 흘러내렸다.

"으……."

참을 수 없는 고통에 이를 악문 제심보는 도무지 이 사실을 믿을 수 없었다. 오 년이나 자신을 가르친 스승은 강호에서도 유운검법으로 이름이 높은 무당의 운양자가 아니던가?

운양자는 무당에서도 다섯 손가락 안에 드는 알아주는 고수였다. 여러 차례 거절하는 운양자를 관부의 압력과 뇌물로 겨우 모시고 와서 가르침을 받은 것이었다.

비록 자신이 무당의 직전제자가 아니어서 본산의 비전절예는 배우지 못했지만, 무당파의 기본 검술에다 유운검법을 오성이나 배운 자신이 이토록 허무하게 팔이 잘려 나가리라고는 생각지도 못했다. 놈의 같이 죽자는 반격에 자신이 일순간 당황하여 물러선 순간 녀석은 감추고 있던 한 수를 날렸다.

"안으로 모셔라!"

피를 계속 흘리던 제심보는 능운필의 목소리가 아득히 들려오고 머리 속이 텅 비어오는 것을 느끼며 정신을 잃었다.

무영은 자신이 일을 너무 크게 벌인 걸 알았다.

자신의 잘못도 아니었고 고의성은 조금도 없었다. 목숨이 경각에 달한 순간 자신이 펼친 초식에 상대의 팔이 잘려 나간 것뿐이었다.

무슨 초식을 펼쳤는지 생각도 잘 나지 않았다. 그저 무의식 중에 휘두른 일격이 큰 사고를 불렀다.

'등신, 다 네놈이 자초한 일이다.'

조금만 늦었다면 자신은 목숨을 잃었을지도 모르는 일이었다.

모두들 일이 크게 벌어진 것을 알고 있었는지라 비무대 주변은 싸늘한 적막만이 감돌았다.

대충 뒷정리를 하여 장내를 수습하는 능운필의 어깨가 천근만근 무거워 보였다.

'내가 미쳤지. 뭐 하러 그런 걸 허락해서……'

제10장 달단의 침공

무영에게 당한 제심보는 팔을 완전히 잘라내야 했다.

다음날 돌아와 소식을 들은 이학량은 땅을 치며 자신이 자리를 비운 것을 후회했다. 이제 자신의 꿈은 물 건너 간 것이 분명했고 어떤 이유로든 자신에게 문책이 뒤따를 것이 틀림없었다. 대책을 세워야 했다.

이번 사고는 늦어도 이삼 일 내로 북경에 보고해야 할 것이니 그전에 실행이 가능한 방법이 필요했다.

이학량은 하루 종일 관사를 지키며 두문불출했다.

그날 저녁, 밤이 이슥할 무렵 한 명의 야행인이 이학량의 처소에서 나와 사방을 살피더니 순식간에 어둠 속으로 사라졌다.

"단순히 며칠만 긴장감을 조성해 주면 된다는 것이 아니냐?"

달단의 오랍족 족장 아합극은 거용관을 지키는 명나라 총병 이학량의 밀서를 받아 들고는 기쁨을 감추지 못했다. 거용관 주변을 며칠만 심하게 공략하는 척해주면 황제께 주청하여 아합극을 달단왕으로 봉해주겠다는 것이었다.

아합극이 야밤에 이학량으로부터 그런 밀서를 받게 된 것은 이학량이 제심보 문제의 해결책을 밖에서 찾기로 했기 때문이었다. 만약 달단이 국경 근처에서 무력 시위를 한다면 긴장이 조성될 것이고 가뜩이나 동북의 신생 후금국으로부터 압박을 받고 있는 형편에 달단까지 준동한다면 조정은 준전시체제로 들어갈 것이 틀림없었다.

그렇게 일을 만든 후에 제심보는 적과 교전 중에 부상을 입은 것으로 슬쩍 보고서를 올려 무훈을 받게 한다면 제심보 측도 잘한 것이 없으니 이번 일은 대충 묻혀질 것이라는 게 그의 소박한 계산이었다.

이학량 자신이 북방을 책임지고 있고 이곳 정세에 밝으므로 만약 그가 황제께 주청한다면 아합극을 달단왕으로 임명하는 일은 어려운 것이 아니었다.

달단이 침공해 오면 제심보의 부상에 관한 문제 따위는 거론조차 되지 않을 것이었다. 또한 자신이 달단을 물리친다면 그 전공이 적지 않으므로 오히려 화가 복으로 바뀔 수도 있었다.

"알았으니 염려 말라고 전하거라."

아합극은 이학량의 요청대로 거용관을 치기로 했다. 무력 시위를 벌여달라고 했으니 반격도 별로 대단치 않을 것이었다. 다만 교전 중에 자신의 군대도 손해를 피할 수 없으므로 인근의 여러 부족을 끌어들여 피해를 나누는 것이 현명했다.

밀서의 내용으로 보아 자신의 부족만 쳐들어오기를 원하는 것 같았지만 그가 보기에 인근 부족 몇 개가 합쳐진다고 해서 거용관을 못 지킬 명군은 아니었다.

"당장 날랜 전사들 오백을 추려 명나라 군대 복장으로 준비시켜라. 밤이니 대충 복색만 맞추도록 해라."

투구와 다른 무구는 예전에 명군과의 소규모 전투에서 탈취한 것이 제법 되니 문제될 게 없었다.

"목와족의 진지를 기습하되 몇백 명만 주살하고 거용관 쪽으로 달아 났다가 다시 합류하도록 해라."

목와족은 달단족 중에서도 비교적 정착 생활도 많이 하기 때문에 말이 충분치 않아 추격을 쉽게 따돌릴 수 있다는 것이 그의 계산이었다. 아합극 은 나름대로 머리를 굴렸다. 혹여 모를 손해를 생각하지 않을 수 없었다.

두두두두…….

새벽이 미처 오기도 전에 천지를 뒤흔드는 듯한 말발굽 소리가 거용 관 전체를 뒤흔들고 있었다.

"오랑캐다!"

"적이다! 오랑캐가 침공했다!"

변장과 연결된 팔달령 수비군에게서 미처 연락이 오지 않은 것으로 보아 그들을 가볍게 격파하고 넘어온 게 분명했다.

둥둥둥둥!

뿌우뿌우~

오랑캐의 외침을 알리는 급박한 북과 나팔 소리가 새벽 하늘을 찢으 며 관성 안으로 울려 퍼졌다.

사방에서 적의 침입을 알리는 병사들의 고함 소리와 분주히 오가는 마필과 병사들이 한데 뒤엉키며 수비대의 진영이 삽시간에 아수라장으로 변했다.

이학량이 밀서를 전한 삼 일 후의 일이었다.

"적의 군세가 오천은 넘어선 듯하다. 전령은 속히 출발하도록 하고 병사들에게 모두 자신의 수비 위치로 돌아가라고 하라!"

"즉시 봉화를 올려라!"

이학량은 다급히 그의 처소로 모여든 장수들에게 연달아 지시를 내리고 황도로 전령을 보냈다. 돈대(墩臺)에서 이내 다섯 줄기의 연기가 피어 올랐다. 오 리 간격으로 있는 연돈(烟墩)을 통해 이 소식은 한 식경 내로 황도로 전해질 것이다.

이학량은 그동안 아합극의 반응을 기다리며 제심보의 사고 경위에 대한 보고를 미뤄왔다.

"즉시 능운필을 석방하여 본관을 보좌하도록 하라."

능운필은 사고를 낸 책임을 물어 구금되어 있었다. 능운필도 달래서 입을 막을 필요가 있었다.

갑옷으로 갈아입은 감관들이 이내 그의 막사로 모여들었다.

전쟁을 제대로 알지 못하는 그들은 우왕좌왕하다가 일단 총병의 처소로 찾아온 것이었다. 감관의 공식적인 임무는 지휘관의 부대 운영을 감시하는 일이니 나라에서 정식으로 감군(監軍)을 파견하기 전까지 부대의 지휘를 간섭할 수도 있었다. 본래 일선 지휘관의 지휘권을 심하게 위축시킬 수도 있는 일이었지만 반란을 두려워하는 명나라 조정에서는 모든 병권을 견제와 균형의 원칙 아래 운영하고 있었다.

"보고를 더 받아봐야 알겠지만 지금 쳐들어온 부족은 달단족이 아닌가 보여지네. 우리 주력이 산해관으로 나가 있으니 조정이나 본영에서 지원군이 파견될 때까지 모든 병력을 집중해 관문을 지켜야 할 것이네.

본관은 성벽 수비를 제일의 목표로 삼을 것이네."

거용관 수비대의 본대 주력 중 상당수는 최근 동북의 신생국인 후금국 (後金國)이 준동하는 바람에 산해관 쪽을 지원하기 위해 파견되어 있었다.

작전의 개요를 밝힌 이학량은 작전에 대한 동의를 구하듯이 감관들을 둘러보았다. 어린놈들이 전쟁에 대해 뭘 알겠냐만은 후일 혹시라도 불거질 책임론에 대한 면피를 위해서는 형식적이나마 감관들의 동의를 구할 필요가 있었다.

감관은 감군에 준하는 직책이었기 때문이다.

"……."

알아야 면장이라도 한다고, 싸움터라고는 구경도 못한 그들이니 이견이 있을 리 없었다.

회의를 마친 일행은 멀리 팔달령이 보이는 성루로 올라갔다.

팔달령은 변장(만리장성)을 잇는 대명의 북방 최일선이었다. 이미 팔달령에는 달단의 깃발들이 장벽을 따라 길게 꽂혀 있었고 장성을 뒤로 하고 수천의 기마대가 아침 햇살에 반사되는 창검을 번뜩이며 거용관 관성의 성벽을 향해 도열해 있었다.

잠시 후 적병의 전령으로 보이는 한 기의 기마가 장창에 백기를 매달고 먼지를 일으키며 달려오더니 성벽을 향해 무언가 던지고 돌아갔다.

병사 하나가 재빨리 그것을 주워왔는데 적장이 보낸 편지였다.

이학량은 편지를 읽고 나더니 장수들을 둘러보며 말했다.

"어젯밤에 달단 부족 중 하나가 명군에게 기습을 당해 부녀자와 어린아이를 포함해 삼백 명이 넘는 부족민이 죽었다고 한다. 달단족은 우리에게 그 책임을 묻고 있으니 어찌하면 좋겠는가?"

이학량은 달단족 내에서 거용관으로 쳐들어올 명분을 위해 아합극이 일을 꾸몄으리라 짐작은 했지만 내색할 수 없었다. 더구나 이번 경우는 아합극이 자신의 밀지를 받은 후에 수락한다는 말 외에는 별도의 통보가 없었으므로 그 이후 어떤 짓을 했는지 알 도리가 없었다.

"다른 지역 주둔군의 짓이 아닐까요?"

참장 중에 하나가 나섰다.

"하지만 우리 명군이 소규모라도 장성을 넘을 경우에는 사전에 서로 연락을 하여 협력하거나 반격에 대비하도록 하게 되어 있는데 다른 곳에서 아무런 기별을 받지 못했잖은가?"

자신이 벌여놓고는 시치미를 뚝 떼는 이학량의 말에 다들 마땅히 할 말이 없어 고심했다.

"일단 우리가 한 일이 아니라고 통보한 연후에 반응을 기다려 보는 것이 좋을 듯싶습니다."

아까 나섰던 참장이었다.

다시 명군의 전령이 달단족의 진영으로 가서 답장을 건네고 돌아왔는데 이번에는 그쪽의 답장도 가지고 왔다.

"하루를 기다리겠다고 하는군. 사죄와 배상금을 지불하고 책임자를 처벌하지 않으면 물러갈 수 없다고 하네."

답장을 읽은 이학량이 말했다.

이학량은 명군이 출동한 사실을 확인하기 위해 곧 전령을 인근 부대로 띄웠고 조정으로는 지금 상황을 설명하기 위한 장계가 올라갔다. 한나절이 지나서 도착한 인근 예하 부대로부터의 답변은 어떤 명나라 군대도 장성을 넘은 적이 없다는 것이었다. 당연한 대답이었다.

밀약이 있으니 이쪽에서 아니라고 하여도 물러갈 적들이 아닌지라 전군이 경계 태세에 들어가고 지원군도 이미 요청한 상태에서 다시 밤이 지나고 새날이 밝았다.

대치 상태에 있던 달단족으로부터 한 명이 말을 타고 달려왔다.

"$%#@&%$#……."

그자는 한참을 뭐라고 떠들더니 기수를 돌려 되돌아갔다.

무영은 그들이 빨리 흉수 무리를 내놓지 않으면 곧 쳐들어오겠다고 하는 것을 알아들을 수 있었다. 명군의 통역 장교가 그 말뜻을 이학량에게 전하였지만 기다리고 있는 수밖에 다른 방도가 없었다.

두두두두두…….

일각이 지나기도 전에 멀리서 말 먼지가 피어 오르더니 계속해서 달단 진영에 가세하면서 적들은 순식간에 일만을 헤아렸다.

이쪽은 기병 오백에 보병 오천이라 변장을 나가 맞붙는다면 결과가 뻔했다. 성벽을 의지하고 버틸 수밖에 없었다. 이곳을 지켜왔던 삼만의 정예가 산해관으로 빠져나간 지금 다른 방법이 없었다.

미처 먼지가 가라앉기도 전에 사방에서 땅을 울리는 말발굽 소리와 함께 계속해서 적진 좌우로 몰려들고 있었는데 그 숫자는 이제 짐작하기도 힘들 정도였다.

관성의 수비군들은 모두 겁에 질린 듯이 숨을 죽이고 보고만 있었다.

달단족의 연합군은 아직 움직일 기미를 보이지 않았다. 추가로 병력이 모이기를 기다리고 있는 게 분명했다.

이학량도 안색이 변했다.

'뭔가 잘못된 게야. 달단족의 숫자가 이렇게 많지 않은 것으로 들었는데……. 게다가 무력 시위만 해달라고 했는데…….'

그러나 지금 이 마당에 그런 기색을 내보일 수는 없었다. 비록 이학량이 대단한 전공을 세운 장수는 아니었지만 그렇다고 위에서 동앗줄을 내려 심은 말뚝은 아니었다. 그는 이곳에서도 항상 부하들을 조련하고 성벽을 보수하는 등 장수로서의 역할을 확실히 했었다. 다만 중앙에 줄을 대지 않고는 승급을 기대할 수 없기에 뇌물을 쓰는 평범하지만 전형적인 장수였다.

'우선 이 철부지 감관들을 먼저 피신시켜야 하는데……'

이학량은 머리가 아파왔다. 괜히 혹 떼려고 머리 썼다가 이놈들마저 죽거나 다친다면 혹 대신 목이 떨어질 게 분명했다.

감관은 조정에서 정식으로 감군이 파견될 때까지 부대장을 감시하는 역할을 맡고 있어 규정상 이들을 전장에서 내쫓을 수는 없었다. 그러나 난전 중에 재수없게 유시(流矢:난전 중의 화살)라도 맞아 죽거나 다친다면 자신이 아무리 큰 공을 세우더라도 뒷날 두고두고 화근이 될 게 뻔했다.

어느 부모가 자식을 사지에 내몬 장수를 좋아하겠는가?

중앙 무대로의 진출을 항상 염두에 두는 그인지라 그것은 승패 이전의 문제였다.

더구나 살펴보니 잔뜩 겁을 먹고 있는 녀석도 있지만 목숨을 내건 전쟁을 동네 닭싸움 정도로 생각하는 녀석도 보였다.

"감관들은 일단 후군을 지켜 적의 후미 기습을 경계하고 본대와의 연락을 돕도록 하게."

철부지들은 일단 좀 더 안전한 뒷전으로 물리고 볼 일이었다.

무영을 비롯한 감관들은 이학량의 지시를 받은 일단의 무장들의 호위를 받으며 본진 쪽으로 비켜나 있었다. 제심보를 따르던 무리들도 어영부영 무영의 근처로 모여들었다.

"아무래도 큰 전란이 일어난 것 같소이다."

무영이 입을 열었다.

"우리 명군이 매우 불리한 상황 같습니다. 적들은 어림잡아도 일이 만은 족히 되어 보입디다."

황학모가 긴장한 목소리로 말을 받았다.

"이학량 장군은 일단 원병이 올 때까지 움직이지 않고 수성만 하며 시간을 끌려고 하고 있는 것 같은데 적병들도 계속 늘어나는 게 아무래도 원군이 도착하기 전에 놈들이 대규모로 쳐들어올 것 같소."

제심보를 따르던 학예춘이었다. 며칠 전 학예춘이 보여준 권각술과 검술은 무영도 내심 감탄할 정도였지만, 전쟁터에서는 난전이 벌어지면 뒤통수에 눈이 달려 있지 않은 다음에야 어느 놈 창칼에 맞아 죽을지 모르는 일이었다.

다시 하루가 가고 새날이 밝았다.

명군은 언제 쳐들어올지 모르는 적병 때문에 긴장을 늦출 수 없어 잠도 제대로 자지 못한 형편이었다.

밤새 늘어난 적병의 수는 이제 삼만을 넘을 정도로 보였다. 쇠뇌며 투석기 등 앞으로 길게 늘여놓은 공성전의 무기들이 수백 기는 족히 넘어 보이는 것이 아무래도 공격이 시작되면 이쪽이 무너지는 것은 시간문제로 보였다.

뿌우~ 뿌우~

달단족의 뿔나팔 소리가 본진에서도 크게 들렸다.

둥— 둥— 둥— 둥—

명군의 진영에서도 지지 않고 북을 쳐 기세를 올렸다.

"전투 개시 신호요!"

황학모가 새파랗게 질린 얼굴로 말했다. 이미 병영 생활을 하며 신호를 익힌 것이기에 모두들 그 정도는 알고 있었지만 황학모의 말에 더욱더 긴장했다.

두두두두두······.

"와— 아— "

요란한 말발굽 소리와 함성 소리가 성벽을 허물듯이 울려 퍼졌고 잇따라 명군 진영에서 수도 헤아릴 수 없을 정도의 화살이 날아올랐다. 그러나 말발굽 소리와 함성 소리는 조금도 위축되지 않고 마치 대해를 넘실대며 밀려오는 파도처럼 들려왔다.

"부장들도 어서 가서 돕도록 하시지요. 후미 쪽에는 별반 다른 징후가 보이지 않습니다."

무영은 후미를 지키라며 딸려 보낸 무장들을 향해 말했다.

그는 이학량이 이들을 딸려 보낸 속내를 알고 있었다. 그러나 지금은 한 사람이라도 도와야 할 때라고 생각했다. 자신들마저도 앞으로 나서면 이학량의 정신만 흩뜨려 놓을 것이 뻔했으므로 나설 수도 없었다. 설사 나선다 할지라도 이런 큰 싸움에서는 대세와 무관해 보였다.

십여 명의 무장들과 그들을 따라왔던 백여 명의 보졸들은 신속히 성벽으로 향했다. 이쪽은 보병이므로 성벽이 뚫리면 달아날 길도 없을 테니 선택의 여지도 없었다.

무영의 지시에 따라 청해삼호도 그들과 함께 성벽으로 갔다.

성벽 쪽에는 화살이며 쇠뇌들이 연이어 새카맣게 떨어졌다.

"으아악!"

"악!"

쿵!

성벽에 걸친 사다리에서 떨어지는 달단병, 화살을 맞고 성벽에서 추락하는 명군 등 성벽을 오르려는 달단의 전투병들과 이를 막으려는 명군 사이에는 치열한 교전이 벌어졌다.

전투는 몇 시진이 넘도록 계속되었는데 적도들의 함성 소리는 그칠 줄 모르고 계속되고 있었다. 무영이 보니 명군의 사상자가 속출하여 적병을 저지하기에는 도무지 역부족이었다.

두두두두두⋯⋯.

바로 그때 일단의 기마병들이 명군의 후위에서 달려오고 있었다.

후미를 기습하는 달단군인가 하여 모두들 심장이 철렁하여 급히 살피니 점차 윤곽이 또렷해지는데 멀리서 보기에도 깃발이 정연한 것이 명군이었다.

"지원군이다!"

"지원군이 왔다!"

이젠 살았다 하는 심정으로 모두들 목청껏 소리쳤다. 무영은 얼른 말을 집어타고 전장으로 향했다.

원군이 도착할 때까지는 아직 거리가 있으므로 빨리 전장에 알려 우군의 사기를 높여줄 필요가 있었다.

"지원군이다! 원군이 왔다! 모두 힘내라!"

그 소리는 명군으로 하여금 엄청난 힘을 내게 했다. 더구나 달단족은 국경에서 한족과 거래가 빈번하므로 한어를 알아듣는 자들이 많이 있어 그 소식은 삽시간에 전장 전체로 퍼져 나갔고 잠시 후 달단족들은 신속히 말머리를 돌려 퇴각했다.

얼마 지나지 않아 지원군이 도착하였다.

겨우 천여 명에 불과한 지원군에 장수는 없고 감군(監軍:독군(督軍))인 태감 조보가 수장의 자격으로 군대를 이끌고 있었는데 그는 무슨 개선장군과 같이 화려하게 장식된 번뜩이는 갑옷으로 온몸을 덮었고 거만한 눈초리를 내리깔며 전장에 나타났다.

그가 이끌고 온 병력은 무장급과 병졸이 대다수였는데, 전하기를 북경에서 이름난 장수들이 각 변진에서 정예 지원군을 모으며 출병 준비를 하고 있으니 수삼 일 내로 도착한다고 했다.

"어서 전투 준비를 해야 할 것 같습니다. 적들이 원병의 규모가 적은 것을 알면 막바로 다시 내습해 올 것입니다."

이학량은 조보에게 전투병의 배치를 서두를 것을 알렸다.

이곳의 총대장은 자신이지만 독군 조보가 있으니 눈치를 봐야 했다. 독군은 비록 지휘권은 없었으나 모든 전황을 황제에게 최종 보고 하는 자로 이번 전쟁에 대한 이학량의 공과(功過)가 그에게 달렸기 때문이었다.

이미 지원군을 맞이하고 전선을 살피고 하여 이미 상당한 시간이 흘렀다. 적들도 이쪽의 상황을 어느 정도 눈치 채고 있을 것이 틀림없었다. 말과 함께 생활하는 오랑캐들이니 피어 오르는 먼지만 보고도 마필의 수를 알아맞히는 귀신같은 놈들이었다.

"적들의 규모는 어느 정도요?"

눈으로 보고도 얼른 정확한 판단이 서지 않았는지 감군 조보가 상황을 파악하려는 듯이 물었다.

"오만 정도로 보입니다."

이학량은 늘어난 군세가 삼만으로 보였지만 일단 숫자를 불려야겠다고 생각했다. 그래야 패전하더라도 체면이 더 설 것이고 이기면 공이 더 커질 것이다. 보고를 할 경우 적을 불려서 말하는 것은 능력있는 장수가 지켜야 할 기본 수칙이었다.

"오만!"

태감 조보는 달단군의 군세가 그 정도일 것이라고는 미처 생각하지 못하다가 깜짝 놀라며 말을 받았다.

"조정에는 오천 정도라고 하지 않았느냐?!"

그는 반말로 화를 벌컥 내며 이학량을 노려보았다.

사실 감군인 그가 이토록 화를 내며 총병을 우습게 아는 것은 서열이 높아서가 아니라 황제를 가까이서 모시는 태감의 신분이기 때문이었다. 그가 급히 지원군의 선봉을 선 것은 황제를 모시는 여러 태감들 간의 권력 다툼에 그 원인이 있었다.

일반 대신들을 불신하는 명 황실은 태감들에게 대부분의 권력 중추 역할을 맡기고 있었는데 태감들 간에 공을 먼저 차지하는 자가 그만큼 황제의 신임을 더 받아 권력 경쟁에서 우위를 점할 수 있었다.

태감 조보가 감군의 직위를 맡아 지원병을 이끌고 길을 재촉해 거용관에 온 것은 자신이 급히 끌고 온 기병 일천에 더하여 곧 도착할 보병 오천의 군세라면 충분히 버틸 수 있고, 곧 인근 군영에서 추가 병력이 오면 그 기세로 아예 오랑캐들의 본거지까지 쓸어버려 큰 공을 세우겠다는 심산이었다.

한데 막상 전장에 와보니 달단의 군세가 오만이라니, 추가 병력이 와도 승리를 장담하기는커녕 수비만 해야 할 판이고 그전에 거용관 관성이 뚫리지만 않아도 다행일 것이었다. 이런 사정을 미리 알았으면 절대 나서지도 않았을 조보였다.

불리한 패는 잡지 않는다는 것이 그의 인생 철학인데 그만 엉터리 보고를 믿고 개패를 잡은 꼴이 되었으니 당연히 화가 치밀었다.

"그게 아니라 오늘 아침에 사방에서 몰려든 적들만도 수만을 헤아렸습니다."

"그럼 척후도 보내보지 않았단 말이냐?"

조보는 마치 심문하듯 추궁했다.

"이미 적병들이 성벽 앞에서 진을 치고 있어 어쩔 수 없었습니다. 더구나 수일 전에 정기적으로 내보낸 척후들도 아직 돌아오지 않고 있습니다."

이학량은 땀을 삘삘 흘렸다.

감군은 자신의 공과를 살피러 황제께서 친히 보낸 자이니 당연히 그의 한마디 한마디에 온 신경이 집중됐다. 지금 코앞에서 창검을 번뜩이며 기회만 노리고 있는 달단병 따위는 당장 안중에도 없었다.

"저도 보았습니다. 달단군의 군세가 갑자기 늘어난 것은 어제 오늘 이틀간입니다."

보다 못한 무영이 나섰다.

"너는 웬 놈이기에 감히 나서느냐?"

가뜩이나 화가 난 조보이기에 말이 곱지 못했다.

"감관 장무영이라 합니다."

장무영이 공손히 대답했다. 어쨌든 감군 조보는 규정상 자신의 직속 상관이었다.

"음, 사실이란 말이지……."

감관이라는 말에 잠시 뜸을 들이는 조보였다. 감관이라면 권력층의 자제일 터이고 육품 이상의 장씨라면 대학사 장자맹뿐이니 놈은 몇 년 전 죽다 살아났다고 들은 그의 하나 남은 아들 녀석이 분명했다. 평소에 안면 몰수하고 바른 소리 잘하는 대학사의 얼굴을 봐서라도 함부로 대할 수는 없었다.

불필요한 적은 만들지 않는다는 것도 그의 인생 철학 중 하나였다.

뿌우— 뿌우—

말이 오가는 와중에 갑자기 뿔피리 소리가 울려 퍼지며 말발굽 소리와 함성이 사방을 진동했다. 지원병의 규모가 별것 아니라고 판단한 달단병이 다시 쳐들어오는 것이다.

"감군어른, 적들이 또 옵니다. 얼른 몸을 뒤로 피하시지요."

지축을 울리는 말발굽 소리며 함성에 새파랗게 질려 겁을 먹고 있는 조보를 향해 이학량이 재촉했다.

"너희들은 어서 말에서 내려 성벽으로 가라!"

이학량은 조보의 뒷줄에 말을 탄 채 도열하고 있는 지원군 부장들을 향해 명했다.

"안 돼! 이자들은 내가 호위로 쓰려고 데려온 병사들이다. 내 곁을 지키도록 해라!"

조보는 펄쩍 뛰며 나섰다.

황궁 안에서만 살다가 하늘이 무너지는 듯한 말발굽 소리와 적병의 함성에 심장이 내려앉는 것 같은 게 이미 오금이 쪼그라들어 정신을 못 차리는 그였다.

'개새끼!'

이학량은 갑자기 할 말을 잃었다.

'이 개자식아, 그럼 전쟁터에 뭐 하러 군대는 끌고 왔냐? 황궁에서 기집들 엉덩이나 두드리고 있지.'

속이 끓다 못해 뒤집어지는 것을 겨우 참은 그는 대꾸할 가치도 없다는 듯이 전장으로 힘없이 발길을 돌렸다.

권력이 뭔지……. 그래도 운남에 있을 때는 자신의 말 한마디면 산천초목이 벌벌 떨었다. 비록 그곳에서는 변방을 지키는 도지휘사였지만 황제 부럽지 않는 권력과 힘을 가지고 있었다.

그런데 이곳에서는 환관 나부랭이에게도 쩔쩔매야 하는 자신이니 스스로가 생각해도 체면이 말이 아니었다. 거시기도 없는 놈에게 굽실거리려니 배알이 꼴려 허리춤에 찬 칼을 향해 몇 번이나 손길이 움찔거리는 것을 겨우 참았다.

중앙 망루에 오른 이학량은 자신이 제심보가 다친 사건을 해결하려다 이제 목숨마저 위협받는 상황까지 오게 된 것이 믿어지지가 않았다. 혹 떼려다 더 큰 혹을 붙인 경우가 되어버린 격이었다. 자신이 보낸 밀지의 내용을 잘못 이해했거나 거용관의 명군 수비대를 과대평가하고 있지 않은 다음에야 일어날 수 없는 일이었다.

'운남에서 이리 오는 게 아니었어.'

돈 보따리를 싸 들고 경도(京都)에 와서 비굴하게 굽실거리며 권신들 꽁무니를 쫓았던 지난날이 덧없이 느껴졌다.

전쟁터 싸움에는 자신이 있었다. 그저 달단족 몇천을 불러 가볍게 몸만 풀어 긴박한 전쟁 분위기만 조성한 후에 자신이 당당히 물리치고는 적당히 보고하여 누이 좋고 매부 좋은 식으로 끝낼 요량이었는데 지금 상황은 그게 아니었다.

아마 모르긴 해도 이학량이 알고 있기로는 적진의 아합극도 비록 자신이 판은 벌여놓았어도 다른 부족을 완전히 통제할 수 있는 상황은 아닐 테니 지금 싸움을 중단시킬 수도 없을 것이다.

밀려오는 달단병을 보는 이학량의 얼굴은 마치 커다란 근심덩어리를 짊어진 사람처럼 수심이 가득했다.

어차피 이기기는 애초에 그른 싸움이었다. 결과가 어떻게 되든 자신의 손을 떠났다.

제11장 태감 조보의 간계

"감군어른, 성문이 열리면 아무도 살아남지 못합니다. 저들은 말을 타면 일당백의 전사들인지라 아무리 말을 타고 달아나도 이곳이 뚫리면 경도로 돌아가기 전에 곧 추격당해 공격을 받을 겁니다."

무영이 다시 나섰으나 겁에 질려 눈알이 돌아가 버린 놈하고 무슨 대화가 되겠는가?

"네놈은 감관이 아니냐? 어린 것이 무엇을 안다고 나서는 게냐? 더 이상 나서면 군율로 다스리겠다!"

조보는 적병들의 기세에 질려 잔뜩 겁을 먹고 번들거리기까지 하는 눈알을 굴려가며 무영의 말을 잘랐다. 목숨이 경각에 달린 판이니 이제 이것저것 앞뒤 재지도 않았다.

"원병으로 온 기병들을 성벽으로 보내 어느 정도 버티면 북경을 출발한 보병들이 도착할 것이니 아직 기회가 있습니다."

무영이 조보의 경고를 무시하고 계속 다그쳤다. 조보 입으로 보병 오천이 곧 도착한다고 하지 않았던가?

"빨리 성벽으로 병력을 보내야 합니다!"

"태감어른, 시간이 많지 않습니다!"

학예춘, 황학모를 비롯한 모든 감관들이 나섰다. 누가 보더라도 조보의 명령은 비웃음을 살 만한 것이었다.

"여봐라, 저놈들을 당장 묶어라! 전장에서 상관의 명령을 거역한 놈들이다. 내가 친히 군율로 다스리겠다!"

겁에 질려 눈이 뒤집힌 조보는 여러 사람들 앞에서 자신의 체면까지 구기고 있는 놈들이 얄미웠다. 이제 아무것도 눈에 보이는 것이 없었다. 시끄럽게 떠들어대는 감관들은 자신을 죽음으로 내몰고 있었다. 우선 목숨이 먼저지 죽은 다음에 포상을 받아봐야 무슨 소용이 있단 말인가?

"이놈들이!"

감관들의 신분을 아는지라 주변의 무장들이 명령을 받고도 쭈뼛거리자 조보는 그들 중 한 명에게다가 가 허리에 찬 칼을 뽑더니 그대로 달려와 학예춘을 내려쳤다.

"어이쿠!"

옆에 있던 무영은 깜짝 놀라 재빨리 학예춘을 안고 옆으로 굴러 겨우 조보의 칼을 피했다.

"저놈들을 모두 묶어라!"

칼을 휘둘러 대며 명령하니 잘못된 명령임을 아는 부장들도 나서지 않을 수 없어 무영 등 수십의 감관들은 이내 포박된 채로 조보 앞에 무릎이 꿇려졌다.

"저놈들은 전장에서 상관의 명을 거역했으니 내 지금 즉시 북경으로 압송해 황제 폐하께 그 죄를 고하여 군율로 다스릴 것이다."

전장에서 군율을 거역했다고 하면서도 그 자리에서 목을 치지 않고 북경으로 끌고 가는 것은 자기가 이곳을 달아날 명분을 위해서였다. 이놈들은 데려가다가 도중에 적당한 곳에서 목을 쳐 버리면 될 것이고 뒤에 남은 이학량은 달단군이 알아서 할 테니 후일 잘잘못을 가릴 증인은 모두 없어질 것이다. 남은 부장들이야 후일 재물을 좀 써서 입막음을 하면 그만이라는 것이 그의 순간적인 계산이었다.

아무리 겁에 질려 정신이 없어도 자신의 생명과 면피에 관한 일에는 빈틈이 없는 조보였다.

무영을 비롯한 수십 명의 감관들은 조보의 명령에 따라 포박된 채로 즉시 거용관에 있던 두 대의 수인거(囚人車)에 나뉘어 태워졌다.

지원군이 싸움에 가담하지 않자 성벽을 지키던 병사들의 사기는 오히려 예전보다 더 떨어져 있었다. 압도적인 병력의 우세를 무기 삼아 성벽 이곳저곳에 사다리를 걸치고 오른 숱한 달단 병사들이 곳곳에 모습을 드러냈다. 겁에 질린 일부 병사들이 성벽을 이탈하여 뒤로 달아나자 너도나도 창검을 내던지고 걸음아, 나 살려라 하며 뒤로 내달렸다.

"성벽을 지켜라! 달아나는 자는 목을 베겠다!"

"으악!"

이학량이 시퍼런 장도로 몇몇 도망병의 목을 베며 나섰지만 이미 전세는 돌이킬 수 없는 지경에 이르고 있었다.

"어서 말을 돌려 퇴각하라!"

멀리 뒤에서 전세를 살피던 조보는 관성의 성벽을 지키던 병사들의 방어선이 무너지며 달단병의 모습이 성벽 여기저기에서 보이자 화급히 퇴각 명령을 내렸다.

"이학량 장군에게 지원군이 올 때까지 최대한 이곳에서 적을 지연시키도록 전하여라!"

무장 하나가 신속히 말을 달려 성벽 쪽으로 향했다. 겁쟁이 조보는 달아나면서도 자신의 뒤를 막아줄 방패를 세워놓을 심산이었다.

그러나 그 무장은 적병과 한 덩어리가 되다시피 하여 앞으로 달려나오는 병사들의 무리에 길이 막혀 미처 성벽에 도달하기도 전에 말머리를 돌릴 수밖에 없었다.

이미 승패는 결정되어 있었다.

기병만으로 되어 있는 조보의 지원군은 삽시간에 썰물처럼 거용관 남문을 벗어나 북경으로 향했다. 무영이 탄 수인거도 퇴각하는 지원군의 후미에 바싹 붙었다.

이학량은 사기가 떨어진 수비군과 힘겨운 싸움을 벌이다가 끝내 포로가 되고 말았다.

이학량을 포로로 잡은 것은 달단부 중에서도 목와족이었다.

"네놈은 어째서 아무 이유도 없이 변장(邊墻:만리장성)을 넘어 평화롭게 사는 우리 부족을 수백이나 죽였느냐?"

목와족 족장 곡길한은 포로로 잡혀 무릎이 꿇린 이학량을 보며 유창한 한어로 호통 쳤다. 변장 근처에 사는 부족들은 한족과 여러 거래 관계가 있기에 한어를 하지 못하는 자가 드물었다.

"우리 명군은 변장을 넘은 적이 없다. 누군가의 모함이다."

대충 사태를 짐작하고 있는 이학량이었지만 모든 것을 밝힐 수는 없었다. 그는 아합극이 나타난다면 자신을 구해줄 거라고 믿었다.

"우리 부족 모두가 명군들이 살육을 저지르는 것을 보았는데도 거짓말을 하느냐?"

곡길한은 주먹을 불끈 쥐었다.

기습을 당해 죽은 부족민 중에는 곡길한이 가장 아끼는 막내아들도 있었다. 결혼한 지 열흘도 되지 않은 아들이었다. 늦게 본 자식이라 귀염을 많이 받고 자라서 그런지 유난히 어리광이 심했던 녀석이다.

"우리 군대가 기습해서 도발했다면 오늘 이렇게 준비도 없이 허무하게 관문이 무너졌겠느냐?"

이학량은 일단 시간을 끌며 버티기로 했다.

곡길한과 이학량이 설전을 나누고 있던 차에 돌연 나서는 자가 있었다.

"핫핫핫! 큰 놈을 잡으셨구려. 축하드리오."

커다란 웃음소리와 함께 아합극이 나타났다.

'살 희망이 있다.'

아합극을 본 이학량은 어느 정도 안심이 됐다. 자신과 밀지를 주고받은 사이니 그가 자신을 빼내 데려가 준다면 살아날 길이 있었다.

퍽!

"이놈은 자기들 짓이 아니라고 부인하고 있소이다."

곡길한은 아합극을 쳐다보지도 않고 이학량을 발길로 차며 말했다. 자신이 가장 아끼는 식솔들을 죽인 놈이다.

"그래요?"

아합극은 대도를 뽑아 들고 이학량에게로 갔다.

이학량은 일순 가슴이 철렁했다.

'살인멸구(殺人滅口)!'

그는 이내 아합극의 의도를 간파했다.

놈은 자신을 죽여 입막음하려 하고 있었다. 순간적으로 생각해 보니 자신은 포로가 된 이상 아합극에게는 이미 무용지물이었다. 이학량은 얼른 고개를 돌려 곡길한에게 사실을 토설하려고 했다.

허공에서 칼날이 햇살을 받아 번쩍였다.

"크악!"

아합극이 더 빨랐다. 그는 이학량이 고개를 돌려 곡길한을 보며 말하려 하자 그의 의중을 파악하고는 재빨리 칼을 휘둘러 이학량을 죽인 것이었다. 놈이 주둥이를 놀려 혹시라도 곡길한이 자신에게 칼을 겨누는 일이 생기면 곤란했다.

그는 계획을 약간 수정하기로 했다. 예정과 달리 너무 쉽게 명군이 무너지는 바람에 자신의 계획이 쓸모없어졌지만 수비선이 무너진 북경성을 치는 것도 괜찮을 것 같았다.

쿵!

이학량의 몸이 피를 쏟으며 쓰러졌다.

"아니, 왜 죽이는 게요? 나는 두고두고 괴롭히다가 놈이 스스로 죽는 게 낫다고 여길 때쯤 기름에 튀겨 버리려고 했는데……."

곡길한은 아합극의 돌연한 행동에 화가 치밀었다.

"이놈과 씨름할 시간이 없소이다. 어서 명군을 추격하여 북경을 공격합시다."

아합극은 곡길한의 대답을 기다리지도 않고 자리를 떠나 자기 부족을 향해 가버렸다.

곡길한은 화난 표정으로 떠나는 아합극을 지켜보았다.

일단 자신이 포로로 잡은 이상 부족의 관습상 그는 자신의 소유였고 아합극이 나서서 포로를 죽이는 것은 정말 무례한 짓이었다. 그런 예의를 모를 리 없는 아합극이다.

뒤이어 자리를 뜨려던 곡길한은 순간 흠칫했다. 뭔가 개운치 않은 무엇이 있었다.

이학량은 명군의 공격을 한사코 부인했다. 총병이나 되는 자가 포로가 된 마당에도 침략을 부인한다면 이상한 일이었다. 더구나 갑자기 아합극이 나타나 이학량의 목을 친 것도 이상했다.

"게 누구 없느냐?"

곡길한은 이번 일이 그리 단순하지 않은 것을 직감했다.

"부르셨습니까?"

부장이 달려왔다.

"사람을 보내 우리 부족을 습격한 놈들의 말발굽 자국을 끝까지 추격해 보라고 해라. 철저히 조사하도록 하고 어떤 증거도 소홀히 하지 말라고 지시해라."

"옛!"

부장의 지시에 따라 몇 명의 기병들이 오던 길로 되달려갔다.

'뭔가 있어. 반드시 밝혀야겠다.'

곡길한은 부족이 습격을 받은 그날 오후 우연히 자기 부족을 방문한 아합극이 명군이 습격한 사실을 듣고는 더 분노하며 명군을 치자고 선동한 것이 이상했다. 한 부족의 왕이 다른 부족을 방문하는 일은 그리 자주 있는 일이 아니었고, 더구나 그 당시를 떠올려 보니 방문 목적도 불확실했다. 당시에는 분노에 싸여 생각이 없었다.

곡길한은 바보가 아니었다.

별 친분도 없는 아합극이었지만 손수 나서서 명군을 공격해 원수를 갚아야 한다고 부추기자 분노에 못 이겨 앞뒤 가리지 않고 출병한 것인데 의외로 거용관을 지키던 명군은 힘없이 무너졌다.

당시에는 자신의 힘이 되어준 아합극이 고마웠지만 아무래도 이상했다. 명군이 선공을 가했다면 당연히 반격을 대비했어야 했다.

한 식경이나 왔을까?

두두두두두!

요란한 말발굽 소리와 함께 달단의 추격병들이 달려오는 것이 보였고 그 뒤로 거용관이 시커먼 연기를 뿜고 있었다.

조보는 그 모습을 보더니 주변에 일백여 명의 무장들과 병사들만 남기고 모두 달단병을 막을 것을 지시했다. 기병들이 뒤로 빠지자 수인거가 조보의 눈에 띄었다. 이제 없애 버릴 때가 된 것이다. 전체가 기병인 일행에게 수인거는 도망가는 자신의 발만 묶는 방해물에 불과했다.

"저놈들을 모두 베어버려라. 마땅히 황상께 끌고 가 치죄해야 하지만 시간이 없으니 어쩔 수 없다."

한 무장이 기병 몇몇과 함께 수인거로 향하자 조보 자신은 일백여 호위기병과 함께 그대로 북경 쪽으로 달아나 버렸다.

추격해 오는 달단병과의 거리는 점점 가까워지고 있었고 그 숫자도 순식간에 벌판을 가득 메울 듯 늘어났다.

무영 일행은 수인거 밖으로 끌어내졌다.

"으악!"

"악!"

"으악!"

시간이 없는지라 명령을 받은 무장은 불문곡직 검을 뽑아 감관들의 목을 베어버리기 시작했다. 달단병이 지척에 이른 지금 그도 빨리 일을 처리하고 달아나야 했다. 뒤를 막으러 나선 일천여 기병도 지금의 달단군의 기세라면 반각도 버티기 어려울 것이 뻔했다.

"멈추어라! 감관 조보가 이번 패전의 모든 책임을 져야 함을 모두 알고 있다. 곧 사실이 밝혀질 텐데 지금 조보의 지시를 받고 함부로 감관들을 주살한다면 너도 그 책임을 면하기 어려울 것이다."

기다렸다가는 목이 날아갈 것이 분명한데 모가지 내밀고 기다릴 수는 없었다. 무영은 얼른 나서며 큰 소리로 말했다.

그 말에 칼을 휘두르던 무장은 일순 멈칫했으나 이내 무영의 말을 무시하고 계속해서 감관들을 베어 나갔다.

"으악!"

"아악!"

허공으로 핏줄기가 튀어오르며 감관들의 목이 땅으로 굴렀다. 달단의 추격병에 마음이 급해진 몇몇 병사들도 창으로 마구 찌르며 가세하니 수인거 주변은 일순 아비규환이 되었다.

무영은 다급했다.

"조만간 이 일은 무슨 경로로든 밝혀질 것이오. 이미 죽은 자는 할 수 없지만 이쯤에서 멈춘다면 남은 우리의 목숨을 당신이 살린 것이 되니 우리 모두가 당신만은 구명이 되도록 앞장설 것이오."

말투까지 부드럽게 바꾼 무영의 말에 무장의 귀가 솔깃했는지 칼을 멈추자 그를 따르던 병사들도 학살을 중단했다.

그가 생각해 보니 모두들 조보의 부당한 처사를 보고도 감히 말을 못하고 있었지만 보는 눈이 많았으니 이 일이 곧 황제의 귀에 들어가는 것은 시간문제 같았다. 그 경우 자신이 살아남기 어려움은 당연지사요, 친인척들에게까지 화가 미칠 수도 있었다.

"여러분, 저 무장은 조보의 명령을 받고 한 것이오. 후일 조정에서 책임을 묻는다면 우리 모두 구명지은을 받았으니 반드시 이를 되갚아야 하지 않겠소이까?"

때를 놓치지 않고 이제 십여 명도 채 남지 않은 감관들을 둘러보며 무영이 동의를 구했다.

"당연한 말씀이오. 어찌 대장부가 은혜를 잊겠소?"

"그는 조보의 악랄한 명령을 받고 마지못해 일을 저질렀으니 어찌 저 사람의 잘못이라고 하겠소?"

"후일 내가 앞장설 것이오!"

무영의 말뜻을 알아들은 나머지 감관들은 신속히 그 무장을 치켜세우며 한마디씩 했다.

"조보에게는 모두 참형에 처했노라고 거짓 보고를 하면 될 것 아니오? 조보는 죽음이 두려워 먼저 달아난 놈이오."

"제가 조보의 명령만 생각했지 그자가 겁만 많은 흉악한 간신배라는 점을 미처 생각하지 못했습니다. 후일 문제가 되면 제발 이 미천한 놈의 가족들이라도 살려주십시오."

무장의 생각으로도 무영의 말이 백 번 옳은 것 같았다.

자신은 이미 여러 명의 감관을 죽였으니 나중에 사실이 밝혀지면 죽음을 면할 수 없다 하더라도 남은 가족은 살려야겠다는 생각에 그렇게 말했다.

"걱정 마시오. 우리 모두 힘 닿는 데까지 돕겠소."

"이름을 걸겠소."

이제 살았다는 생각에 대답을 하는 감관들 모두의 얼굴이 펴지며 생기가 돌았다. 황천 입구에서 목숨을 건졌는데 무슨 말이 필요한가.

바로 그때, 멀리 전면에서 수천 명의 병력이 오는 것이 보였다.

기치가 정연하고 대부분 보군(步軍)인 것을 보니 명의 지원군이 틀림없었다. 도중에 조보를 만났을 테고 전세가 기운 마당에 마땅히 회군시켜 전열을 가다듬는 데 보탬이 되도록 해야 하건만 조보는 그들마저도 뒤를 막는 방패로 내몬 것이었다.

"어서 뒤를 막아선 기병에게 전갈을 보내 보군과 합세시키도록 하시오."

무영은 기병과 보병이 떨어져 있으면 각개 격파당할 것이 틀림없는지라 말을 탄 무장을 재촉하여 보내고 나머지 감관들과 함께 지원군 쪽으로 향했다.

그 무장은 신속히 말을 달려 기병 쪽으로 가더니 이내 일천여 기병과 함께 뒤로 물러나며 보군 쪽으로 합세하였다. 이제 이쪽의 군세도 기병 오천에 보군이 오천으로 모두 육천이 적도들도 함부로 쉽게 넘볼 정도는 아니었다.

그런데 무영이 명군의 진용을 보니 총지휘를 맡을 장수가 없었다. 원래 보군 오천과 기병 일천은 감군인 태감 조보가 거용관으로 데리고 가서 이학량의 수비병과 합세해 그의 지시를 받게 해야 했다. 한데 성급하고 겁 많은 조보가 기병만 먼저 빼내갔다가 달아난 형국이니 장수라야 모두 천호, 백호 정도가 전부로 육천이나 되는 대군을 지휘할 형편이 아니었다.

멀리서 달단병들이 진격하지 않고 있는 것이 전열을 가다듬으며 이쪽의 늘어난 군세를 파악하고 있는 것으로 보였다.

명군의 진영에서는 천호로 보이는 장수 댓 명이 모여 대책을 숙의하고 있었다. 무영이 보니 아무도 나서서 주도하려고 하지 않았다. 대군을 지휘해 본 경험도 없었고 패전이 보이는 전쟁이니 아무도 후일의 결과에 대한 책임을 지고 싶지 않았기 때문이었다. 임전했을 경우 무조건 이겨야 하는 것이 군법이고 군령이었다.

'이 상태라면 단 한 번의 전투로 괴멸될 것이 뻔하다.'

무영은 자기라도 나서야겠다고 생각했다.

"감관 장무영이라 하오. 지금 적들이 눈앞에 있는데 아무도 앞장서 군대를 이끌려고 하지 않으니 답답할 뿐이오. 여러분 중에서 아무도 나서지 않겠다면 내가 목을 걸고 해보겠소."

무영이 천호들 사이를 끼어들며 나서자 모두들 떨떠름한 표정을 지으며 침묵했다.

감관이라면 나서서 한마디 할 자격이 없는 것도 아니지만 그들이 경험없는 애송이들이라는 것은 잘 알고 있었기 때문이다. 더구나 감관은 편제상 군 이동의 감시와 군령의 잘잘못을 가리는 감찰직제로서 지휘 통솔 계통은 아니었다.

"지휘하고자 하는 사람이 있으면 지금 나서시오. 시간이 없지 않소?"

이것도 싫고 저것도 싫은지 모두 입에 재갈을 채우고 대답이 없었다.

"그럼 반대하는 사람은 나서시오."

여전히 묵묵부답이었다.

"그럼 모두 찬성하는 것으로 알고 내가 지휘를 맡겠소."

무영은 밀어붙이기로 했다. 이대로 서로 형님, 아우님 해가며 미루고 있을 상황이 아니었다.

"모든 천호들은 내 말을 명심하여 따르도록 하시오. 일단 보군은 언덕 위로 이동시키도록 하고 보군 중에서 창병은 앞으로, 궁수는 뒤로 배치를 하고 기병은 오백씩 나누어 보군의 좌우익을 맡도록 하시오.
방패를 든 자들은 창병과 함께 붙이시오. 백호들의 지휘 아래 백 명씩
을 단위로 대오를 나누고 각각의 부대 간격은 이십 보로 하여 사각형
의 방진을 짜도록 하시오."

천호들은 청산유수처럼 쏟아져 나오는 무영의 지시에 깜짝 놀라 명
령을 따를 생각도 잠시 잊었다. 그도 그럴 것이, 무영의 말은 마치 병
법을 숙달한 대장군의 군령 같았던 것이다.

"뭣들 하시오? 명을 거역할 셈이오?!"

무영이 호통을 치자 천호들은 아무 표정 없이 지시대로 자기 부대를
배치하기 위해 자리를 떴다.

"허어, 장 형이 이토록 병법에 밝은 줄 몰랐소."

학예춘이었다. 그는 한때 무영에게 반감을 가지고 그를 죽이려 했던
제심보 패거리였으나 서로 한번 부딪쳐 손속을 겨루어본 데다 태감 조
보의 칼을 몸을 굴려 막아준 뒤로 무영을 새롭게 보고 있었다.

"과찬이오. 병서를 관심있게 조금 읽어본 것에 불과하오."

무영이 대수롭지 않다는 투로 말했으나 남우선의 박달나무 지팡이
에 맞아가며 배운 병법의 덕을 오늘 톡톡히 보고 있었다. 긴박한 와중
에도 내심 쓴웃음이 나왔다.

순식간에 명군이 이리저리 이동하며 배치를 끝낼 무렵 달단의 공격
이 시작됐다. 달단병들은 명의 지원군이 오자 일단 멈칫거리며 주시하
고 있다가 그 숫자가 얼마 되지 않자 공격을 개시한 것이다.

뿌우— 뿌우—

뿔나팔 소리와 함께 달단병들은 모두 마필에 의지해 장창을 꼬나 들
거나 칼을 휘두르며 달려들었다.

그러나 언덕을 의지한 명군의 창병들이 방패로 몸을 가리고 삐죽이 방패 사이로 장창을 내밀고 있어 접근을 못하게 되고, 뒤에서 궁수들이 비 오듯 화살을 쏘아대자 순식간에 이에 맞아 말에서 굴러 떨어져 죽는 자가 속출하였다.

언덕 위에서 궁수들이 끊임없이 화살을 날리는 데다, 좌우익의 명군 기병들이 달단 기병이 후미로 돌지 못하도록 결사적으로 막아서자 달단병들은 제대로 공격을 하지 못하고 우왕좌왕하기만 했다.

뿌— 뿌—

달단병은 언덕 주위에 천여 명도 넘는 사상자를 남기고 퇴각했다. 이런 상태로는 계속 공격하기 어렵다고 본 것이었다.

이에 반해 명군의 사상자는 활과 창에 맞은 기병 몇십 기와 수십의 보군밖에 없었다.

"와—"

명군의 사기는 하늘을 찌를 듯했다.

무영은 천호들을 소집했다.

그들은 무영이 의외로 전투를 승리로 이끌자 이제 그를 대장군 대하듯이 했다.

"달단병은 쉬 물러가지 않을 것입니다. 제가 보건데 적의 군세가 이삼만은 족히 넘을 듯하니 추가 지원군이 없다면 계속해서 버티기 어렵습니다. 즉시 전령을 보내 화살과 식량, 그리고 원병을 보내주도록 요청해야 합니다."

무영이 천호들을 보며 말했다.

"옛! 분부대로 거행하겠습니다."

그에 대한 신뢰가 생기자 이제는 대답도 씩씩하게 하였다.

무영은 사상자를 정리하고 대오를 정비하도록 지시하여 달단병의 재침을 대비했다.

잠시 후 또다시 달단병이 쳐들어왔는데 이번에는 쇠뇌까지 동원하였다. 적의 기병들이 명군 진영에 도달하기도 전에 쇠뇌와 화살이 비오듯 쏟아져 방패를 뚫고 날아내리자 명군의 사상자가 속출했다. 하지만 장수에 대한 신뢰가 있었고 전장에서 북경성은 그리 멀지 않은지라 곧 구원병이 올 것이라는 믿음이 있어서인지 명군은 끝까지 완강하게 저항했다.

더 이상 돌파가 불가능하다고 본 달단병들은 다시 수천의 사상자를 남기고 철수했다.

무영은 추격을 하지 않고 언덕을 사수하도록 지시했다. 공연히 추격을 한다고 언덕을 버리고 나섰다가 달단병이 말머리를 돌려 반격을 해온다면 명군은 괴멸될 우려가 있었다. 기병으로 구성된 달단 측은 자신들이 강력한 힘을 발휘할 수 있는 평야로 나오기를 바라고 잠시 전략적으로 퇴각했을 가능성이 더 높았다.

황궁으로 돌아온 조보는 그제야 이성을 찾았다. 전쟁이라는 것에 대해 말만 들었지 그토록 험악하리라고는 생각하지 못했었다. 우레와 같은 말발굽 소리에 가슴에 쇠뇌가 꽂힌 채 비명을 지르며 성벽에서 떨어지던 병사며 아직도 생생히 들려오는 죽음을 알리는 숱한 단말마…… 큰 소리 한번 나지 않는 궁중 생활만을 해온 그에게 그런 엄청난 살육의 현장은 이성을 잃게 하기에 충분했다.

'그런데 이를 어떻게 보고한다?'

이제 수습이 걱정이었다.

겁에 질려 허겁지겁 전장을 빠져나와 목숨을 건지기는 했으나 자신의 추태를 본 눈들이 수천은 되지 않은가? 아무리 싸움에서 졌더라도 도망간 병사는 있게 마련일 게고 자신에 대한 사실은 곧 성 내로 퍼지고 황제의 귀에도 들어갈 가능성이 높았다.

해법은 두 가지뿐이었다. 하나는 신속히 달아나는 것이고, 두 번째는 자신이 황궁을 완전히 장악하여 주둥이 벌리는 놈들의 목을 쳐 버리는 것이었다.

조보는 일단 황궁의 실권을 장악하기로 했다.

감관의 아비들을 숙청시켜 버리고 피바람을 일으켜 그 와중에 반대파를 묶어 한데 처리하는 수법은 고래(古來)로 알려진 수법이었다. 감관의 아비들 중에는 중신들이 많으니 그 정도면 충분할 터였다.

조보는 회심의 미소를 지으며 어전 회의장으로 들어섰다.

지원병을 이끌고 나갔던 조보가 패퇴하여 화급히 성으로 들어왔다는 급보에 황제를 비롯한 모든 중신들은 깜짝 놀랐다. 어제까지 올라온 보고는 적병들의 수효가 수천 정도라고 하여 조정에서는 흔히 있는 오랑캐의 일시적인 변방 침공 정도로 보았기 때문이었다.

모두들 수군거리며 대책을 숙의하는 중에 내관이 달려와 조보가 도착했음을 알렸고 이어 태감 조보가 회의장에 몸을 나타냈다.

"폐하, 소신을 죽여주옵소서!"

미리 준비한 대로 눈물까지 찍어 바르고 머리를 바닥에 쿵쿵 처박으며 시작된 조보의 보고에 의하면 달단병의 수효는 모두 십만이 넘는데다가 조보 자신이 도착하였을 때에는 이미 성벽이 뚫린 상황이었으며 감군을 보좌하는 임무를 맡아야 할 감관들이 먼저 달아나 전열을 흐트린 상황에서 제대로 전황을 살필 겨를도 없이 전장에 투입되었다가 그만 패퇴하였다는 내용이었다.

자신도 전장에서 죽어 마땅하지만 보고가 우선이라 생각되어 수만의 포위망을 뚫고 달려왔다는 것이었다.

황제를 비롯한 조정의 중신들은 오천 정도로 알고 있다가 십만이라는 적의 군세에 놀랐고, 감관들이 먼저 도망가는 바람에 제대로 싸우지도 못하고 졌다는 말에 또 놀랐다.

자신들의 아들이 거용관 쪽에 배속되었던 사람들은 그야말로 고개도 들지 못하고 입을 다물었다.

대학사 주자맹은 하늘이 노래지는 것을 다시 보고 있었다.

아들의 강호 유람을 막으려고 군영에 몇 달 보낸다는 것이 전쟁이 나는 바람에 사지(死地)로 보낸 격이 됐다. 게다가 감관들이 패전의 원흉이라는 말까지 듣게 되니 비애감과 수치심이 어우러져 더 이상 자리에 서 있기도 힘들 지경이었다.

"그게 사실인가?"

황제가 확인하듯 물었다.

"어느 안전이라고 거짓을 아뢰겠나이까? 한 치도 틀림이 없는 사실입니다."

조보는 다시 한 번 머리를 거꾸로 처박으며 대답했다.

조보는 성으로 들어오자마자 곧장 황궁으로 들어오지 않고 자신을 호위해 온 병사들을 모두 자기 집으로 불러들여 막대한 양의 은자를 주어 입막음을 하고 나서 황궁으로 들어온 것이었다.

"허어, 그런 통탄할 일이……."

황제도 진노했다.

"황도를 사수하기 위해서는 서둘러야 합니다."

조보는 재빨리 나서며 진언했다. 빨리 회의장의 분위기를 주도할 필요가 있었다.

"또한 이번 패전의 빌미가 된 감관의 가족에 대해 무거운 처벌을 내리시어 만천하에 단호히 황실의 위엄을 보이고 모든 백성이 일치단결하여 외적의 침입에 대비하게 하심이 가한 줄로 아룁니다."

아무도 감히 나서는 자가 없었다. 이런 일에 잘못 나서면 졸지에 한패로 몰려 피박을 쓰기 십상이었다. 모난 돌 옆에 있다가 정에 맞을 필요는 없었다. 모두 눈치라면 초특급의 고수 급이었다.

북경성을 지키기 위한 대책 마련 회의가 계속되는 한편, 거용관에 감관으로 배치되었던 자식을 둔 부모들은 연좌하여 줄줄이 사직서를 내는 진풍경이 벌어졌다.

그러나 조보는 사직서만으로 끝낼 생각이 조금도 없었다. 이번 기회에 확실하게 제거하지 않으면 후일 진상 조사니 뭐니 하다가 자신의 비겁함 드러날 수도 있었다.

대학사 댁을 비롯한 이부상서며 호부시랑 등 거용관 감관을 아들로 두었던 모든 관리들의 자택은 창위(廠衛:동창 및 금의위)의 군관 및 병사들에게 둘러싸여 철통같이 차단됐다.

"달아난 감관들 중에 혹 적도들에 귀순하여 북경성의 허실을 알리고 내통하는 자가 있을지 모르니 접선을 대비하여 그 부모들의 집을 철저히 감시하라!"

회의장을 주도한 태감 조보는 황제를 앞세워 창위의 수반인 제독태감을 무시하고 동창(東廠:황제 직속 감찰 기관)과 금의위(金衣衛:친위대)를 동원한 것이었다. 조보가 워낙 신속하게 패를 돌리는 마당에 제독태감

인들 별수없었다. 그는 그저 입을 닫고 구경만 했다.

번뜩이는 갑옷으로 중무장을 한 금의위들이 북경 거리로 쏟아져 나갔고 곳곳에 동창의 밀정들이 감시의 눈을 번뜩였다.

홍청대던 대도는 일시에 찬바람이 불며 오가는 인적조차 드문 을씨년스러운 거리가 되었고 바쁜 병사들의 발소리가 그 빈자리를 메웠다.

주설하는 이미 환갑이 다 되어가는 나이에다 몸이 허약했는데 무영이 근무하는 거용관에 달단 군대가 침공했다는 소식에 노심초사하여 몰골이 말이 아니었다.

가슴을 졸이고 있는 그때에 국사에 바쁠 남편이 일찍 퇴궐하여 말없이 자리를 깔고 누워버리자 답답해 미칠 지경이었다. 경위라도 알아보려고 하인들을 풀어 수소문했다. 그런데 아들이 전쟁 중에 달아났고 그 때문에 군의 사기가 떨어져 거용관에서 패전했다는 소문이 시중에 파다하다는 것이었다.

아들이 소중하기는 하지만 황실에의 충성과 전장에 나간 장수의 도리를 배운 주설하였다. 그녀는 안타까움과 가문에 대한 죄스러움을 견디지 못하고 그만 쓰러져 버렸다.

'아들이 가문을 망친 것은 내가 너무 귀하게 키워 아들이 제대로 가르침을 받지 못한 탓이니 모든 죄는 내게 있다.'

주설하는 모든 잘못을 자신에게 돌리며 괴로워했다.

게다가 어린 아들이 얼마나 무서웠으면 그랬을까 생각하니 어미로서 가슴이 미어져 식음을 전폐하고 자리에 누워 베갯머리만 눈물로 적시고 있었다.

조보는 이 단계 조치를 취했다.

북경성과 자금성의 모든 성문의 수장들을 자기의 측근들로 바꾸어 놓았고 지방에서 전해지는 모든 보고서들은 조보 자신의 손을 통하도록 명했다. 먼저 정보를 쥐는 자가 이길 수 있다는 것을 그는 잘 알고 있었다.

조보의 조치는 현명했다.

북경성의 두 개의 북문 중 하나인 덕승문(德勝門)을 지키는 수장은 함평이란 장수였는데 조보는 백호에 불과한 하급 장수인 그를 일약 덕승문 수비대장으로 임명하여 자신의 수족으로 삼고 있었다. 거용관에서부터 조보를 호위해 온 함평은 입을 조심하는 대가로 이미 조보로부터 막대한 은자를 받아 챙겼기 때문에 한 배를 탄 처지였다.

밤늦게 함평은 전선에서 파발이 왔다는 보고를 받았다. 규정상 파발의 내용을 볼 수 없었지만 전령에 의하면 명군과 교전 중이던 달단병이 퇴각했는데 명군을 지휘한 장수가 조보로부터 참형당했어야 할 장무영이라는 것이었다. 함평은 깜짝 놀라 일단 전령을 일반 병사들과 격리시킨 뒤에 파발을 들고 조보를 찾았다.

"장무영, 이놈이 아직 살아 있다니……."

조보는 간이 철렁 내려앉았다. 이대로 가만히 있다가는 자신의 죄과가 낱낱이 밝혀질 것은 뻔했다. 더구나 장무영의 휘하에는 오륙천이나 되는 군대가 있으니 이제 섣불리 다루기도 쉽지 않았다.

황제만이 열어볼 수 있는 보고서의 겉봉을 조심스레 뜯어 읽어보니 달단병은 일단 물러갔으나 군세는 삼사만 정도로 방어선을 돌파하지 못한 그들은 머지않아 명군의 원병이 도착하여 포위될 수도 있는 상황이 두려워 적극 공세를 펼치지 못하고 일단 거용관으로 퇴각했다는 것이었다. 자신의 군세로는 토벌이 어렵고 섣불리 나서면 오히려 괴멸될 우려가 있어 추격은 못하고 일단 방어만 하고 있다는 내용과 원병과 보급품을 시급히 보내달라는 내용이었다. 게다가 자신이 겁에 질려 원군을 되돌려 달아났다는 내용도 있었다.

조보는 재빠르게 머리를 굴렸다.

만약 이곳 성안의 상황을 놈이 눈치 챈다면 대번에 말머리를 돌려 북경성 코앞에서 목구멍이 터지고 주둥이가 찢어지도록 떠들어댈 게 분명했고, 그걸 성벽을 지키는 병사들이 듣기라도 한다면 결과는 뻔했다. 그 많은 병졸들의 입을 모두 막을 수는 없었다.

"전령의 목을 쥐도 새도 모르게 베어버려라."

일단 입을 막아야 했다. 함평이 자리를 뜨자 조보는 곧장 황제를 찾았다.

이미 덕승문을 지키던 병사들의 입소문으로 승전의 소식이 황제의 귀에 들어갔을 경우도 생각해야 했다. 아직은 자신이 북경성의 모든 귀를 장악하고 있다고 할 수는 없었다.

"폐하, 달아났던 감관 장무영이 패잔병 수천 명을 이끌고 달단병을 막아냈다는 보고가 막 올라왔습니다. 그러나 소신이 볼 때 그 병사들로 십만의 오랑캐 기병을 막아냈다는 보고는 믿기 어려우며 오히려 그가 적과 내통하여 허위로 보고하여 명군을 혼란에 빠뜨리려는 계책일 가능성이 높습니다."

사실일지도 모르지만 조보 자신도 장무영이 달단병을 격퇴시켰다는 그 말을 믿을 수 없었다. 자신이 아는 한 지금 달단병을 막아낼 만한 명군의 병력은 그 근처에 없었다. 더구나 보고서가 사실이라면 놈을 반드시 없애야 했다.

"흠, 그럴 수도 있겠군. 그래, 어쩌면 좋겠는가?"

황제는 이제 조보를 완전히 신임하고 있었는데 보고서는 조보의 말과는 달리 십만에 달한다는 달단의 대병이 삼사만으로 줄어서 표현되어 있었고, 설사 오랑캐의 숫자가 보고서대로 삼사만이라 하여도 보병이 주력인 오륙천의 군세로 공성전도 아닌 야전에서 패퇴시켰다는 내용은 황제 자신이 보기에도 무언가 미심쩍었다.

"일단 장무영이란 자에게 대장군의 지위를 주어 부대를 지휘하게 한 다음 달단병을 추적하여 멸하라고 명하신다면 그 진위를 밝힐 수 있을 것입니다. 또 북경성에는 정예를 배치시켜 적의 내습을 대비해야 할 것입니다."

조보는 황제를 부추겨 장무영을 사지로 몰 계책을 꾸몄다. 그대로 된다면 놈은 오갈 곳 없는 미아가 되어 싸우다 죽든지 항명을 하고 도주하든지 하는 수밖에 없게 만들려는 것이었다.

"좋은 생각이야. 즉시 장무영이란 자에게 부대를 이끌고 달단병을 추격하도록 전해라."

황제는 조보의 의견대로 하면 자신은 잃을 것이 없는지라 즉시 윤허했다. 대장군의 직함을 주었으니 후일 보고가 사실이라 하더라도 논공이 잘못됐다는 말은 나오지 않을 것이고 적의 계책이라면 이쪽은 아무런 타격을 받지 않는 셈이니 문제될 게 없었다.

장무영이나 그 휘하 군졸의 목숨 따위 사소한 일들은 황제의 관심 사항이 아니었다.

그는 대명의 황제였다.

제12장 포로가 되다

"황명이오! 장무영은 어서 나와서 황명을 받으시오!"

밤늦게 말을 달려 북경성에서 온 황제의 어명이 떨어졌다.

황제의 명은 장무영의 무훈을 높이 사서 대장군에 명하니 속히 군세를 몰아 달단병을 추격하여 오랑캐를 멸하라는 내용이었다.

보급품이며 원군에 관한 사항은 일절 없고 수비하기에도 힘겨운 이 적은 군세로 적을 뒤쫓아 멸하라는 황명은 무영의 입장에서는 정말 황당 그 자체였다.

"조보의 농간이오. 즉시 황제께 조보의 파렴치함을 직소해야 합니다!"

"차도살인의 간계요!"

목숨을 걸고 싸웠던 감관들이 잔뜩 열이 받아 이구동성으로 소매를 걷어붙었다.

"아니, 상황을 보면 모르시오? 그걸 말이라고 하시오?"

천호들도 거들며 나섰다.

"무엄하다! 감히 어느 안전이라고 그 따위 망발을 일삼느냐?!"

황명을 모시고 온 자는 태감 위지명이란 자였다. 그는 조보로부터 별도의 밀명을 받고 있었는데 그것은 무영을 비롯한 군대를 모두 죽음으로 내몰고 적당한 기회를 보아 위지명 자신은 도주하라는 것이었다. 물론 조보 자신이야 그 와중에 위지명까지 뒈져 버리면 더 좋겠지만 일을 시키는 입장이니 좋은 말로 도망가라고 한 것이었다.

예상대로 반발이 심하자 그가 버럭 소리를 질렀고 그 호통에 모두들 입을 닫았다. 어쨌거나 그는 황제의 대리인 자격의 사신(使臣)으로 임명된 흠차(欽差)였다. 흠차에 대한 무례는 곧 황제에 대한 것이 되니 모두 입을 닫고 불만을 삭이며 고개를 숙일 수밖에 없었다.

'이 쌍노무 자식, 끝까지 나를 죽이려고 작정을 했구만.'

무영은 이를 벅벅 갈았다. 보고서의 내용이 황제에게 제대로 전달되었다면 이런 명령이 나올 수가 없었다.

"본인은 장군이 지휘하는 부대의 감군으로 임명되었소. 장군은 지금 즉시 군대를 이끌고 거용관으로 가서 적을 격퇴하시오."

위지명의 말에 부글부글 속이 끓어오른 무영은 놈의 모가지를 싹둑 잘라 버리고 싶은 심정이었다. 그러나 흠차를 벤다면 이는 곧 반역을 뜻했다. 지금 성안에는 자신의 유일한 지인들인 대학사 부부며 미랑, 연화, 마 집사 등이 있다. 지금 한순간 분에 못 이겨 천추의 한을 남길 수는 없었다.

"휴우, 모두에게 군열을 정비하라 하시오!"

한숨을 내쉬며 마음을 수습했다. 황명을 따르는 외에 다른 방법이 없었다. 목숨을 걸고 싸웠던 백호들과 일반 병사들도 사태를 알고 나서는 모두 분개했으나 감히 나설 수는 없었다.

대오가 정비되자 무영은 앞장서서 전진을 명했다. 그러나 병사들도 장수들의 분위기를 보고 대충 돌아가는 판을 눈치 챘는지 예전과 같은 높은 사기는 간 곳이 없고 모두 풀이 죽어 있었다.

이쪽 병력의 규모를 속이자면 밤에 이동하는 편이 나았다. 한참을 북으로 가자 멀리 거용관을 비추는 불빛과 함께 달단병의 진지로 보이는 횃불이 길게 늘어서 있는 것이 보였다. 거용관 관성은 아직도 검은 연기를 내뿜고 있었다.

그곳에서 대오를 정돈한 무영은 병사들을 횡(橫)으로 길게 배치한 후 횃불을 최대한 많이 만들어 불을 붙이도록 했다. 이쪽의 군세가 알려지면 지금이라도 쳐들어올 것이 분명했으므로 허장성세라도 부려야 했다.

경계병을 제외한 병사들이 잠이 든 시각에 무영은 천호들과 감관들을 소집했다.

"우리는 사지로 내몰렸소. 이제 남은 길은 싸움에서 어떻게든 이겨 저놈들을 거용관 밖으로 물리쳐야 한다는 것이오."

무영의 말에 모두들 침울한 표정이었다.

"설사 관성 밖으로 몰아냈다 하더라도 내 생각에 조보는 우리가 모두 죽기 전에는 절대 그냥 두지 않을 것이오."

학예춘이 어두운 표정으로 말을 받았다.

"조보가 모르게 비밀리에 이곳 사정을 황제 폐하께 직소해야 하오. 아마도 그놈은 모든 연락망을 철저히 통제하고 있을 것이오."

상관우였다. 무영이 죽 지켜본 결과 그는 강직하며 두뇌가 상당히 비상한 인물이었다.

"맞는 말씀이오. 우선 산해관의 총병에게 모든 사항을 알려 나중에라도 황제께서 아실 수 있도록 합시다."

무영은 우선 주변에 이곳의 자세한 정황을 알리는 전통을 띄우도록 지시하고는 말을 이었다.

"선부진(宣府鎭)에 있는 본영에도 파발을 띄워 지금 벌어지고 있는 상황과 전황을 자세히 알리도록 하겠소."

명의 장성을 따라 이어지는 변경 수비선인 수어벽(守御壁)은 영락제 시대에 완성한 것으로 변장으로 이어져 만 리에 걸쳐 있었고, 그 수비선의 축은 열한 개의 진(鎭)으로 구성되어 있다.

이곳 거용관에서 양하에 이르는 오백여 리의 수비를 담당하는 모든 부대의 본영(本營)은 선부에 있는 선부진 관할이었는데 규정상 십오만의 상주군이 있어야 했으나 실제는 그렇지 못했다. 더구나 동북의 금국이 날로 강대해지면서 자주 변방을 침공해 와 거용관의 병력도 칠할이 넘게 산해관을 지원하기 위해 출동 중이었다.

산해관은 명나라의 동북을 수비하는 주요 거점으로써 명나라의 최정예가 집결하여 있는 요충지로 그곳에만도 십만이 넘는 대병이 주둔 중이었다. 일단 이들의 도움을 받을 수 있다면 살아남았을 때 후일을 도모할 수 있었다. 조보의 농간은 급하게 꾸민 일일 것이니 아무래도 이곳 산해관까지 영향을 미치기에는 아직 너무 일렀다. 게다가 산해관을 맡고 있는 장수는 황제가 가장 신임하는 무관이라 웬만한 농간으로는 꿈쩍도 하지 않을 것이다.

"위지명이란 자가 모르게 일을 진행시켜야 하오. 그자는 조보의 심복으로 보이고, 또 우리 중 몇 명을 매수하여 내분을 조성하려는 시도를 할지도 모르오."

무영은 좌중을 날카로운 눈매로 돌아보며 말을 이었다.

"하지만 지금은 같은 편이 될지라도 후일 입막음을 하려고 할 테니 목숨이 아까우면 그 점 명심해서 간계에 넘어가지 않도록 하시오."

그의 말에 모두들 고개를 끄덕이며 동감을 표시했다. 주동자 격인 장무영만 죽고 나면 자신들도 하나둘 표적이 되어 죽음으로 내몰릴 것이 틀림없었다.

그의 지시에 따라 한밤중에 두 필의 말이 발에 헝겊을 묶고 조용히 동서로 나뉘어 떠났다. 달운도 은밀히 장무영의 밀서(密書)를 받고 북경성 쪽으로 달렸다. 달우와 달뢰는 거용관에서 본 이후로 만나지 못했다. 아마 전장에 휩쓸려 몸을 빼지 못한 것이 분명했다. 지금 장무영이 믿을 수 있는 사람은 달운뿐이었다.

게다가 달운은 운룡대팔식의 경공을 익혔고 무공도 상당한 수준이니 성을 넘어 소식을 전하러 가기에는 가장 적절한 인물이었다.

밀서에는 거용관에서 벌어진 사건들의 소상한 전말과 장무영을 위시한 모든 감관들과 천호들의 서명이 담겨 있었다.

날이 밝기 전에 무영은 모든 군사들로 하여금 방진을 펴도록 하고 말 위에 올라 중앙에 섰다.

달단 측에서는 수천밖에 되지 않는 명군이 도리어 거용관으로 진격해 오자 무슨 함정이라도 있을까 조심스럽게 관망하고 있었다. 자신들이 알고 있는 명군은 병법이 신출귀몰해 함부로 덤볐다가는 손해를 보게 될 게 뻔했다.

"아무나 나와라! 나하고 한판 붙어보자!"

말을 서서히 몰아가던 무영이 적진을 향해 달려나가며 내공을 실어 크게 소리를 지르자 잠시 후 적장 하나가 장창을 휘두르며 달려나와 그를 맞았다. 적장이 말 위에 붙어 장창을 앞세워 꿰뚫을 듯이 돌진해 오자 맞부딪쳐 가며 검끝으로 상대의 창끝을 가볍게 돌려놓고 그대로 검을 휘둘러 가볍게 적장의 목을 벴다.

"으아악!"

쿵!

비명 소리와 함께 눈 깜짝할 사이에 목이 떨어져 나간 달단 장수의 몸뚱이가 말에서 떨어졌다. 주인을 잃은 말이 힝힝거리며 울더니 외롭게 적진으로 돌아갔다.

말들이 교차하는 시간이 워낙 짧았기 때문에 양측 병사들은 무영이 어떻게 적장을 벴는지 알 수조차도 없었다.

"와아!"

명군 진영에서 커다란 함성이 일며 기치가 위아래로 힘차게 흔들리는 등 사기가 크게 올랐다.

다시 또 한 명의 달단 장수가 이번에는 대도를 휘두르며 달려나왔으나 이번에도 미처 오 합을 겨루기도 전에 피를 뿌리며 말에서 굴러 떨어졌다.

무영은 어제저녁 난전 중 수십 차례나 고비를 넘기는 격전을 치른 덕에 실전에 대한 감각이 월등히 오른 단계였다.

만년설삼을 복용한 데다 무림의 대문파로 군림했던 곤륜의 실전비급을 칠성 이상 터득한 그는 무림에서도 그 실력이 일류에 달할 수준이었다. 다만 실전 대응력이 부족했었는데 어제 목숨을 걸고 수십 명의 적과 겨루다 보니 이제는 실전 감각도 남달랐다. 무림의 일류 급인 그의 칼을 받을 일반 장수는 많지 않았다.

뿌우— 뿌우—

두 번에 걸친 장수끼리의 대결에서 계속해서 패전하자 더 이상 장수끼리의 일 대 일 대결은 재미가 적다고 본 달단족이 대병을 그대로 몰아 명군의 진지로 쳐들어왔다.

그것을 본 무영은 한 손을 들어 신호를 올렸다. 그러자 명군의 진영이 급속히 좌우로 갈라지며 진지 중앙에는 오로지 무영 혼자 장검을 들고 떡하니 버티고 서게 되었다.

마치 장판교를 지키는 장비의 일기당천의 위용을 연상케 할 정도로 당당한 무영의 모습에 달단군의 진격이 일시 주춤하더니 함부로 진격하지 못하고 속도가 떨어졌다. 원래 기병은 말을 몰아 진격할 때 서서히 속도를 올려 마지막 순간에 말을 최고 속도로 몰아 폭풍같이 적을 휩쓸어가는 것인데 달려오다가 한번 주춤거리니 말의 진격 속도가 현저히 떨어졌다.

둥둥둥—

바로 그때 명군 진영에서 북소리가 울려 퍼지는 것을 신호로 수백발의 강궁이 달단족을 향해 날아오르더니 화살이 떨어진 곳에는 연막탄이 터지며 주변 수장 거리가 일시 자욱한 연무에 휩싸였다.

"와아!"

연막과 동시에 양편으로 나뉘었던 명군이 일시에 앞으로 쇄도하였다.

자신의 말들이 자욱한 연무 속에서 당황한 데다가 갑작스러운 명군의 진격에 당황한 달단병들은 앞 다투어 말을 뒤로 달려 순식간에 관성 밖 팔달령으로 퇴각했다.

원래 기병이 주축인 달단병이 밀면서 쇄도할 때는 그 예봉을 피하는 것이 매우 어렵지만 부대의 구성 자체가 워낙 잡다한 여러 부족의 연합체인지라 군율 같은 것은 찾기 어려워 한번 무너지면 쉽사리 수습이 되지 않고 지리멸렬하는 특색이 있었다.

달단족이 수비가 용이한 관성을 쉽게 포기하고 물러간 것은 성안에서 싸우는 공성전에 익숙하지 않기도 했지만 뒤이어 몰려들 명의 원군들에게 포위되면 그야말로 씨도 남지 않고 전멸을 당할 우려가 있기 때문이었다. 그들에게는 아무리 튼튼한 성이라 할지라도 말 위에서 홀가분하게 싸우는 것만 못했다.

덕분에 명군은 신속하게 쇄도하여 거용관을 되찾고 문루에 장군기를 꽂았다. 달단군은 명군이 계속해서 추격해 오지 않자 멀지 않은 팔달령에서 진을 치고 대치하였다.

"도박이 성공했소."

무영은 주변에 모여든 장수들과 감관들의 손을 부여잡으며 기뻐했다.

"공명이 오더라도 감히 생각하지 못할 귀계였습니다."

장수들은 너도나도 작전의 결과에 감탄하며 그를 칭송했다.

사실 무영은 달단병이 진격해 올 때 마치 무슨 대단한 작전을 펴고 있는 듯이 명군을 움직였고, 이에 달단병이 주춤하자 때를 놓치지 않고 쇄도하여 간단하게 기선을 제압하고 거용관을 되찾은 것이었다.

목숨을 내건 도박이었으나 절대적으로 불리한 상황에서 생사패를 던진 것이 주효했다. 소수의 병력이 도리어 대병에 맞서 추격까지 해오며 도전했고, 적들이 돌격하자 진세를 변화시켰으니 달단병이 주춤거리리라는 것은 어느 정도 예상할 수 있었다. 그리고 때를 맞추어 반격을 가해 기병인 달단병의 말을 놀라게 하여 일시적으로 적병을 공황에 빠뜨린다면 충분히 승산이 있는 도박이라고 생각했었다.

서로 팽팽한 긴장이 유지되는 가운데 밤이 깊은 명군 진영에서 주변을 두리번거리며 조용히 빠져나오는 그림자 하나가 있었다.

야행인은 피곤에 지쳐 꾸벅거리며 졸고 있는 초병들 사이를 조심스럽게 빠져나가더니 달단병의 진영으로 향했다.

"이런 빌어먹을, 그럼 내가 어린놈의 농간에 당했다는 말이냐?"

아합극은 분노에 몸을 떨었다. 적장의 간계에 속아 오륙천밖에 되지 않는 명군에게 삼만이 넘는 기병이 쫓겨 물러선 격이었다.

"명군의 지원병은 더 이상 오지 않습니다. 거용관만 지나면 북경성까지는 거칠 것이 없습니다."

그는 명군 진영을 빠져나온 감군 위지명의 수하였다. 그는 위지명의 밀지를 받고 달단병의 막사를 찾아 명군의 허실을 알렸다.

"산해관의 명군 주력은 아직도 조정의 지시를 받지 못했으니 함부로 움직이지 않을 것입니다. 폐하의 지시 없이 군을 이동시키면 반역으로 인정됩니다. 일단 북경성을 공략하면 우리 쪽에서 강화를 제의할 테니 그때 충분한 보상금을 받고 물러가면 됩니다."

산해관에는 십만이 넘는 명의 정예군이 있지만 황제의 명령없이는 함부로 움직이지 못할 터였다.

"핫핫핫, 그렇게만 해준다면 나도 체면이 설 것이고 그 은혜는 잊지 않으리다."

아합극은 파안대소하였다.

그야말로 꿩 먹고 알 먹는 제안이 아닌가? 그가 걱정했던 것은 산해 관의 명나라 정병들이 북경으로 향하는 자신들의 배후를 치는 것이었다. 명군 오류천이 전부라면 간단히 때려부수어 복수를 명분으로 부족을 소집한 자신의 체면도 설 것이고, 게다가 배상금까지 받아갈 수 있다는 데야 무슨 말이 필요하겠는가?

새벽이 오기만을 기다리는 아합극이었다.

어제의 달단병들이 아니었다.

새카맣게 밀려오는 달단의 기병은 성에 다다르자 순식간에 말에서 내려 개미처럼 성벽에 달라붙어 사다리를 걸치고 밀려들었다.

무영은 이 자리에서 뼈를 묻는 수밖에 없다고 생각했다. 최대한 시간을 벌어 산해관 쪽에서나 옴 직한 지원군을 기다린다는 것이 그의 마지막 희망이었다. 허장성세로 수백 개의 군기를 내걸게 하고 밥 짓는 연기도 대여섯 배 과장해서 피워 올렸다. 그러나 이쪽의 사정을 눈치 챘는지 달단병의 공격은 쉴 새 없이 계속됐다. 이대로라면 반각도 버티기 어려웠다.

병사들은 거용관과 북경성을 오락가락하며 전투를 치르느라 지칠대로 지쳤고 성벽은 수차례의 공격에 여기저기 허물어져 미처 보수도 하지 못한 상태였다. 게다가 보급이 없으니 화살마저도 부족해 몰려드는 적병을 사전에 충분히 제압할 수도 없었다.

"적병이 성벽으로 올라온다!"

"으악!"

"아아악!"

정신없이 활을 쏘아대며 문루를 지키던 무영이 병사들의 외침과 비명에 고개를 돌려보니 성루 왼쪽에서 이미 달단병이 상륙하여 난전이 벌어지고 있었다. 이제는 성벽에 의지하며 힘겹게 대항하던 명군도 더 이상 버틸 수 없었다.

싸움에 진 것이었다.

순식간에 우익도 무너지더니 성벽 위로 달단병이 새카맣게 올라섰다.

더 이상 버텨봐야 애꿎게 자신을 따라 사지로 내몰린 병사들의 목숨만 사라질 판이었다. 다행히 포로라도 되면 자신들은 몰라도 일반 병사들의 목숨은 건질 희망이 있었다.

무영이 고군분투하고 있는 지휘부도 어느새 포위되어 있었다.

곳곳에서 창칼을 집어 던지고 항복하는 명군들의 모습도 보였다.

이제는 어쩔 수 없었다. 물론 부모님이 걱정됐다.

무영이 이곳에서 배운 바로 항복한 장수는 친족 모두 참수에 처하는 것이 당연한 절차였다. 그러나 이곳에 남아 자신을 따르며 끝까지 항전해 준 병사들의 목숨을 도외시할 수 없었다. 그들도 돌아가면 누군가의 아들이고 남편이며 아버지일 것이다.

"항복하라!"

그는 눈물을 삼키며 모두에게 항복을 지시했다.

여기저기서 쨍그랑거리며 무기를 버리는 소리가 들려왔다. 잠시 후 장창을 꼬나 든 수백 명의 달단병들이 그들의 주위를 둘러쌌다.

주위에서 항전하던 다른 감관들은 무영이 고개를 저으며 눈짓하자 모두 무기를 버렸다. 순식간에 달단병들이 우르르 달려들더니 그들을 포박해 꿇어앉혔다.

"네놈이 명군의 수장이냐?"

아합극은 마련된 상석에 앉아 무영을 내려다보며 물었다.

"그렇소."

"그동안 네놈에게 속은 생각을 하니 웃음밖에 나오지 않는구나. 여봐라! 저놈을 일단 가두어라!"

병사에게 지시를 한 아합극은 자기들 말로 옆자리에 있는 사람에게 무어라고 말하고 있었다.

무영은 그들의 말을 알아들을 수 있었다.

"명군에 자중지란이 있어 그 허실을 알려오지 않았다면 저놈한테 속아 꼼짝없이 거용관 밖에서 고생할 뻔했다."

무영이 들어보니 그런 내용이었다.

'간세가 있었구나!'

그제야 무영은 달단병이 자신의 허장성세에 속지 않고 그대로 달려든 이유를 알 것 같았다.

'위지명밖에 없다. 아마 조보의 사주를 받았겠지…….'

무영은 씁쓸히 입맛을 다셨다.

어디에나 간신배나 배신자, 그리고 사리사욕만 챙기는 놈들이 꼭 있었다. 아마도 조보가 비밀리에 뇌물을 약속한 것이 틀림없었다.

적병들은 일반 병사와 다른 복장을 한 천호 한 명과 감관 세 명 등이 포함된 무영 일행을 한 막사에 가두었다. 아마 나머지 감관들은 혼전 중에 죽었을 것이라는 생각이 들었다.

거용관에서 전열을 가다듬은 달단병은 북경을 향해 출발했다.

무영이 보니 일반병 포로들도 후미에 붙어 굴비처럼 엮여 끌려오고 있었다. 일반 병사들이야 살 수도 있겠지만 자신들은 조보가 있으니 죽임을 당할 것이 틀림없었다. 대충 생각해 보니 앞으로 살아 있을 기간은 달단족이 명나라 조정의 배상금과 조보의 비밀 감사헌금을 받아낼 때까지였다. 그전에 원군이 와서 싸움이 벌어지면 거추장스러운 자신들이 가장 먼저 죽임을 당할 것이다.

아합극은 병력을 이끌고 북경을 향해 말을 재촉했다.

과연 중간에 막아서는 명군은 없었다. 사실 그는 조보의 말을 완전히 믿지 못하고 있었다. 오는 도중에도 몇 번이나 척후를 보내어 전방을 살피곤 했는데 조보라는 태감의 제보가 사실인 것 같았다.

삼만에 불과한 기병으로 북경을 함락시키기는 불가능할 것이지만 배상금을 조금 적게 부른다면 밀약이 오간 조보가 쉽게 협상을 마무리 지을 수 있을 것이고 협상만 끝나면 조보에게서 별도의 사례금도 받을 수 있으니 대충 수지는 맞출 수 있을 것 같았다.

더구나 이번 거래로 조보는 자신에게 치명적인 약점을 잡혔으니 앞으로 조보는 그의 저금통이나 마찬가지였다.

이학량도 죽은 이 마당에 자신을 달단왕으로 봉해달라고 하는 얘기는 없던 일이 되어버렸지만 조보를 통해 다시 진행할 수 있으니 영 글러 버린 것은 아니었다.

말을 몰아가는 아합극의 입가에서 은근한 미소가 감돌았다.

다음날 아침 북경성의 수비군은 밤새 성벽을 따라 길게 늘어선 달단병의 모습을 보았다. 달단의 요구 조건은 명군이 먼저 자기네 부족을 살상했으니 배상금을 주고 사과하면 물러가겠다고 했다.

조보는 모든 일이 계획대로 되어감을 알고 기뻤다. 이제 마무리만 잘 지으면 두 다리 쭉 펴고 잘 수 있었다. 조보는 중신들이 모인 자리에서 달단의 요구에 응해야 한다고 강력하게 주장하였다.

"달단의 군세가 십만이 넘고 그 기세가 자못 흉흉한데 동북의 정예 지원군이 오기 전에 황도의 수비가 무너질 경우 종묘사직을 보전할 수 없으니 속히 화의를 함이 가한 줄로 아뢰오."

조보는 적들의 군세를 크게 과장해 가며 황제에게 강력하게 주청하였다.

"아니되옵니다. 겨우 오랑캐 십만에 대명이 굴욕의 화친에 응한다는 것은 있을 수 없는 일입니다."

병부시랑이었다. 원래 성격이 강직했던 그는 지난번 아들을 전방에 보내달라는 장자맹의 말에 감동을 받은 후로는 더욱 대쪽같이 변해 있었다. 모두들 조보의 눈치를 보고 있는 판에 홀로 나선 것이다.

"그러하옵니다. 북경에서 가까이 있는 산해관이나 선부진, 대동진, 태원진, 진보진에 있는 우리의 군병만 해도 수십만인데 어찌 제대로 싸워보지도 않고 몇만에 불과한 오랑캐에게 백기를 들겠습니까?"

"이미 구원을 요청하는 봉화가 사방으로 올랐으니 며칠만 버티면 곧 구원군이 도착할 것입니다. 일단 시간을 끄는 것이 중요합니다."

그가 앞장서자 조보의 눈치를 보았던 몇몇 대신들도 이에 합세하고 나섰다.

대신들 간에는 조보를 지지하는 화친파와 반대파 간의 설전이 끝없이 이어졌다.

'어이구, 이놈들은 문젯거리가 생기면 제대로 해결도 하지 못하면서 주둥이질만 하니……'

황제는 이런 바쁜 와중에도 말싸움이나 하고 있는 신하들을 보니 답답하기만 했다. 이럴 때마다 가슴을 시원히 뚫어주던 장자맹이 그리워졌다. 하지만 지금은 죄인이 되다시피 한 상태이니 조정으로 불러들일 수 없는 것이 안타까웠다.

대신들과 입씨름으로 하루를 보내게 된 조보는 다급해졌다. 그는 은밀히 함평을 불러 아합극에게 보낼 밀지를 건넸다.

명황십삼릉(明皇十三陵).

밀서에는 달랑 그렇게만 써 있었다.

"음, 그런 수가 있었군."

부족장들이 모여 고개를 갸우뚱거리고 있는데 아합극은 그 뜻을 알아보았다. 조보는 십삼황릉을 치는 척하여 황제를 겁 주는 것이었다. 한족의 조상에 대한 경배가 어느 정도인지 그도 잘 알고 있었다. 자신들이 그렇게 하면 명 황실은 무조건 타협을 받아들일 것이 틀림없었다.

아합극은 조보의 밀지를 받아 들고는 머리가 개운해졌다.

사실 삼만의 기병으로 북경성을 친다는 것은 계란으로 바위 치기였다. 언제 명군의 주력이 뒤에서 나타날지 몰랐다. 최선의 길은 어서 배상금을 받아 들고 튀는 것이었는데 어제 하루가 지나도록 대답이 없자 내심 초조해하고 있었다. 그런 중에 조보의 밀지는 그에게 해답을 제시했다.

"무엇이? 화친에 응하지 않으면 놈들이 황릉을 파헤치겠다고 한다는 말이냐?"

황제는 용좌에서 엉덩이를 들썩일 정도로 놀라며 되물었다. 만약 그렇게 된다면 자신이 조상님의 황릉에 씻지 못할 죄를 범한 황제가 되고 마는 것이다. 그는 안색이 하얗게 변할 정도로 놀랐다. 제위에 오른 이래 그토록 그를 놀라게 한 사건은 없었다.

오늘 아침 일찍 적진에서 날아온 편지를 가지고 온 태감은 이 상황이 마치 자신의 죄인 양 몸둘 바를 몰라 했다.

십삼황릉은 북경성 북서쪽 백 리 정도 되는 곳에 위치한 천태산 기슭에 있었다. 태조 이후 대부분의 황제가 그곳에 묻혀 있었다.

원래 그곳은 창진(昌鎭) 소속의 관병들이 그 경비를 담당하고 있었다.

창평(昌平)에 본영을 둔 창진에는 약 이만여 명의 관병이 배치되어 십삼황릉과 모전욕에서 자형관에 이르는 이백여 리를 수비하도록 되어 있었다. 그러나 그것은 초창기 창진을 구성했을 당시의 상황이었고 세월이 흐른 지금 실제 군졸의 수는 그 절반을 갓 넘을 정도였다. 그나마 지난번 조보가 그 대부분을 거용관의 구원병으로 차출해 가서 지금의 십삼황릉은 지키는 관병도 없이 텅 비어 있는 상태였다.

"폐하, 이제는 더 이상 어떻게 할 수 없습니다. 어서 달단의 화친안을 받아들이소서."

조보였다. 그는 자신의 치밀한 각본에 의해 돌아가는 이 정국을 내심 즐기고 있었다.

어제 화친을 반대했던 모든 신하들도 숨을 죽였다.

이 자리에서 함부로 말을 잘못 꺼내면 황제를 불효자로 만드는 죄인이 될 수도 있었다.

"그리하도록 하라."

황제는 신하들이 조보의 말에 별다른 이견이 없자 그대로 협상에 응할 것을 윤허했다. 아무리 명예가 소중하다 해도 자신이 천고의 불효

자가 될 수는 없었다.

　감관 사건으로 쓸 만한 중신들은 모두 연금 상태였고 그 파장으로 조정은 태감 조보가 주도권을 장악하고 있었다. 게다가 황릉을 파헤친다고 하니 더 이상 버틸 계제가 아니었다.

　일단 황제의 윤허가 나자 일은 신속하게 진행됐다.

　아합극은 명의 원군이 걱정되어 뒤가 근지러웠기에 빨리 배상금을 받길 원했고 조보도 그 점을 걱정했는지라 배상금 지불과 포로 교환은 단 하루 만에 끝났다.

　명나라의 포로들은 모두 석방이 되었으니 무영을 비롯한 감관들은 석방되지 않았다. 조보의 사주를 받은 아합극이 포로 명부에서 그들의 이름을 뺏기 때문이었다.

　조보가 그렇게 부탁한 것은 만일 무영 일행이 명으로 보내지면 당연히 참수야 당하겠지만 심문 과정에서 자신의 과오가 드러날 것이 두려웠던 것이다.

　명나라 조정과 달단은 배상금의 규모를 황금 삼만 관으로 하기로 하고 명군이 앞으로는 장성을 넘어 북으로 나오는 일이 없도록 할 것을 약조하였다. 줄 지어 수레에 실린 금을 받아 든 달단군은 포로들을 석방한 뒤 거용관을 향해 씩씩하게 퇴각했다.

　일단 거용관을 십 리쯤 남겨둔 곳에 진지를 마련한 아합극은 포로로 잡은 장무영 등 감관들의 목을 가져오면 오천 관의 황금을 주겠다는 조보의 밀서를 받아 들고 있었다.

　"이만 관을 내라고 해라."

　아합극은 밀지를 가져온 위지명에게 그렇게 말했다. 칼자루를 쥐고 있는 이상 부르는 것이 값일 터였다.

'너무 적게 부른 게 아닌가?'

이만 관을 요구하고도 조금 불렀을까 봐 오히려 걱정이었다. 이번에 받은 배상금은 전쟁에 동원한 다른 네 개 부족들과 나눠야 하는지라 그의 양에 차지 않았는데 이제 무영 등의 목을 가지고 제대로 값을 부를 심산이었다. 급한 자는 따로 있으니 자신이 무리한 요구를 한다고는 생각지 않았다.

"이만 관 말입니까?"

엄청난 요구에 위지명의 얼굴이 팍 구겨졌다.

'도둑놈, 일천 관도 과하거늘……'

위지명은 사례금으로 만 관까지는 좋다는 조보의 내락을 미리 받고 왔었다. 그러나 아합극이 그 두 배나 되는 금액을 부르자 그만 기가 막혔다. 자기가 이 자리에서 대답할 수 있는 금액이 아니었다. 이만 관이면 다시 허락을 받아야 했다.

바로 그때였다. 막사 밖이 소란해지더니 한 달단 장수가 다급히 안으로 들어오며 말했다.

"명군이 오고 있답니다."

"뭐라고?"

아합극은 깜짝 놀라 자리를 박차고 일어났다.

"산해관 쪽을 경계하던 척후의 보고에 의하면 십 리 밖에 수만의 명군이 진격해 오고 있는데 대포까지 가지고 이동 중이라고 합니다."

혹시나 하는 마음에 산해관 쪽 멀리까지 척후를 보냈던 것이 다행이었다.

"대포까지?"

달단에게 가장 무서운 것은 홍이포라 불리는 명군의 대포였다. 홍이포는 명군이 취약한 대기병전의 약점을 충분히 덮고도 남을 만한 무서운 병기였다. 그 포의 위력을 모르는 변방의 부족장들은 없었다. 아무리 용감하게 돌격해도 수십 발의 홍이포가 여기저기에서 터져 대면 쓰러지는 것은 말을 탄 기병들이었다. 게다가 포 소리와 포환의 폭발에 놀란 말을 전장에서 수습해 가며 적과 싸운다는 것은 아무리 노련한 기수라도 거의 불가능한 일이었다.

'산해관 총병이 군대를 이끌고 온 것이 분명하다.'

아합극은 명군의 대포가 산해관과 그 동쪽인 영원성 쪽에 일부 배치되어 있는 것을 알고 있었다. 더구나 명군이 동쪽에서 오고 있으니 의심할 여지가 없었다. 드디어 명군의 최정예가 동원된 것이다.

'뭔가 잘못되고 있다.'

옆에 있던 위지명의 안색이 새파랗게 질렸다.

"어찌 된 일인가?"

아합극이 눈에 살기를 띠고 위지명에게 물었다.

"소인도 어찌 된 영문인지 모르겠습니다. 대왕께서도 우리 입장을 잘 아시지 않습니까?"

잘못하면 이 자리에서 위지명 자신의 목이 달아날 수도 있었다. 칭호도 금세 대왕으로 바뀌었고 말도 떨렸다.

"모르다니 말이 되느냐?!"

아합극은 위지명을 다그치면서도 조보가 그런 짓을 지시했을 리 없다는 생각이 들었다. 자신이 조보의 밀지를 가지고 있으니 그게 명군의 손으로 들어가면 좋을 게 없는 조보였다. 그렇다면 다른 통로로 기별을 받은 명군이 출동을 했다고 봐야 했다.

'혹시 그놈들이?'

아합극은 퍼뜩 장무영 일행을 떠올렸다.

자신들과 싸우는 도중 산해관에 기별했을 수도 있었다.

"즉시 남은 포로들을 끌고 와라."

아합극의 지시에 잠시 후에 무영을 위시한 포로들이 끌려왔다.

"네놈들이 산해관에 원병을 요청했느냐?"

"하하하, 드디어 네놈들이 임자를 만났구나."

무영은 산해관의 정예가 왔다는 말에 기뻤다. 비록 자신은 어찌 될지 모르지만 그쪽에서 자신의 말을 믿고 군대를 출동시킨 것이니만큼 조보 천하도 곧 끝이 난다는 얘기였다.

"틀림없구나, 이놈."

무영이 보니 위지명이었다.

"네놈이구나, 적과 내통한 개자식이?"

무영이 위지명을 노려보고 이를 갈며 말했다.

퍽!

위지명은 장무영을 옆구리를 걷어차며 말했다.

"묻는 말이나 대답해라."

"당연하지 않느냐? 산해관에서 지원군이 온 모양인데 북경성으로도 아마 군대가 갔을 것이다."

무영은 입가에 비웃음이 가득한 미소를 띠며 말을 이었다.

"이미 조보의 만행은 천하에 샅샅이 알려졌다."

"뭣이?"

위지명은 무영의 말을 듣고는 사색이 되었다. 조보가 북경성을 어느 정도 통제는 하고 있으나 산해관의 정병이 쳐들어간다면 일은 글러 버린 것이다. 빨리 이 사실을 조보에게 알려야 했다.

"소인은 먼저 조 태감께 이 사실을 고하러 가야겠습니다."

위지명은 말을 마치기 무섭게 황급히 막사를 빠져나갔다.

아합극도 둘의 대화를 통해 장무영 때문에 일이 틀어진 것을 알았다.

황금 이십만 관은 날이 샌 것이다. 그는 서둘러 전군에 퇴각을 명하여 군대를 수습해 거용관을 넘어 달아났다.

아합극은 아직도 장무영 일행이 쓸모가 있을지 모른다고 생각했다. 그는 이제 명의 충신으로 바뀐 셈이니 조보가 실각하면 돈을 받고 넘길 수도 있는 것이다. 명군이 장성 너머로 대포를 끌고 쫓아온다면 자신들은 재빨리 보따리를 싸 들고 달아나면 그뿐이었다. 유목민족의 장점이라고나 할까.

그들은 무영을 비롯한 감관들의 양손을 묶은 끈을 말안장에 묶고 길을 재촉했다.

〈제1권 끝〉